南倾 /著
NAN QING ZHU

我喜欢糖，更喜欢你

广东·广州

图书在版编目（CIP）数据

我喜欢糖，更喜欢你 / 南倾著．— 广州：广东旅游出版社，2020.7
ISBN 978-7-5570-2258-7

Ⅰ．①我… Ⅱ．①南… Ⅲ．①长篇小说—中国—当代 Ⅳ．① I247.5

中国版本图书馆 CIP 数据核字（2020）第 098218 号

出　版　人：刘志松
总　策　划：邹立勋
责　任　编　辑：梅哲坤　陈　吉

WO XI HUAN TANG，GENG XI HUAN NI
我喜欢糖，更喜欢你

广东旅游出版社出版发行
（广东省广州市环市东路 338 号银政大厦西楼 12 楼）
邮编：510060
邮购电话：020-87347732
湖南凌宇纸品有限公司
（湖南省长沙市长沙县黄花镇黄花工业园凌宇纸品　电话：0731-88387578）
880 毫米 ×1230 毫米　32 开
10 印张　276 千字
2020 年 7 月第 1 版第 1 次印刷
定价：38.00 元

【版权所有　侵权必究】
本书如有错页倒装等质量问题，请直接与印刷厂联系换书。

目录

CONTENTS

001 第1章 你遇见我

026 第2章 你是一朵向阳花

043 第3章 漂亮的卫同学

068 第4章 月亮与六便士，是你的谎言

086 第5章 柔软

112 第6章 属于现在的命运

- 166 第7章 青春期狂躁症
- 186 第8章 小星星
- 220 第9章 分歧与冷暴力
- 266 第10章 有声告白
- 283 第11章 终点
- 299 番外

第1章
你遇见我

"刺啦——"随着一道轮胎摩擦地面的刺耳声,灰黑色的轿车戛然停下。司机从车窗中探出头,骂道:"喂,你怎么回事?走路不长眼,红绿灯都不会看?"

人行通道方向,红灯正亮着。

卫星惊魂未定,抱着塞得鼓鼓的书包忙往后退,也不敢看对方,弯腰连声道:"对不起,我不知道,真的很对不起……"

对方不依不饶,仍然继续骂。

这时,车后座的高个子男生说话了:"肖叔,开车。"他的声音微沉,带着一丝沙哑,很有磁性。

卫星抬眼看时,车子已开出去,她只模糊看见后座上的侧影。

对面的红灯变成绿灯,卫星左右看了几次,见纵向行驶的车子在斑马线前相继停下,方才抱着书包快步走到马路对面。

她闯了红灯,但真的不是故意的。她虽然在书上学过红灯停绿灯行,却一次也没见过真的红绿灯,见前面一位牵着小孩子的大娘若无其事地走到对面,她便也跟着走。长这么大,她是第一次来到城市里。她不认得路,幸好兜里有张提前画好的地图。她比对着,走了三条街竟也找到了目的地。

保卫室里坐着一个络腮胡子的中年男人,看起来有点凶。她有些胆怯,尽量远离着他,站在门的另一头向里张望。门卫见她衣着又破又旧,还抱着一个塞得鼓鼓的布缝的书包,以为是捡破烂的或者是来乞讨的,喝道:"喂,这里是学校,没事到一边去。"

烈日当头,她又走了许久的路,早热出一身的汗。抬起那张混着灰尘和汗珠的脸,她小声道:"我,我是来报到的。"

门卫没听清:"什么?"

她只得又重复一遍,放下书包,从里面掏出入学通知书递给他。

门卫仔细看了两番,又打量她半晌,方松口道:"你等着,我打电话给李老师问一问。"

门卫跟学校老师接通电话，来来回回说了事情经过，不知里面回了什么话，他立刻脸上堆起笑："好好，麻烦李老师了。"

他挂断电话，态度明显和气许多："小姑娘，李老师一会儿就领你入校。今天天热，你坐到屋里等吧。"

卫星不敢挨近，忙摆手："不，不用了。我在门外等就行。"她顿了顿，又加上一句，"谢谢你。"

门卫不再多说，撇撇嘴，坐到了桌子后面。

卫星擦一把脸上的汗，抬眼打量。大门锃亮气派，两侧飞扬着五种颜色的旗帜，门内是红砖白瓦的漂亮建筑，甚至有一处为穹顶设计，夹杂着西式的风格，旁边刻着一行竖排的金色大字"C市第六私立高中"。

不多时，一位美女老师踩着高跟鞋带她入校。美女老师从见到她的第一眼起便一直保持着距离，也对她笑，只是笑得不太真诚："你就是今天转校来的卫星同学？"

卫星点点头，叫了一声："老师好。"

"你跟我来吧。"美女老师在前领路，年轻又有气质，精致而漂亮的妆容，更像美女主播，而不是教书育人的老师。

卫星一路低着头，看着灰扑扑的鞋尖，只觉自己像是美玉上一粒脏兮兮的尘埃。

美女老师放慢脚步，指向隔着一条宽阔道路的两排楼房，一一介绍道："右边是女生宿舍楼，左边是男生宿舍楼。"

"一楼二楼是高一年级的，三楼四楼是高二年级的，最上面两层是高三年级的。卫星同学，你的宿舍在四楼。喏，就是最左边那间。"

宿舍走廊的地板很干净，几乎能映出人的样子。

卫星缩了缩脚，很想脱下脏兮兮的球鞋，在衣服上蹭干净再踩过去。

美女老师打开宿舍门，指向最靠近门的床铺："这是你的床位。手里的东西先放过去，我领你到班级报到。"

转眼瞧见她那张混着灰尘与汗水的脸，和一身老旧不知什么年代的衣服说道："去洗把脸，换上校服。"

宿舍里设有独立的卫浴。卫星低着头拧开水龙头，拧的幅度很小，只够流出一股细水。她用手捧着水洗了脸。

盥洗台上除摆着牙刷牙膏外，还有写着各种外文名称的化妆品。她抬眼望向正前方的镜子，里面有一个跟这里格格不入、又瘦又弱的土包子。卫星的鼻子有些酸。

"走吧，下面还有一位转校生等着，也是高二（1）班的。我领你们一起去报到。"

这新来的转校生和卫星不同，是一位个子很高的男生，看起来一点都不土气，却有些怪。

炎炎夏日，他穿着一身深色的衣服，灰色衬衫搭配黑色裤子，显得整个人很暗沉，像日光下的一道影子。他的手插在裤兜里，脊背挺得很直，目光望着远方；面庞极为英俊，五官如同雕刻一般棱角分明。他虽然很帅，却让人觉得不易亲近。

卫星偷偷望了他一眼，再不敢看第二眼。等她们走近，他轻点头喊了一声"李老师"。她微怔，这声音……好像在哪里听过。

高二（1）班在三楼。班里的纪律实在不敢恭维，卫星简直不敢相信这是高中班级。教室里喧闹一片，远远地便能听见。站在外面透过窗户望去，女生多在聊天，男生大都在打闹，还有人玩手机游戏，最后一排的四个男生甚至坐在课桌上打牌，拍着桌子喊叫。

美女老师皱起眉头，姣好的面容上显出极度不耐烦和一丝厌恶。她推开门，走上讲台，敲了敲桌子："安静，请安静。今天有两位转校生加入我们高二（1）班，跟大家一起学习。"

她打了个手势，示意他们进来："两位同学，谁先来自我介绍？"

高个子男生手插兜，站在门外不动。卫星只得硬着头皮进去。她刚走到讲台上，还没有开口，下面的同学已轰然笑出声。

"哪里来的土包子？这种土包子还能来上六中？"

C市第六私立高中，简称"六中"，是C市学费最昂贵的中学。一年的学费相当于其他中学五六年的学费，被大家私下称为贵族学校。能到六中读书的学生，家里大多非富即贵。

卫星一张脸烫起来，头埋得很低，掌心汗湿一片。她很想找条地缝钻下去。

门外的男生像是等得不耐烦，从兜里抽出手，走了过来，冷漠地扫视一圈："我叫陆一宸，新来的转校生。"他的声音微沉，带着一丝沙哑，颇有磁性。

卫星记起来了，是红绿灯前轿车里的那个男生。他就像一把已经开锋的刀，眼见着赏心悦目，却极少有人敢伸手触碰。女生们小骚动一阵，马上停下聊天，最后一排的四个男生也停止了打牌。堂下有一瞬的安静，大家感觉到了压迫感。

高二（1）班的同学如卫星一样，也觉得这位转校生很帅，但是他却太过锐利与冷硬，令人不敢轻易亲近。四个男生也灰溜溜地坐回自己的位子。他的自我介绍就这么一句话，说完便向后退了一步，微垂下眼睛。压迫感消失，堂下的同学们松了一口气。

卫星重新抬起头，模仿着他的句式，鼓起勇气道："我叫卫星……"
安静下来的同学们又轰然笑了："能上天吗？"
热意直滚到脖颈，她低了头，额际的汗顺着面颊淌下来。
美女老师拿起白板擦重重敲在桌子上，眉目间露出严厉："安静！"
笑声渐渐小了。全班同学都用异样的眼光看着卫星。卫星很紧张，嗓子干得厉害，半响方道："我是新来的转校生。我，我介绍完了。"

美女老师不待见班里的学生，也不待见这两位转校生，敷衍地指了指左边第三个空位和倒数第二排的空位："卫星坐第三排，陆一宸坐倒数第二排。"

卫星如蒙大赦，连忙走下讲台。六中的讲台石阶比其他学校要高，她紧张之下没有注意，一脚踩下，踩空了，向前跌过去。她想，真的不该来这所学校，她一个乡下土包子哪里上得了这种贵族学校？她没有惊叫，只是觉得窘迫和难过得想哭。

一只手及时从后面伸过来，揽在了她腰间，很有力量，将她凌空抱住。

卫星懵了。

他把她放下来，想让她自己站好。卫星还没从震惊和慌张中缓过神来，腿脚都软了，竟没能站住，身子一歪又要倒下去。他只得再扶她。下面传来一阵喧闹和窃笑声。卫星打小体质就差，若受了惊吓，好半晌都不能缓过劲。他放了两次手，她两次都没能站稳。他眉头轻蹙，一把将人抱起来，大踏步走过去，把她放在第三排的位子，自己则继续向后走，来到倒数第二排靠通道的空位上坐下。

全班震惊了，震惊之后是沸腾，班里的男生们又是吹口哨又是拍桌子。

讲台上，美女老师眉目间的不耐烦更甚，用板擦重重拍向讲桌："安静，请安静！"

卫星惊得出了一身的冷汗，趴在桌上缓着气。

"喂，你没事吧？"新同桌是一位长相清秀的女生，凑过来问，好奇多于关心。

卫星缓出一口气，轻摇了摇头。

"喂，你怎么穿校服呀？"新同桌又好奇地问。卫星这才后知后觉地发现，班里的同学除她以外，没有一个人穿校服。他们要么穿得非主流个性十足，要么穿得时尚漂亮。她一身麻袋似的校服，在这间教室显得突兀而老土。

下一节是语文课，讲的是白居易的诗歌。

同桌不爱听，拉着她小声讲话："你叫卫星？能飞上天的卫星？"

她脸又红了，点了点头。同桌捂着嘴笑起来，笑容颇甜，不像是有恶意:"我叫宁采薇。"她抓了作业本写下名字,"安宁的宁,《诗经》里的那个采薇。"

卫星很不习惯课堂上讲话,没出声,只能点了点头。宁采薇咬着笔头:"听李老师说了,你住在我们寝室。以后我们还是室友。"

卫星仍是点头,不说话。宁采薇见她不开口,只得百无聊赖地听老师讲课。卫星绷紧神经想让自己听进去,然而心里却乱成一团麻。

美女老师姓李,是语文老师,也是高二(1)班的班主任,正讲解诗歌中的重点词句:"'同是天涯沦落人,相逢何必曾相识',这一句是重点,大家必须背下来。诗人当时正被贬谪,久居偏远,抱负不得施展,心情抑郁,遇见被商人抛弃的琵琶女,得知对方有同样凄惨的遭遇,于是心生共鸣。"

"这句诗的意思是命运如此相似,纵使不曾相识,却也能像朋友一样彼此相知,惺惺相惜。"

卫星心里很乱,趁老师转身在白板上写字之时,余光下意识地向后瞟去。

她实在没想到他会帮她。他的神情那么冷,让所有人都忍不住退避三舍。卫星想起刚才的一抱,只觉一张脸烧了起来。其实,他的怀抱并不冷。

日光很灿烂,像团火一样。

李老师的办公室在教学楼一楼的教务区中间,紧挨着楼梯口,正对着中午的日头。卫星耐心地等在门外,用手背擦着额头不断往外冒的汗,一半是因为曝晒,一半是因为紧张。

六中的学生三三两两地走出教学楼,撞见候在一旁的卫星,不觉带了各式各样的诧异,掩口笑着,议论着。

"这土包子也是六中的学生?我一定上了假的六中。"

"应该是谁家的乡下穷亲戚吧。门卫怎么放她进来了?"

"不是啊,她身上穿着六中的校服,应该是这里的学生。"

"啧啧，能穿校服也是有品味。"

议论声如此刻的阳光一样挡不住，卫星低下头，额上的汗愈发多了。

下课时，李老师嘱咐她到办公室领练习册。她饭都没吃，第一时间赶过来。李老师在接电话，在班里一直皱着的眉头此刻已完全舒展开，眼里全是温柔与笑，连说话声也温柔了不少。大概是和男友或者老公打电话吧，卫星识趣地从飘着空调冷气的门口退到炎炎烈日下的门外。她不敢先去吃饭，怕李老师打完电话找不到自己。她自小养成胆怯的性子，又初来六中，对环境全然陌生，更是做每一件事都小心翼翼，生怕被人笑话了、厌烦了。

话虽如此，但自她来到这座城市就一直在被笑话和厌烦了。眼底一阵酸涩，她当初为什么要来六中读书呢？李老师的电话不知还要聊多久。

烈日曝晒，卫星的脑袋开始发晕。她是早产儿，妈妈生下她不久便撒手离世。她从小跟着舅舅舅妈长大，小时候身子没养好，体质大不如常人。

从早晨到现在，她先是抱着书包走了许多条街，进校之后又因被人议论心里正紧张与窘迫，如今再在日头下一晒，她扛不住了。眼前晕得厉害，只觉天旋地转，她拖起身子想要挪到树荫下歇一歇，然而尚未挪动脚步，两眼一黑，她仰面倒了过去。

昏迷前的一瞬，模糊间看见一道人影冲过来。

再醒来已经在校医室，李老师挂着不达眼底的歉疚："真是对不起，卫星同学，让你等得久了。"

卫星撑着身子慢慢坐起来，动了动干裂的唇："我……"

"你中暑了，是陆一宸同学将你送到校医室的。"李老师将一叠册子放在床头桌子上，"你们两人的练习册我带过来了，待会儿分一下。"

李老师掩了掩口鼻，似不习惯房间的消毒水味道："我还有点要紧的事处理，不多待了。下午的课我已替你请了假，你好好休息。"

卫星想说不用请假，但见她急着要走，只得道："谢谢老师。"

李老师离开之后,她撑着身子要下床。她虽然身子不太好,却从不敢娇气,毕竟自小寄人篱下,没有娇气的资格。

门开了,一位高个子男生走过来:"反正下午请了假,多躺会儿吧。"

卫星抬眼看清来人,只觉两颊又隐隐发烫。除舅舅外,她还是第一次被异性抱。她怕自己失态,低着头道:"真的很谢谢你。"

算上红绿灯前的那次,他已帮了她三次。

陆一宸把装有小面包和冰凉绿豆汤的手提袋递给她:"医生说你是中暑加一直没吃饭低血糖才导致晕倒。学校超市小,没什么好东西,你凑合着吃吧。"

卫星翻着衣兜:"多少钱?我还给你。"

"算了……"他拒绝的话没有继续说下去,因为卫星翻遍衣兜只找到两枚一块和一枚五角的硬币。她头更低了,窘迫得想哭:"我书包里带着钱,晚上一定还给你。"

陆一宸沉默良久:"家里很穷?"

卫星缩了缩肩头,没有说话。

"那你爸妈还能送你来上六中?"微哑的磁性声音中带着一抹说不清道不明的意味。

卫星几乎将头埋到胸口:"我没有爸爸,妈妈很早就去世了。"

她忍了许久的眼泪滚落下来:"我也不想上六中。何先生说要是我能来六中,除了免学杂费,每月还能领一千块的补助生活费,表哥要定亲,舅舅很需要钱。"

一旦说出口,很多话就不用再憋着:"我没有想上六中,我之前的学校就很好,我也很喜欢那里的老师和同学……"

陆一宸没再说话,倚在门旁像一道影子。卫星突然抬起头,像是有了正视这些跟自己完全不同的人的勇气。她已不再哭,睫毛挂着盈盈的泪,望着他道:"我会还给你的。"抓起桌上的纸笔,"你如果信不过,我写张欠条给你。"

她一边说，一边提笔快速写好。她滑下床，扶着床头桌子支撑身子，正视着他，将欠条递了过去。

陆一宸接了，看也没看，将那张纸揉成一团扔到垃圾桶里："没花几个钱，不用你还。"

中暑症状尚未消失，卫星白着一张脸，大声道："陆一宸，我会还给你的，我不欠你人情。"

他本来正转身要走，听见这话便停下，向着她迈了一步："校外一次，教室一次，楼下一次，这里一次，你已经欠了我四次人情，要怎样还？"

他个子很高，她体质弱，长得瘦瘦小小。他这么一逼近，卫星顿时觉得阴影罩顶，不由得退了一步。

他又进了一步："你要怎样还？"

卫星已退到床边，双颊本是病态的白，此刻涨得通红，宽大校服遮掩下的胸脯一起一伏。她强撑着与他对视，声音却下意识地低了："总有办法的。我会全部还给你。"

"人情债，自然是肉偿了。"门外传来一阵哈哈大笑的声音。卫星循声望去，是班里最后一排的三个男生。课间时，同桌宁采薇曾向她透露班里的情况，说最后一排的男生可惹不得，特别是左边穿条纹衫的那个，叫赵慕，是班里的刺头，打架斗殴抽烟喝酒样样都会，家里和学校没人能管住他。

门外，站在中间叼着烟的那个正是赵慕。赵慕叼着烟松松垮垮地走上来："好小子，这才转校第一天就会泡妹子了。不过你眼光真的不太好，这种那么土的女生也能看上？"

卫星与陆一宸挨得很近，她仿佛觉察到陆一宸衣服下包裹的肌肉在收紧。

赵慕将旁边装着小面包和绿豆汤的手提袋捡起来，看了一眼："一共也就十几块钱吧。虽说人很土，但这价钱挺公道……"

卫星只觉黑影一闪，陆一宸已挥拳揍了过去。他出拳很有章法，应是严格训练过，门旁的赵慕来不及叫，仰面"扑通"栽倒。老大被打，门外的男生自然不肯罢休，一窝蜂地冲上去。然后……跟赵慕一样被一拳撂倒，捂着脸痛得打滚。

卫星吓了一跳，她没想到陆一宸会突然跟人打架。他看起来虽然性子冷漠了些，但不像是打架斗殴的不良学生。外面的人被惊动，纷纷围过来。此时正值夏日，学生们常吃坏肚子或者晚上踢被子感冒，所以校医室的人大病的不多小病的倒不少，片刻间便在门口围了一圈。陆一宸手插兜，挡在门口。他个子高，肩很宽，站在那里像一扇门一般，众人便看不到后面的卫星。

正在大家嚷着叫老师时，一位学长模样的人分开人群走来，是一位身材挺拔、清秀又英俊的男生，穿着干净的白衬衫，戴方框眼镜，气质温文尔雅。他一到，围观着的众人松了一口气，纷纷笑着打招呼："何学长好。"

来的人是何修远，六中第一董事家的公子。父亲是第一董事，何修远在学校中说话的分量几乎比老师还重。家中有钱，学校里有背景，长得英俊，学习成绩又好，还精通各种乐器、书法等，总之上天若眷顾一个人，断不会有所吝啬。人群中，女生纷纷看向他，不少偷偷红了脸。

何修远将地上的人一一扶起来，又让人扶着去旁边的医疗室处理伤口，这才转向陆一宸，叹息般笑道："一宸，怎么刚转来就跟人打架？姑父会担心的。"

陆一宸沉着脸。旁边一位挨得近的女生红着脸看了一眼何修远，又红着脸看向陆一宸："何学长，这位是？"

"我表弟，陆一宸。"

陆一宸和何修远是表兄弟，何修远的父亲何钧原是一名军人，后退役经商，成为当地有名的富商，和两位朋友一同出资建了六中。何董事闲暇时喜欢舞文弄墨，还常写文章在校报刊登，又因为其本身是商人，关注潮流动向，所以六中的校报办得极为出色。这边刚打架，校报记者已追踪过来。

"陆同学,听说你是今天刚转校来的,为什么第一天就和同班同学闹出矛盾?"

"陆同学,你们为什么会起冲突呢?"

"陆同学,你是一人打了他们三个吗?"

校报记者见他一个问题也不回答,好奇地向他身后张望,揣测道:"陆同学,你为什么会在校医室?是来看望同学的吗?"

卫星僵硬地站着,紧张得额头又渗出汗。陆一宸手插兜,杵在门口将她挡在身后,眼底一沉,冷冷道:"滚!"

高二(1)班的课堂纪律实在太差了,晚自习铃声已响过许久,教室里还是乱哄哄一片。

大家各玩各的,寥寥几位翻书的翻的还是课外书,女生看言情小说和时尚杂志,男生看玄幻与武侠小说等,有的还放在课桌中间两人看一本,边看边讨论。

最后一排的位子空着,倒数第三排靠边的位子也空着。

陆一宸、赵慕等人都不在。

宁采薇抱着手机在玩《贪吃蛇》小游戏,手指灵巧地移动着小蛇吞掉光点,慢慢变成一条臃肿的大蛇占了半个屏幕。最后控制不住,大蛇迎头撞上墙壁碎成一片彩色的光点。

卫星做完第三页练习题,瞟了宁采薇一眼,见她又要重新开一局,用手肘碰了碰她的胳膊,小心翼翼道:"采薇,你不做题吗?"

宁采薇是除了陆一宸外,唯一对她不错的同学。不仅没嫌弃她是乡巴佬,还主动搭讪跟她说了许多班级的事情。卫星对她很有好感。

宁采薇头也没抬,操纵着小蛇又开始吞吃光点,敷衍道:"做做,一会儿就做。"

第一天认识,卫星不敢说太多,低下头做习题。宁采薇一边玩手机,一边跟卫星有一搭没一搭地说话:"卫星,你知道吗?陆一宸,就是跟你一起来的那个转校生,今天中午跟人打架了。"

卫星心中咯噔一声,没有回话。宁采薇游戏里的小蛇被其他蛇迎头撞上,碎成弯弯曲曲的光点,游戏结束。她将手机放下,指了指后面的数个空位:"喏,跟赵慕他们打了一架,听说在教务处挨批评,现在还没回来呢。"

宁采薇"扑哧"笑出来,压着嗓子道:"这次赵刺头可刺到了铁板上,三个打一个竟然没打过。听人说陆一宸学过跆拳道,还是黑带呢,别说三个赵慕,就是五个也得趴下。"

卫星听得不太懂:"跆拳道?"

"就是一种格斗术,黑带是很厉害的等级。这次的转校生可真是厉害。"宁采薇以手支着下巴,"你也很厉害,上次全市统考第一名吧。"

卫星面颊微红,低下头算是默认了。

宁采薇拍手笑道:"哎呀妈呀,还真是你。我当时扫了一眼成绩单,见第一名名字奇怪便记住了。中午吃饭时,偶然间想起,上面可不就是你的名字。"

她捂着嘴笑:"怪不得你这样的条件也能来读六中……"

一句话未完,宁采薇意识到失言,忙道:"小星,我没有其他意思。"

卫星轻点头:"我知道。我家里是很穷,远比不上你们,这没什么好避讳的。"一天下来,她已能正视这事实。一直过着寄居的生活,锻炼了她比较强的适应环境的能力。

宁采薇还要说些什么,这时门外响起摩擦着地板而来的脚步声。

赵慕三人一前一后垂头丧气地走入教室,鼻梁上贴着创可贴,人中处残留着一点血迹,八成是鼻梁断了。

李老师跟在后面。大家见李老师来了,立刻安静不少,课外书也纷纷收入书桌抽屉中。

灯光下,李老师的笑温柔许多,向卫星的方向招了招手:"卫星同学,到董事长办公室一趟,何董唤你。"

班级里顿时沸腾了。何董事长生意忙,平日不多过问学校的事,最多开学典礼或年终颁奖偶有出席。在六中就算是老师,没当面跟何董说过一句话的也大有人在。如今何董竟点名叫一个学生,宁采薇甚至握起小拳头,喊道:"加油,小星星加油。"

卫星涨红了脸,低着头在一片沸腾声中穿过去,通道中与赵慕三人擦肩而过。赵慕点头哈腰,叫了一声:"星星姐。"

什么?

赵慕三人摸了摸犹疼的鼻梁,"嘿嘿"笑着走过去。

董事长办公室在教务区的尽头。夜风微凉,夜色正浓,卫星忐忑地走过去。她是何董事长看中的,上个月,何董到他们村子里做慈善,给贫困家庭送温暖,见到了正在安静做作业的她。她家是救助对象之一。何董坐下来看她做了半页习题,对着贴了一墙的奖状观摩一番,又拿起桌上的相框,端详里面泛黄的照片,良久,问:"你妈妈?"

卫星点了点头。在她记事前,妈妈就去世了,如今只剩下一张泛黄的黑白照片。她便一直将它放在桌头前,这样做作业时一抬眼就能看到。何董放下相框,又去看她,目光中带着一丝探究。临走时他问:"小丫头,想不想到市里读书?"

她还没回答,舅妈堆着笑道:"何先生别开玩笑了,我们穷人家哪上得起市里的高中?供她读到现在家里已经是砸锅卖铁。照我说,一个丫头读什么书,不如早早出去打工赚点嫁妆钱。要不是他们老师到家里来说,什么卫星读书有天分,将来一定能考上大学,熬个几年就能出人头地,学校里还帮忙免了学费,我家才不供她读书……"舅妈善谈,说起话来滔滔不绝。

听了舅妈的一通牢骚,何董笑着道:"大妹子,让你家丫头到我们六中读书,学杂费全免,每月另外补助一千元伙食费。"

舅妈两眼都亮了,一拍大腿道:"那行。"

事情就这样说定了,没有人征求卫星的意见。卫星挪到门口,犹豫着正要敲门。门"哗啦"一声打开了,陆一宸冷着脸从里面出来。他走得急,差点撞到她。何董气得拍桌子:"你给我回来!我话还没说完,你这个臭小子就想走了?懂不懂礼貌,敢这么对待长辈了?"

陆一宸回头应道:"我就是没有教养!"语毕,看也没看便伸手推开了前面的人。

卫星被他推得一个趔趄,差点摔倒。陆一宸这才注意到是她,但也没说什么,冷着一张脸大踏步走了。何董也看到了门外的她,上一秒还气呼呼的,下一秒马上变成和气的样子,招了招手:"丫头,过来。"

卫星进了门,才发现除了董事长何钧外,何修远也在。何钧长得很高,纵使坐在沙发里也高出一截。他之前是部队军官,当过十余年的兵,虽然经商多年,但军人气质犹存,威武挺拔,目光炯然。陆一宸跟这位舅舅倒是貌似神也似。何修远端端正正地坐在对面的沙发上,很是斯文,见她目光转来便回以微笑。卫星局促地笑了笑,深深鞠了两躬:"何先生好,何学长好。"

灯光下,何董看清她那张脸,怔了一怔,接着哈哈大笑出声:"我说丫头,你怎么变成这样了?"

卫星摸了摸自己的脸正要解释,何钧又道:"一个人过来的?"

卫星点头。何钧露出了然的神情,不再多说,笑着指向何修远旁边的位子:"小星别拘束,坐到那里去。"

沙发是三人座。何修远看见她走过来,便挪动到沙发的一头,卫星挨着另一头坐了。何钧为她和何修远彼此介绍了一遍,对她用了很多溢美之词,说得她脸上热度一直不退,末了,和蔼道:"小星,到这里读书还习惯吧?"

卫星双手放在大腿上,抬眼看了他一下,又忙低下去,点点头。

"你这丫头什么都好,就是太拘束了。"何钧笑道:"六中呢,也是什么都好,就学生太能闹腾了些。不过品行都不坏,你跟他们好好相处。"

"你是个读书的苗子,我也想培养你。进了六中,以后你安心读你的书就行,别人要说什么你就随他们说,谁要欺负你,你就……我在学校的时间不多,你就告诉修远吧。"

他转向何修远,仿佛老师敲着桌子强调重点一般:"卫星情况特殊,你多照顾些。"

何修远一口应下:"我在高三(17)班,教室在五楼,有什么事可以上去找我。"他撕了一张小纸条,提笔写下手机号码,"不方便上来的话,尽管发短信或者打电话给我。"

字如其人,清秀俊逸。卫星接在手里:"谢谢何学长。"

何修远咳了一下,望一眼父亲,又向她低声嘱咐:"小星,有事就自己给我打电话,这号码别给其他人,特别是……女生。"

卫星脸又红了。何修远在六中乃至周围的其他学校都很受欢迎,怕是有很多女生想要他的手机号码。

不过她拿着这号码真的没用,因为她连一部手机也没有。卫星仍是认真地点点头:"何学长放心,我谁也不给。"

何修远摸了摸她的脑袋,像一个可亲的大哥哥。何钧见事情妥当,便道:"修远,这里没你的事了,去上自习吧。我跟小星再聊两句。"

偌大的董事长办公室便只剩她和何钧两人。何钧拿了根烟,却没点燃,只放在鼻子下嗅了嗅:"今天中午一宸跟人打架……"

卫星"唰"地站起身:"这事全是因为我,不怪陆一宸,要罚就罚我……"

何钧抬了抬手:"你这丫头,别紧张,我也没说要罚谁。"

卫星局促地坐下,垂着头,双手紧紧握起。何钧靠着椅背,又深深闻了一下烟,长叹道:"一宸呢,以前是个顶好的孩子,不过现在大不一样了。他爸让他转到六中来,就是想让我多看着点,别让这孩子走错了路。一宸的情况比较复杂,你呢,专心读书,以后少跟他来往。"

"他看起来挺好的,不像坏学生。"卫星脱口而出,待意识到自己说了什么时,也吓了一跳,可是收回已经来不及。

何钧倒没计较她的顶撞,两眼微向上抬,额头显出几条皱纹:"小星,你知道他为什么转学吗?"

卫星摇头。

"他跟人打架差点闹出人命,在警察局里待了一个多月,家里托了许多层关系才把他保出来。一宸从前可是一顶一优秀的孩子,能把修远比下去,如今是毁了……"

晚自习的下课铃声刚响,同学们如同鸟兽出笼,争先恐后地涌回宿舍。人迅速地走光,卫星又心无旁骛地做了两页习题,方才合上书本。她以为教室中只剩她一人,正要关灯离开,突然见陆一宸仍坐在位子上,埋头写写画画,很是专注。

卫星想起何董嘱咐过的话——"一宸的情况比较复杂,你呢,专心读书,以后少跟他来往。"她准备转身时,却又记起中午的那一幕,他杵在门口将一众围观的人轰走,像棵大树一样护着身后的她。她对自己道,只一次,就这一次。卫星走过去,轻声唤道:"陆一宸,下晚自习了。"

额头前的碎发遮了他漂亮的眼睛,陆一宸埋头作画,不知是真的没听到,还是装作没听到。卫星定睛望去,顿时吃了一惊。练习册上画的是一支手枪,轮廓清晰,线条细密,很是逼真。卫星突然又想起何董的一句话——"他跟人打架差点闹出人命,在警察局里待了一个多月。"差点闹出人命,这已经不是一般的打架斗殴,是犯罪。夜深人静,现在教室里就他们两人,万一有什么……她脑中胡乱想着,背上冷汗涔涔。

她吓得僵住时,他画完了最后一笔,抬头看着她:"有事?"

冷汗从身体的每一个毛孔冒出来,卫星只觉呼吸都要凝滞,张了张口干涩道:"你,你画的是什么?"

陆一宸不再多说,将纸笔推开,绕过她径自走了。走到门口,他又回过头:"你不走?"

卫星仍站在他的位子旁边。她不是不想走,而是走不动了。

刚才一惊一吓,几乎将她的魂魄都吓飞了。她从小身体弱胆子也小,经不起惊吓。有次表弟拿了一条仿真塑料蛇塞到她书包里,她拉开链子一眼望见,吓得大叫一声竟晕了过去,自此之后但凡见到绿色条状或者井绳一样的东西,她便通体发冷,远远地就要绕道而行。

陆一宸瞧出不对劲,喊了一声:"卫星?"

她努力地想要转过头,身子却像不听使唤,半点动弹不得。陆一宸折回来,见她脸上白得几乎没有血色,冷淡的语气中有了一丝关心:"生病了?"

卫星直着眼睛,嘴唇动了动。他犹豫一下,抬手摸向她的额头,触手冰凉一片。他又摸她的手,同样冰凉。他是练过的,手臂有劲,个子又高,将她抱起来,便要送校医室。

他的胸膛很暖,卫星僵住的身子慢慢舒展开,轻扯他的衣服:"别去……我,没事。"

陆一宸停下脚步。

卫星靠在墙上,大口喘着气,脑中一片空白。

宁采薇听到门外有响动,趿拉着鞋子开门张望,见她在门外,诧异道:"怎么不进来?"见她双颊火红呼吸急促,又道:"小星,你这是在操场跑步刚回来?"

这智商给你九十分。卫星依着她的话点点头,又深呼吸几番,转入寝室。寝室中还有两个女生。一个坐在书桌前,对着镜子正揭下面膜,往脸上拍着柔肤水和精华液。另一个已躺上床,倚着靠枕玩 iPad。

见卫星回来,两个女生望过来一眼,又各自做自己的事,如同漠不关心的路人。宁采薇倒是热情,拉着她过去,先是到了一旁正对镜美容的女生面前,介绍道:"这位是白璐,白居易的白,王字旁加道路的璐。"

卫星忙道:"白璐同学你好,我是卫星,以后还请多多关照。"

白璐一一合上护肤品盖子，又将管状眼霜拧上，这才转过身看了她一眼。卫星看清了她的样子。这是一位很漂亮的女生，瓜子脸白皮肤，很完美很精致，同时也因为太过完美精致，而有种说不出的违和感，看起来像一张假脸。

　　白璐不咸不淡地应了一声，自顾自地收拾桌面，将护肤品依着顺序摆上书架。宁采薇又将她领到玩iPad的女生床边："小星，这位是季茵茵，班里的数学课代表，数学成绩很好的……"

　　季茵茵不等宁采薇说完："我没时间，不指导任何人的数学问题。凡事也要靠自己，别老想着别人关照。"

　　卫星忙点头应"是"。

　　季茵茵哼了一声，拾起iPad又继续埋头玩。

　　这里的同学一个个如同火眼金睛，卫星心虚，怕她们再问下去，忙躲入洗手间冲澡。她搭车来到C市，抱着一个又重又鼓的书包走了许多路，早就蓬头垢面了，只不过时间比较急，所以不曾来得及认真收拾形象。洗净了脸上的斑斑点点，洗净了一身的尘土和汗意，也洗净了他怀抱的味道。卫星将脸扬起，任水迎面浇来，从眼睛、口鼻滚滚向下，有种轻微的窒息感。脑中全是他棱角分明的脸，他高大的背影，他关心却又故作冷漠的表情，卫星一颗心又甜蜜，又惆怅，又紧张得不知所措。

　　她这是怎么了？

　　宁采薇在外翻箱倒柜，敲着门喊："卫星，我有两套衣服买小了，给你穿应该合适。我就试过一次，你不嫌弃的话，明天穿上吧。那套校服就此搁起来，学校里没几个人穿。"

　　她"笃笃"敲了数下，又道："我放你床上了，你自己试。我们先睡啦，你洗完早点出来，晚安。"

　　卫星连忙道了声谢："晚安。"

　　擦干头发出来时，寝室已经灭了灯，黑漆漆一片。卫星在洗手间门口等了片刻，待眼睛适应黑暗，能看清周围事物轮廓，才蹑手蹑脚到了自己床上，拥着被子躺好。她刚合上眼，脑海中却又冒出他的脸，挥之不去。真是魔怔了。

卫星拉被子蒙上头，拼命让自己想其他事情转移注意力，想明天的课程，想抄下来的数学难题，想烦琐的化学方程式，想电动势、欧姆定律……

六中的第一个夜晚，她睡得并不好，但起得依然很早。天未亮，她便爬起来，小心地穿衣洗漱，尽量不发出声音。宁采薇给她的衣服有两套，一套是荷叶袖粉色连衣裙，一套是白衬衫配黑色小短裙。卫星扯了扯刚好遮盖到大腿中部的小短裙，最终决定穿到膝盖的那件粉色连衣裙。

这么漂亮的衣服，她是第一次穿到，心里不由忐忑。穿了又脱，脱了又穿，几次三番方才下定决心换上，毕竟那身校服真的很突兀。

她不想再被人用异样的眼光打量。然而，事与愿违。

当她费尽九牛二虎之力将宁采薇从被窝里拖出来，拽着上眼皮直打下眼皮的同桌赶到教室时，一个两个三个……全班都抬起头看她。

卫星以为是迟到了，紧张道："对不起，我们迟到了。"

班长周扬正在点名，闻言摇了摇食指，勾出迷人的一笑："不，美女永远不会迟到。"

赵慕霍地站起来，一脸震惊，道出了所有人心中的疑问："卫星，你……你昨天不是长这样的！"昨天明明是个其貌不扬的土包子，今天……分明是个美得能上天的女神。

这次的卫星是真要上天，这不科学！

卫星摸了摸自己的脸，低下眼睛老老实实地答："舅舅说家里忙没时间送我，要我一个人进城，又说一个女孩子路上恐怕不安全，所以让舅妈给我打扮了一下。"

卫星对自己的相貌一直不甚上心，因为她没有上心的资格。自小寄人篱下，且寄养的舅舅家里也穷得很，能供她读书已经很不容易，哪还能支撑她穿新衣服打扮得漂漂亮亮？没爸妈的孩子都懂事早，所以卫星从不要求穿新衣服，也没想过买化妆品打扮，冬季天气干冷，这时就花两块钱买一袋儿童护肤霜，能用一个冬天。

不过她隐约晓得自己长得不算丑。她跟妈妈长得很像，而妈妈是当时十里八村公认的庄花，至今还有人津津乐道她妈妈当年的事。从读小学时起，就有许多男生往卫星的桌子抽屉里塞情书，情书里往往还夹着一两颗硬糖果。她模糊懂得这是不对的，于是一封都不敢打开来看。有次表弟撞见了，便将一沓厚厚未开封的情书抢过来，翻出里面的糖果拿走，然后瞧热闹不嫌事大地将书信交给了舅舅。

舅舅看了信，大怒，一巴掌打在她脸上，骂道："小小年纪就不学好，长大了也是跟你妈一样贱，不如就此打死你干净！"

小山村距离政府远，是计划生育管不到的边缘地带，家里的孩子一般都有三四个。舅舅家有两个儿子两个女儿，养得很是吃力，再加上一个白吃饭的她，一共五个孩子，只能靠着瘠薄的一亩三分地，面朝黄土背朝天地养家糊口。舅舅待她算不错的，若是舅舅盛粥，那么她碗里每次都能有两块红薯干，若是舅妈盛粥，她碗里最多只有一块红薯干甚至没有。

读高中住校，每半个月回家一趟。送她去学校的早晨，舅舅都会偷偷塞给她一包熟鸡蛋，并叮嘱一句："快放书包里，到学校慢慢吃，别让你舅妈看见了。"

自她记事到现在，舅舅就打过她一次。打了之后，她还没哭，舅舅倒先哭了："卫星，你是个好孩子，千万别学你妈妈。"

从此以后，她很少跟男生说话，再收到情书便撕碎得认不出字眼，扔到学校后面的一口枯井里。

卫星低着头，正要顶着同学们的目光回座位。宁采薇被拖了一路，已清醒过来，看见身边的她不由咋呼起来："天呐，卫星这是你吗？"

不同于昨天像麻袋一样罩在身上的校服，她今天穿的是宁采薇送的荷叶袖粉色连衣裙，如此一来胳膊和双腿便露了出来。她的皮肤很白，却不是护肤品保养出的苍白,而是一种天然的白里透红,盈盈有光泽,仿佛玉质一般。宁采薇又摸又捏,两眼几乎冒出红心:"啊啊啊小星,晚上我要跟你一起睡。"

此话一出,立刻遭到同学们充满嫉妒的目光围击。

她的五官小巧玲珑,很立体,不用化妆也很美,洗干净脸上的掩饰,挺直站着,气质也跃然而出,文文静静,如同一幅赏心悦目的山水画。堂下一阵哀号,舅妈真是老巫婆一样的存在,到底是多险恶的用心,才能将一个女神打扮成叫花子,瞒过了一学校的人。这下好了,昨天嘲笑过人家的如今只能啪啪啪"打脸",最重要的是给女神留下了不佳的印象,以后还如何忽悠说一见钟情?

最后一排的赵慕等人则纷纷向陆一宸竖拇指:"宸哥,兄弟我这辈子只服你一个。"

陆一宸仍是冷淡,理也未理,又继续埋头勾画。

周扬身为班长,趁机以公谋私,挨过去道:"卫星同学,班里缺一个纪律委员,迟迟没有合适的人选,我今天一看,觉得你非常符合。我想向李老师推荐你当纪律委员,如何?"

班干部一周开一次碰头会议,如能让卫星当纪律委员,那么他这班长自然就要时不时跟她交流工作。

"我当纪律委员?"惊讶之后,卫星忙摆手,"我不行,我从小没管过人,也管不住同学。我只做过一次物理课代表。"

"任成杰,你上周不是说要卸任物理课代表吗?"

"啊?"任成杰一怔便反应过来,忙点头,"对对对,我物理还考不及格,怎么能做课代表?早就不想当了。"

"既然如此,卫星同学你接任物理课代表吧。物理老师那边我会直接推荐。"

"至于纪律委员……"

赵慕等人已在下面起哄:"我们推荐宸哥!宸哥是黑带三段,谁不遵守纪律一拳头揍他回老家。"

"那就陆一宸?"

卫星偷偷看他,见陆一宸正专心地写写画画。他就刚才抬头瞧了她一眼,接着便忙活自己的,眉目间很是认真,不知有没有将此刻众人的喧闹听入耳中。

赵慕追过不少女生,自然猜得到周扬的用心,生怕自家星星姐被别人捷足先登了,拍着桌子直说:"宸哥,就宸哥了。"

周扬平日就不太敢惹赵慕,听到他推荐人,而且陆一宸埋头干自己的事不说接受但也没反对,只得道:"既然大家推荐,纪律委员暂定为陆一宸,待会儿我将班委调整情况报给李老师。"

卫星坐回座位上,见同学们仍然向她张望,更加不敢抬头,忙拿出课本随便翻出一页轻轻地读。大家在看她,她脑中却全是陆一宸的脸,忍不住用眼角余光向后看。

赵慕高兴得跟自己得了女生欢心般,在下面踢陆一宸的桌子脚:"宸哥,星星姐看你呢。"

班里的同学全跟侦探似的,卫星吓得忙定神,再不敢有其他心思。

早自习在喧闹中落下帷幕。同学们鱼贯而出,宁采薇喜滋滋地挽着卫星一同到食堂。六中学费贵,伙食也贵,在外面一块五就能买到的包子,这里要两块才行。

不过,能在六中读书的学生压根不在乎这点小钱,何况伙食虽然贵,却也比外面的干净好吃。卫星一眼瞧见上面的标价,只要了一个白面馒头。宁采薇则端着一杯牛奶、一个水晶包子、一个茶叶蛋和几块点心坐了下来,见她啃馒头,惊诧道:"卫星,你就吃一个馒头?"

宁采薇是个大大咧咧的人,说话也不太懂得注意,声音不由高了些。于是,周围的人全听到了。卫星进入食堂时,本就已引得同学们瞩目,此刻宁采薇这么一惊诧,顿时吸引了更多人的目光。

她的脸又烫起来，忙低下头，轻声道："我吃一个馒头就饱了。"

"小星，你也在这里。"一道温润的声音在前方响起，待卫星抬起头时，何修远已端着餐盘走过来，指了指对面的空位，"有人坐吗？"

见卫星摇头，何修远坐下，将盘子里的牛奶和一盘西式点心放在她面前："拿多了，我吃甜容易腻，这两样你帮忙解决了吧。"

这下，更多的目光看了过来。六中食堂分东西两边，东边食堂是自助，想吃什么就拿什么，灵活自由；西边食堂是营养套餐，根据食谱搭配出现成的，多是为课业繁重、没时间在伙食上下功夫的高三学子准备，很方便，且环境更上档次。

何修远一般都在西食堂用餐，谁知今日竟到了东食堂。高一高二的学妹们一边用早饭，一边看过来发花痴。宁采薇亦不例外，自何修远坐过来之后，她一改大大咧咧的性子，束手束脚变成了淑女，轻轻道："何学长与小星认识？"

何修远看了一眼卫星，微笑着道："昨天刚认识，父亲叮嘱让我照顾她一些。"

昨晚，何钧离开学校之前，又叫了自家儿子出来，笑眯眯地问："修远，你觉得卫星丫头怎么样？"

何修远回想起刚才穿着宽大校服、一直低着头无比拘束的小女生，斟酌了一下措辞："挺文静……朴实的。"

何钧哈哈大笑，拍了拍他的肩："修远，你比一宸还是差了点。"

陆一宸小时候常在何家住。比起儒雅的何修远，何钧更喜欢这位硬气的外甥，说陆一宸像他。陆一宸练跆拳道时，何钧还当过一段时间的陪练，疏忽之下被十岁的外甥一拳打了眼眶。何钧非但不生气，还将肿起来的眼眶向人炫耀："瞧见了吗？这是一宸打的，那小子可有出息了，能比修远更优秀。"

何钧丢下这么一句莫名其妙的话便坐车回家，何修远则琢磨不出父亲的意思。他对陆一宸中午打架一事知晓，也查得出当时病房里只躺了一个中暑的卫星。陆一宸这架应该是因为卫星打的。父亲说他不如陆一宸,那么是跟卫星有关了?一个成绩不错的乡下丫头而已,如何值得父亲拿来衡量他和陆一宸?何况陆一宸早已不是当初的陆一宸。

何修远虽对父亲的话不以为意,却也存了一丝好奇与疑惑,于是转到东食堂来用餐,想着观察一下卫星。他抬头望见她的一刹那,忽地想起一个成语——破茧成蝶。父亲的话又在耳畔响起——"修远,你比一宸还是差了点。"

第2章
你是一朵向阳花

赵慕最近有些沮丧,因为他家老大的妹子被小白脸盯上了,老大却跟闭着眼似的,竟能全程冷淡没有一点吃醋的意思。

"宸哥,何学长最近到东食堂的频率是不是有点高啊?"

"宸哥,何学长老跟卫星坐一起,高三不是课业多很忙吗?"

"宸哥,你能不能给点反应,你要打光棍了。"

陆一宸终于给了反应,笔尖按断在图纸上,慢慢抬起头,狠狠地说了一个字:"滚!"

赵慕就……滚了。难不成宸哥不喜欢漂亮妹子,就喜欢星星姐之前的乡村非主流风格?啧啧,口味真重。

周四晚自习,物理课代表收作业。卫星从第一排开始,一个挨一个地收过去。自从她接了物理课代表一职,物理作业上交的质与量一跃成为各科之首。物理老师是位快到退休年纪的老教师,姓郑,有一对聚光的小眼睛和典型的地中海发型,额前锃光发亮,跟擦了油似的。

郑老师有着老教师的通病,即精益求精,用大白话说就是好的还想更好。见物理作业上交的质量已无其他科能比,于是就自己跟自己比,要求卫星将班级里的物理作业全部收齐,一个都不能少。卫星只好勤勤恳恳地催同学们写作业。班里不交作业的多是不服管教的男生,她打小不多与男生说话,又性格柔弱,催作业时说话都不敢大声,本以为会收不全。

幸好这些男生向来吃软不吃硬,何况又是女神催作业,纷纷给面子,抄了一份交上去。最后,没交作业的只剩下陆一宸。

"陆一宸呢?"卫星抱着一摞作业本来到倒数第二排,却见座位空着。

"宸哥出去了。"赵慕怀着一颗名侦探的心推测,宸哥肯定是知道今晚星星姐来催作业,所以提早躲了出去。

卫星犹豫片响:"去哪儿了?什么时候回来?"

赵慕挠了挠头:"不知道什么时候回来。应该是在操场吧,如果没有,那就有可能在宿舍或者宿舍天台。"

卫星点点头,抱着一摞作业要回位子。物理作业今晚必须收齐,明天"地中海·郑"要一本本地检查。卫星犹豫一番,向班委说明情况之后,便下楼找人。

操场上没有,她只得去隔壁的男生宿舍楼。男女生宿舍楼不可互进,她费了好大劲解释,乃至签了名字写清是哪班学生因何要进男生宿舍,宿管阿姨方才放行。

陆一宸不在宿舍,而是在天台。四下寂静,满天星星,倒是一处安静而开阔的地方。他背倚着围栏在抽烟,火光明明灭灭,如同闪烁的星星。卫星早知道的,他身上有烟味,应该也抽烟。抽烟打架,在她以前的认知里,这是坏学生才会做的事。

陆一宸明明也打架抽烟,但卫星却从心底里认为他不是坏学生。在她眼里,他很有正义感,也帮过她多次。卫星挪着步子走过去,不知如何开口,半晌,竟是从兜里掏出一把硬币,数了一遍递给他:"上次你帮忙买的东西,一共十六块,还你。"

陆一宸没有接,也没有说话,只一口一口地抽着烟,仿佛她压根不存在。

卫星又走近一步,要将钱塞给他。

"你帮我把物理作业做了,一页两块,做八页,我们就两清了。"

卫星愣了一愣,方才反应过来,讷讷道:"不能这样的。"

陆一宸很自然地接了钱:"那你白帮我做。"

夜晚天凉,天台上的风有点大,卫星抱了抱胳膊,不由打出一个喷嚏。

陆一宸冷淡道:"还不回去做作业?"

他一向是冷的,从第一眼见到便知。但这几日的冷却和第一天不一样,第一天是冷漠中又有一丝温暖,这几日他却是真的冷漠,眼里不再映出她的身影。

卫星心里有些憋屈："我没答应你。"

"你别抽烟,对身体不好。"卫星见他不理会,又道:"对我身体不好。"说着捂住嘴巴,咳嗽了两声。

"那你回去不就得了?"陆一宸报复般又狠吸两口,吐出烟圈。

烟味呛人,何况她体质差,对烟尘杂质等格外敏感,忍不住一阵咳嗽。眼前的人很陌生,不再是那个倔强地将她护在身后的、富有正义感的大男孩,而像个彻头彻尾的坏学生。

"你怎么变成这样了?"

"我本来就是这样。"

她有点想哭:"陆一宸……"

陆一宸转过身,隔着夜色与她对视,不耐烦道:"你到底走不走?别以为我不知道你的心思,不就是见我帮了你几次,以为我对你有意思,想着傍上一个能给你生活费的男生吗?"

卫星又惊讶又感到羞辱:"我没有……"

陆一宸讥嘲地笑:"不然呢,你图什么?"

人都是有底线的,人都是有脾气的。卫星受不得这种侮辱,提高了声音:"我没图什么!"

陆一宸在围栏上按熄烟头,抬手钳住她的下巴,带着浓重的烟味凑上去:"既然不图什么,还追着我不放,就是要倒贴了。"

他靠向她面颊,握了她的手腕,让她摸向自己胸口:"你的心明明跳得很快,却又来装清纯。我如果亲了你,信不信你不仅不会喊老师,还会很配合。"

"你这种赶着倒贴的女生,真贱!"

卫星的脸瞬时煞白,舅舅第一次打她的场景犹在眼前——"小小年纪就不学好,长大了也是跟你妈一样贱,不如就此打死你干净!"

不知哪里来的力气,她猛地推开他,向后退了两步,她浑身发冷,冷得一直打颤,头脑开始晕眩,耳中嗡嗡地响。她退到楼梯口,扶着扶手要下楼,但脚下哪还有准头,一脚踩空滚了下去。

"小星——"陆一宸大叫一声,一个箭步冲过来,按着扶手跃下,去抱她,检查她的伤势。

六中学费贵,但不是贵得没来由,除了师资力量在全市数一数二外,它的设施是最齐全也是最安全的,选材和楼梯铺设都很讲究,从扶栏到踏步的材料、坡度、宽度等全是精心设计的,不易伤到人。卫星一脚踩空跌下去,除了磕碰数处青紫之外,倒也没受什么重伤。她浑身冷得几乎僵硬,用尽最后一丝力气推他:"别碰我。"

她身体差,每当情绪波动,往往会有通体发冷乃至昏厥的情况。陆一宸将她抱起来,一路飞奔下楼:"对不起,我刚才胡说的,我送你去校医室。"

往常在家时,她就三天两头病倒,这也是舅妈没极力要求她外出打工赚钱的缘由。因为她从小没养好,体质太弱,跟个药罐子似的,除了读书外,做不得其他营生。

校医室的医生还是上次的那个,见陆一宸抱着人冲进来:"怎么又是你?"

陆一宸顾不得解释:"她从楼梯上摔下来,医生你快看一看有没有伤到。"

医生一听这话,顿时松了一口气:"六中的楼梯摔不死人。"

让陆一宸将人放在病床上,医生检查一番:"没什么事,让她躺着缓缓神,受伤的地方涂点紫药水就行了。"

末了,医生又苦笑着叹说:"这女生的体质也真是差,以后恐怕要是这里的常客。"

躺了半晌,卫星从几近昏厥中慢慢醒过来,见陆一宸在旁边,又闭了眼:"你出去。"

陆一宸难得低声下气:"对不起。"

"出去!"

下课铃声响起,大家一窝蜂涌到东食堂。

"今天高三周测,何学长应该不会来了。"宁采薇戳着碗里的小米粥,一脸深宫怨妇相。

"来不来都要吃饭的。"卫星咬了一口白馒头,就一碟最便宜的咸菜。

"何学长不来,我食不下咽。"宁采薇继续幽怨,将自己的早餐分了一半给她,"小星,你多吃点,老师教过不能浪费食物。"

卫星没有拒绝,她知道自己跟他们不一样。她现在回报不了什么,但每个人对她的每一份照顾,她全牢牢记在心里。女神对面的位子永远不会空缺,何修远今天缺席,其他男生立刻补上。班长周扬近水楼台先得月,端起餐盘抢先移过来,向对面的空位抬了抬下巴:"有人坐吗?"

卫星摇了摇头。

"那我就不客气了。"

高二(1)班是全年级最让人头疼的一个班,纪律最差,平均成绩也是最差,班里的学生呈两极分化状,成绩好的不论周围打闹喧天,他自能两耳不闻窗外事一心只在习题中,分数与定力越来越好;成绩差的聚集在一起几乎能上课打牌,分数也就越来越低。

周扬属于成绩好的一类,不抽烟喝酒,更不打架斗殴,名次也是全年级拔尖,能跟全班男生打成一片,对女生也颇有绅士风度。总之,虽然没有同龄人标榜的个性,但在老师们眼中,他是个十足的好学生。

"已经是高二下学期了,我们班再这样混下去可不行。李老师前两天找我说要整顿班级纪律,希望班委和课代表商量出个思路,让同学们收收心,把精力放在学习上。"

宁采薇将汤匙一扔,摊手:"我们班那些同学收得住心?说得倒轻巧。能收早就收住了。就说赵慕吧，他爸爸公司都开到了国外，家里住的是别墅，有大把大把的钱花，他就是过来混个日子，根本不在乎上不上大学。"

卫星轻轻地插了一句："这样是不好的。"

宁采薇撇嘴刚要反驳，忽地眼前一亮："哎呀，赵慕不是叫你星星姐吗？不如卫星你去跟他谈谈，或许就管住了呢。"

卫星低下了头："不是的。"

周扬亦责备似的看她一眼："采薇，六中不允许谈恋爱，你可不要给卫星惹麻烦。"

宁采薇打了两下自己的嘴："呸呸，我乱扯的。"

不过，宁采薇的话倒是提醒了周扬，他想了想："赵慕现在是老实许多，多亏了陆一宸压着他。陆一宸是纪律委员，又有两把刷子，能管得住那些问题学生……"

宁采薇捂嘴笑出来："他自己就是问题学生。"

"我们可以争取一下。卫星，你说是不是？"

卫星咬着馒头，下意识望向左前方的高挺背影……

"宸哥，星星姐又看你呢。"赵慕拿着叉子，将餐盘敲得叮当响，那叫一个兴奋。

陆一宸吃着午饭，没理他。

赵慕还要嚷嚷，这时一阵哄笑声从背后传来。赵慕回头，见是一个长相还不错的女生被两个女同学推着过来。

这迹象肯定是送特殊礼物了。

以往女生的小礼物都送给他赵慕，然而自从陆一宸转入六中，风向顿时变了，女生们全盯上了陆一宸。

往日，路上遇见女生搭讪，陆一宸都是装聋作哑，目不斜视地走过去，当对方是空气。

次数多了，小女生们也摸到陆一宸的脾气，知道暗地里接近肯定被忽视。于是选择食堂,要在大庭广众之下搭讪。这样一来,陆一宸再不能回避。

女生在餐桌前站定,鼓足勇气:"我是高二(23)班的许静怡,陆一宸,我们能不能交个朋友?"

四周响起一片起哄声。卫星惊讶地抬眼,想,六中的女生真有勇气。对面陆一宸吃着饭仍是不理。许静怡红着脸,拿出背在身后的绑着一只漂亮蝴蝶结的粉红色信笺,大着胆子递向他:"这个送你。"

周围的同学已开始用筷子敲餐盘,哄笑着。陆一宸终于不能再无视,抬起头,看了对方片刻,接过来那封书信。

赵慕哀号:"宸哥,你这是要换掉星星姐了?"

宁采薇也拉卫星的衣袖:"小星,你家陆一宸要被钓走了。"

卫星低下了眼睛:"说了不是。"

许静怡以为是接受了,欣喜溢于言表:"一宸,我们……"

陆一宸拿着那封信从正中间撕成两半,接着又撕了几下,随手一扔,任信笺碎片落了一地。食堂里安静了,这种拒绝方式真是不给对方半点面子。许静怡捂着脸,哭着跑出了食堂。

宁采薇吐了吐舌头:"怕没人再敢给他送小礼物了。"

中午大课间,班里的同学多回宿舍午休,只剩几个用功学习的和懒得回宿舍的留在教室。

卫星属于用功学习的,陆一宸则是懒得回宿舍。

何修远得知了这件事,有次午饭之后,回教学楼的路上碰到,笑着问:"小星,你跟一宸关系不错?"

卫星老老实实地答:"陆一宸帮了我很多次。"想起那天在董事长办公室里与何钧的谈话,她抬起眼睛:"何学长,他不是坏学生。"

何修远笑道:"一宸是我表弟,我们从小一起长大,他是什么样我早知道的。一宸之前是没得说,不过后来他出了点事……"

何修远不再说下去。

卫星察言观色，知道这是对方的私事，便也不多问。两人沉默地走了一小段路，将到分岔路口。何修远又道："有句话不知该不该说。"

"何学长请讲。"

"你以后别跟他来往太多，一宸他……"何修远按了按额头，轻捶了捶，"有点问题。"

卫星听不太懂，何修远笑了笑："再多就不是我该说的了，小星，好好读书。"

何钧说，一宸的情况比较复杂，你专心读书，以后少跟他来往，如今何修远也这么说。卫星想，陆一宸到底有什么问题呢，指他是问题学生吗？

她正低着头一边想，一边回教室，陆一宸刚好从教室中出来，两人差点撞在一起。

陆一宸虚扶她一把，唇畔弯了弯，竟像是露出一丝温柔："想什么呢？"

卫星被闪了眼，两颊不由微热。陆一宸很少有温柔的时候，他总是冷冰冰的，沉默寡言，目光又很深，给人一种无形的压迫感。然而他一旦温柔下来，这压迫感顿时变成安全感。

"陆一宸，现在有时间吗？班长让我跟你谈谈班级的纪律问题。"那天议论过此事之后，周扬召集班委和课代表集思广益，陆一宸自然没到，他从来没有身为纪律委员的觉悟。

大家讨论许久，认为，眼下只有两条路可选：其一，高二（1）班就此混下去；其二，说服陆一宸配合班委开展纪律整顿，只有他才能压得住那些问题学生。

不过，他自己就是问题学生。除物理作业外，其他作业一概不写不交，考试只填名字，门门功课都是零分，也不爱跟人说话，一天到晚要么翻军事杂志，要么趴在桌子上画海船、坦克、军刀等与课业全然无关的东西。

陆一宸很冷,很少理人,只跟卫星还会说几句话,说服陆一宸的重任自然而然地落在了她肩上。

班级纪律跟他有什么关系?陆一宸冷淡道:"没时间。"

"物理作业以后自己写,我不代做了。"

"有时间吗?我们谈谈纪律整顿问题。"

"……说吧。"

卫星将班干部们的思路向他详细地说了一遍,末了,特别强调道:"你只需要协助一下就行,凶一凶那些不听话的学生,不会占用你多少时间。"

陆一宸有点郁闷:"我很凶吗?"

卫星忍不住笑出来,装出了一个鬼脸:"可凶了。"

高二(1)班的纪律整顿很有成效,各方面的出勤率都有了明显提升。

这边厢,赵慕数了一页的红叉,拉住分完作业本将走的卫星,这次再不敢喊"星星姐":"卫星,我们就想混个日子,将来花钱随便上所大学,能不能别要求这么严?"他做百爪挠心状,"想死啊,真的很想死啊。"

卫星向旁边使了个眼色,轻轻道:"陆一宸才是纪律委员。"

赵慕哭丧着脸,一副算我栽到你们夫妻俩手里的憋屈表情,将作业猛翻两下,喊了一声:"我不会做!"

卫星忙挨过来问:"哪道不会?"

赵慕指着满眼的红叉:"这个,这个,那个……全都不会。"

她挨得有点近,赵慕深呼吸两口,昔日的痞子性子又涌出来:"卫星,你身上好香。"

说完这句话,突然意识到这不是调戏老大的人吗?吓得忙向陆一宸方向看。果然,陆老大已经扭过头,目光森冷地盯着他。赵慕吓得再不敢开玩笑，缩着脑袋道："我自己看书先研究研究，星星姐你回位子吧。"

打嘴已经来不及，赵慕只觉自己有条腿要被打断。卫星见赵慕十分害怕，又见陆一宸脸色不对，经过桌边时轻声道："他不是有意的。"

陆一宸看了她一眼，卫星硬着头皮："算了吧。"

陆一宸埋头继续画坦克，算是将这页翻过去，赵慕孙子似的用目光向她道谢。

高二（1）班的纪律现在已好得能拿到学校里当榜样夸奖，而同学们对陆一宸的惧怕甚至超过了班主任李老师。

一见陆老大进教室，大家立刻将杂七杂八与课业无关的东西收拾得一干二净，正在交谈的也以最快的速度闭嘴，拿起课本遮挡。如此过了一周，宁采薇戳了戳她："小星，你有没有觉得我们纠正得太过了？气氛天天这么紧张，容易得心脏病啊。"

卫星也愁："那怎么办？"

"你跟陆一宸谈谈，让他别那么严厉，稍微宽松一点让人能喘气。"

"又是我？"

"不是你是谁，大佬又不肯理我们。"

于是当天晚自习之后，卫星邀陆一宸到操场上谈话。六中的操场很大，将旁边职业专校的操场都比下去了，原因是何钧说高中生正是长个子的时候，要为学生提供足够的运动空间和运动设施，让从六中出去的学生就算成绩不高，海拔至少是高的。

何钧真是个思路独特的董事。因为这一点，很多家长愿意送孩子到六中。C市的报纸采访何钧之后引用了这段话，并表示何钧办学理念超前，释放孩子天性，很人性化。

六中晚自习结束得也比其他学校早一些，所以下了课之后，很多男生喜欢到操场上踢会儿足球或打场篮球，女生也会结队到那里跑跑步。

操场上的灯是地埋灯，亮起来呈彩色，渲染出一种浪漫的气氛。

如此一来，更多人愿意到操场上转一转。卫星和陆一宸走在外围，远离中央的灯光。夜色较浓，周围是一圈的柳树，混着夜的凉，嗅起来很是沁人心脾。两人并排走了小半圈，卫星竟一时忘了说正事，还是陆一宸提醒了她："邀我来操场散步？"

"不，不是，"卫星微窘迫，幸得是夜间，旁人注意不到她发红的脸。想了一会儿，她道，"陆一宸，这些天班级纪律的确好了很多。"

陆一宸没答话，他向来沉默寡言，能不开口就不开口。

卫星有些难以启齿，要求他凶一凶同学们的是她，如今嫌他太凶的也是她，有刁难人的嫌疑。"陆一宸，你其实可以放松一点，不用那么严肃。你看大家现在怕你怕得跟老鼠见了猫一样。"

陆一宸依旧没说话。卫星深呼吸一口气，又道："偶尔也可以笑一笑，跟大家说两句话，目光也别那么狠，就像……就像你对我，不是很自然很好吗？"

陆一宸停下脚步，卫星顿时紧张了："我，我如果说错了，你也别往心里去，听一听就好了。"

陆一宸又继续向前走了，卫星忙跟上他，硬着头皮又要劝。

他打断她的话："我知道了，陪我再走一圈。"

两人都不说话，穿过柳树和夜色慢慢走着。四周的喧闹声渐渐地远了，天地间仿佛只剩下他们两人。两人从操场出来回宿舍，路过那家小超市，很多学生挤着买东西，付钱处排了长长的队。陆一宸走了进去，卫星只得跟在后面。

"你要喝点什么？"

卫星忙摇头："我不渴。"

陆一宸便不再征求她的意见，挑了一杯红豆奶茶，一并付了钱。他把温热的奶茶递给她："女生好像都喜欢喝这个。"

卫星忙拒绝："那怎么行……"

他已塞到她手中："不喝就扔了。"

卫星是第一次喝奶茶,在小山村时从没见过这种奢侈饮料。她用管子戳了两下,竟没能戳开。

陆一宸拿过来,戳开后又递给她,看着她喝了一口:"好喝吗?"

她红着脸,点了点头。

"奶茶偶尔喝喝就行,不是多健康的饮料。"

微弱路灯光下,薄唇露出柔和的弧度,他好像在笑,卫星一时看得怔住。

卫星回到寝室时已经不早,宁采薇爬上床难得在看书,虽然看得很不认真。近朱者赤近墨者黑,有学霸卫星做同桌,一向回到寝室只玩手机游戏的她竟然收了玩心。

白璐仍是面无表情地对镜扑着各种各样的护肤品。卫星开门时,白璐面部表情变了一下,眼角微微上斜,挑出一抹冷嘲的眼色。才子之间或许互相欣赏,但美女之间更多的是嫉妒。

白璐原本并不将卫星放在心上,她一向自视甚高,在她眼里,不如她的全是土包子,无论土五十步,还是土一百步,全是一个样子。然而卫星洗掉之前的伪装,竟然蜕变成了难得的美女,颜值更胜她一筹。白璐心生不平,一个乡下来的丫头也能跟她比?还抢了她的风头!

白璐家境优越,而且家里只她一个独生女,平时被捧得像公主似的,养成凡事以自我为中心的性子,不宽容更不大度,对卫星自然没有好脸色。但卫星处处小心,不曾出过差错,竟让她好一段时间寻不到错处。她憋着这口气直到今晚。

白璐板起脸,十二分的不高兴:"卫星,你怎么回来这么晚?大家都要睡觉了。"

季茵茵竟然也在看书,这时从书本中抬起头,接着话道:"有些人呐,没有集体意识,好像地球要绕着她转。"

季茵茵虽然也爱玩,但人很聪明,在班级里的成绩一向不错,这也是她值得骄傲之处,然而卫星一来,在成绩上压了她一头,季茵茵不免与白璐有同样的心思，对这转校生怎么看怎么不顺眼。不待卫星说话，宁采薇帮腔道："这不是还没睡吗，怎么就吵到你们了？还集体意识？你们东西占了人家桌子时怎么不说集体意识？"

宁采薇是个不上不下的半吊子，无论成绩、长相，还是家庭条件全都不上不下，而且性子大大咧咧，说话多不注意，容易得罪人，经常受白璐和季茵茵挤兑。自从知道要来一位新室友，心里可是期待得很。那天，卫星来报到，虽然土得掉渣，但一看就知是个好脾气的人，跟白璐两人不一样，所以宁采薇乐呵呵地接受了，还主动跟她套近乎。

白璐性子骄傲高冷不屑多吵，季茵茵则是个不肯饶人的，听到宁采薇反驳，立刻接茬："我们说卫星关你什么事？天天在人家后面像个跟屁虫，还真觉得自己长脸了？"

宁采薇亦不示弱："我愿意跟在谁后面就跟在谁后面，你管得着？我没长脸，你脸倒是长了不少！"

季茵茵长得算不错，只是脸长了些，平日最忌讳别人说她脸长，当即将书一摔："你想吵架是不是？"

宁采薇"哗"地从床上坐直身子："是你想吵。"

卫星忙甩了鞋，也顾不上找拖鞋换，光着脚挡在两人中间："不要吵，采薇、茵茵你们不要吵了。全是我不好，我下次一定注意。"

她先将宁采薇按下，又到季茵茵床前道歉，鞠了一躬："茵茵对不起，我回来晚了，打扰了大家休息。你不高兴冲着我撒气就行，别跟采薇吵了。"

季茵茵眉眼一竖："我撒气？我凭什么冲你撒气！"

卫星自知话说得不妥当，只得不断鞠躬道歉："对不起，我是无意的，茵茵真的对不起。"

一个人是吵不起来的，卫星息事宁人，季茵茵冷笑数声，翻了个身向里睡下了。

卫星又到白璐面前道歉，白璐放好一堆价钱不菲的护肤品，拿着手机也躺到了床上，依旧面无表情："不要有下次就好。"

卫星连忙答应了。

卫星蹑手蹑脚地洗漱完毕，出来时外面已经灭了灯，她小心地躺上床，拉了薄被盖上，脑海中一会儿是陆一宸的严肃、陆一宸的笑，一会儿是季茵茵的横眉竖眼和白璐的冷脸，心头不由一阵乱。

算了，还是回想一下今天的各门功课比较能清心。卫星闭着眼，将一天的重点全部过了一遍，最后在正方体、长方体、圆柱体、圆锥体等一堆几何体中沉沉睡去。

虽然有小磕绊，但日子正往越来越好的方向进展。自那晚操场谈话之后，纪律委员陆一宸敛了些冷硬气质，偶尔还会跟大家说几句话，比如："今天晚自习我请假。"

后排学生简直要一片欢呼，为自己终于能放松一晚上。

然而陆一宸又道："李老师没允许。"

卫星忍不住想笑，陆老大要不要这么一本正经地冷幽默。

高二（1）班的纪律在好转，高二（1）班的成绩也在好转，三五个常考零分的同学如今已能考十几分。赵慕家长拿着那张十一分的试卷，激动得简直要给学校送锦旗，说上学这么多年，他家儿子终于出息了。

班级里唯一一个没有进步的是陆一宸，依旧门门零分。

陆一宸跟其他人情况不同，别的学生是不会，所以考零分；他是完全不做交白卷，只在卷头填个名字。名字写的是行楷体，运笔利落而又沉实，稳重中见洒脱，甚为漂亮。

能写得出这么一手连老师都叹羡的好字，陆一宸不该是现在这个样子。

老师们也有惜才之心，曾几次三番找陆一宸谈话，奈何陆老大非暴力不合作，任凭你说得天花乱坠恩威并施，他自岿然不动，从头到尾沉默以对，回去之后依旧我行我素。

李老师辗转了解到情况，知道了之前纪律整顿之事是卫星跟陆一宸谈的，而且效果很好，于是让班长周扬带话，再让卫星找陆一宸谈谈，让陆老大也跟着提升点成绩。

如此一来，才真正是全班都有了进步。

她这做班主任的脸上也大有光彩。

"又是我？"卫星瞥向陆一宸座位的方向，很是局促不安，"班长，能不能换一个人？我每次找他都有要求，感觉……很像讨债的。"

周扬也不乐意让卫星和陆一宸独处，但眼下陆一宸只理她一人，想了半晌："要不我和你一起跟他谈谈？"

卫星感激涕零："谢谢班长。"

本就是一句客气的话，周扬却想趁机请卫星吃饭，笑着道："这样就算谢了？要拿出点实际行动吧。"

高中生之间，表达谢意无非是请吃饭，只是卫星的经济水平连自己都吃不饱，如何有余钱请吃饭？她顿时窘迫："我，我……"

"开玩笑的啦，"周扬笑了笑，"这次纪律整顿你功劳最大，该我谢你才是。卫星，中午我请你吃饭。"

最后这句才是重点。

卫星忙摆手："是陆一宸的功劳，事情全是他做的。班长要谢就谢他吧。"

宁采薇在旁边煽风点火："卫星有功，陆一宸有劳，要谢两个一起谢不就好了。"

于是，道谢和谈话一起进行。

中午时，周扬请客，三人一同到西食堂三楼下馆子。

三楼主要是炒菜炖菜，贵而不实，但胜在装饰漂亮、环境优美，还提供小包间，适合用来请客吃饭。

卫星是第一次下馆子，瞧见菜单上的价钱，惊得好一会儿才回过神。周扬出去叫服务员送茶水，她起身便要走："陆一宸，太贵了，我们还是到下面食堂吃吧。"

陆一宸端坐不动："班长掏钱,你不用心疼。"

她忐忑不安："这样不好吧。"

陆一宸不回答,他向来惜字如金,话从来只说一遍。周扬拿了菜单,让她点菜。卫星哪里会点菜?菜单上面的菜名她一个都没见过没吃过,何况看到价钱她就觉得心疼,一道菜的价格相当于她三天的伙食费了。

陆一宸倒是不客气,接过菜单："我点。"

四菜一汤加一盆米饭,不多不少,荤素搭配,点得很是适宜。

周扬先是向卫星和陆一宸道了谢,说多亏了两人支持工作,班级才能有新气象。接着又拐弯抹角地暗示全班只有陆老大一人成绩不见起色,常言道,学习如逆水行舟不进则退,陆公子如果每次能多考一分,那便是极好的。

周扬一番话说得情真意切。陆一宸却理也未理,给卫星盛饭夹菜递过去,接着自己盛饭夹菜,不知是将周班长的话当成了耳旁风,还是当成了下饭菜?

小包间里是方桌,陆一宸和周扬坐一边,卫星自己坐对面的一边。

周班长说得口干舌燥,却得不到陆一宸半点反应,这多尴尬。卫星有意解围,在桌下踢了踢陆一宸,示意他回句话表表态度。

陆老大埋头吃饭,不给回应。

卫星踢了两次,虽然陆一宸没有理她,但周扬却瞟了她两次,那眼神意味深长,大概是对谈话的进展十分不满意吧。卫星有点着急,索性一脚踩过去。正在长篇大论的周班长顿时卡住,神色奇怪地看向她。卫星顿时很尴尬,却不知其所以然。

从头到尾埋头吃饭的陆老大终于放下筷子,绷着禁不住要扬起的唇角,轻点了点桌沿："同学,你踩错地方了。"

卫星低头,见自己正踩在周扬的脚面上。

第 3 章
漂亮的卫同学

六中迎来了开学以来的第一次大考——期中考试。虽说平时也有月考,但期中考比之月考更重要。而且此次考试之后,会根据考试成绩进行重新排位。

一时有人欢喜有人愁。

校园里一扫往日的散漫气氛,竟也有了罕见的紧张感。

宁采薇抱着卫星的胳膊装模作样地抹泪:"小星星,你成绩那么好,我们恐怕做不了同桌了,呜呜呜。"

卫星不知该如何安慰,半晌憋出一句话:"你多努力。"

宁采薇顿时真要抹泪了。

连着两周紧张地复习,期中考试结束。同学们立刻将之前的压力与不快抛至脑后,兴冲冲地收拾书包回家。

六中,几乎囊括了 C 市中等以上家庭的学生。

期中考试结束的那天,等着接孩子回家的汽车从校门口一直排到数里外的广场,浩浩荡荡地造成了交通堵塞。

贵族高中,名副其实。

418 女生宿舍中,宁采薇三人早早收拾好书包,等父母来接便欢欢喜喜地回家。宁采薇见卫星没有动静:"小星,你不回去吗?"

卫星低着头翻练习册:"我刚来学校没多久,这次就不回家了。"

宁采薇没有多想,乐呵呵道:"那你自己在学校小心一点,我回来给你带好吃的。"

白璐父母工作忙,抽不出时间接女儿,这次来的是一位板寸头、西装革履的司机,帮忙又是提东西又是拎书包,好不勤快。

白璐那张完美到像假面一样的脸更加冷漠:"他们又在忙?"

西装司机点头哈腰:"白总到 D 省考察一家工厂,谈收购事宜,白夫人去国外参加一场国际高端论坛。他们过两天就能回来,请大小姐耐心等一等。"

白璐从司机手中抢过来书包:"砰"的一声摔在地上,又狠狠踩了两脚,仰着头像冷傲的公主一般扬长而去。

卫星吓了一跳,白璐虽然待人冷淡,偶尔也会不屑地说人两句,但却不随意发脾气。这等场景,卫星还是第一次见。

"你以为她过得能有多好?不过是钱多罢了。从高二开学到现在,几乎没见她爸妈来过,听说她爸爸是大公司的总裁,妈妈是副总,每天都有忙不完的事,根本顾不到她。"宁采薇说完这段话,背上书包,扬了扬手,"小星,我走啦,回来给你带我妈妈烤的饼干,可好吃了。"

卫星目送她走出门:"采薇再见。"

季茵茵背上书包也走了,虽然没有打招呼,但卫星同样目送她走出门,轻轻告别:"茵茵再见。"

季茵茵回头看了她一眼,不冷不热。六中校门可不是随便什么外人都能进,大多数家长只能等在门外,见自家孩子出来,立刻招手呼唤。车门打开,一个个青春洋溢的孩子被接入车中,跟爸妈七嘴八舌地说着这段时间学校里发生的事。四周很嘈杂,可这嘈杂令人喜悦。

一辆辆汽车陆续开走,六中门外慢慢地恢复了往日的安静。

卫星洗了衣服晾好,又将宿舍的地拖了一遍,将窗户打开让阳光晒进来,接着抱起练习册回教室上自习。

她不是不想回家,只是她家在乡下,距离C市较远,来回一趟的车费差不多是她半个月的生活费,花不起。

放了个小假期,学生一走,偌大的校园顿时显得空荡荡。卫星走到岔路口,下意识地往校门旁看了一眼,只一眼,便认出了那道背影。六中高个子的男生不算少,但不知为何,独独他的背影她能一眼认出来。

或许是平常说话还算多吧,卫星想。灰黑色的轿车停下,也是一位西装革履的司机下了车。陆一宸跟他说了几句,似乎是让对方走。

司机不肯,有些着急,拉着他劝。陆一宸懒得再听下去,甩开对方的手,转身回了学校。司机想追进来,但门卫拦下了他。卫星望得有些出神,没能及时离开。待她觉察到要离开时,陆一宸已朝她的方向看过来。卫星心中一惊，忙转入教学楼那条路，抱着练习册，几乎是小跑一样回了教室。

刚才他们距离有点远，不知道他有没有认出她。教室里只有她一个人，她坐下来开始做物理作业，做她的，也做他的。这段时间，他的物理作业一直是她在做。

其间，教室外有两次响起脚步声。卫星竖着耳朵听，脚步声两次都是在教室后门外停下，停了一会儿，又折回去，越行越远，消失不闻。她在教室里待了一整个下午，他没有来，卫星心里有点失落。他应该是没有认出她，或者认出了却不想来。

毕竟在宿舍的床上躺着，比在教室坐硬板凳舒服多了。而且，他为什么要来呀？他没有要来的理由。外面暮色降临，是吃晚饭的时间了。因为放假，食堂不提供饭餐，接下来的三天要到校外吃。她数了数书包里的零碎钱币，决定去买一兜馒头回来，吃三天，一次性解决伙食问题，连出门吃饭的时间都省了。

馒头没有买成。因为下楼出校门，刚转向右边的街道，便见前面站着一道高挺的身影。他将半截烟掐灭，抬眼看她，装出一丝诧异："你也在？"

不得不说，陆老大的演技真差。

六中位于 C 市学园区中，紧挨着的有一个初中、两所高中和一个职业学院。六中是完全封闭化管理，除了放假学生不得出校门。但其他学校在这方面没有那么严格，何况今天是周六，学校允许学生到外面自由活动。

晚饭时间，小吃街上的人流量颇大，来来往往甚是热闹。

她和陆一宸走在一起，一路上引来许多目光。有的学生也不管本人是否听得见，和同伴一起惊呼出声："哇噻，那一对儿好般配。"

卫星脸上烧起来，低下头，一颗心跳乱了节奏。陆一宸笑了一下，侧身靠向她："不要总低着头，左右看一看想吃哪家。今晚这顿我请你。"

他的呼吸温热，喷在她面颊旁。她甚至能嗅到独属于他的男性味道。心跳如擂鼓，卫星愈发不敢抬眼："那，那怎么好意思。"

"没关系，我先请着，以后你再请回来。"

这是说以后他们还会再见吗？对方说得很有道理，当然，最重要的是她不排斥跟他一起吃饭，心底好像还有一丝丝的雀跃。卫星从善如流，果真抬头看左右的餐馆。

只是她第一次来，又对各式各样的餐馆不熟悉，不知该选哪一家。陆一宸单手插兜，跟在旁边，也不催她，只不紧不慢地走着。这一走，就走到了街道尽头。

卫星尴尬了一番，放弃选择权："你来吧，我不熟悉。"

陆一宸也是刚转校到这里，同样不熟悉，于是指着尽头的一家："今晚就这家吧，以后可以挨个吃过去。"

卫星总觉得他话里有话，但又不好意思问出口。这是一家川菜馆，每一道菜里都有青辣椒红辣椒，盘底还铺着一层红红的辣椒油。

卫星吃得不太习惯，辣得脖子都红了。她皮肤本就白，如莹润玉质，这一红便是白玉变红玉，映着柔和灯光更显光彩照人。陆一宸坐在对面，看着她，目光渐渐地也如此刻的灯光般柔和。

他将一杯温牛奶递过去："喝了会好一点。"

川菜馆中，两人一边慢慢地吃，一边有说有笑。俊男美女已十分养眼，如今再笑上一笑，顿时店里的大半客人都向他们那桌望去。

其中一桌坐着四个手臂上有刺青的不良青年。平头的那人看着卫星，舔了舔唇，露出淫邪的笑容："这妞不错，真水灵。"

留长发的一个道："想追？"

其余三人会意，将啤酒杯同时往桌面上一碰，哈哈大笑起来。

四人说话的声音颇高，餐馆中的大多数人都听见了，大家露出厌恶的表情。陆一宸的脸色很是难看。卫星虽然没有瞧见那人动作，但听到了那些话，心里也不舒服。她不想多事，只能佯作没听见，夹了菜放他碗里:"吃饭吧,都要凉了。"

草草地用完这顿饭,出门时,外面的天已全黑了。那四个青年还在拼酒,在卫星走过时,还嚣张地扭过头来,沿着唇舔了一圈。卫星十分紧张,倒不是紧张这些不良青年,而是紧张陆一宸,怕他像上次在校医室那样出手打架。她见他的脚步微顿,连忙碰了碰他的手背:"走了,走了。"陆一宸便没再说什么,冷着脸出了餐馆。

他将她送入学校,自己停在校门外,一手插兜,一手挥了挥:"你先回去,我还有点事。"

她以为他是想在校外抽两口烟,瞪他一眼:"不许抽。"

陆一宸从兜里掏出那盒烟,一并扔给她:"放心了吧。"

卫星"噗"地笑了声,这才转身走了。

大晚上,一个人在教室未免太空旷。卫星拿了要预习的课本和两本练习册,准备回宿舍学习。经过岔路口时,又向校门处望了一眼。陆一宸已经不在那里。她攥了攥手里的那盒烟,忍不住想笑,还真乖乖交出来了。不过,该不会又去买一盒新的吧,真是问题学生。

卫星走了两步,隐约觉得不对劲。大晚上的,他一个人在外面做什么?他和她是同一天转校来的,外面应该没什么认识的人。

卫星越想越心慌。

何董曾经说过,他跟人打架差点闹出人命,在警察局里待了一个多月,家里托了许多层关系才把他保出来……

卫星心中"咯噔"一声,他该不会是……

她将作业一股脑儿扔在路边,攥着那盒烟急忙向校外跑去。然而没跑出多远,心口蓦地一阵疼,她扶着路旁的一棵柳树慢慢蹲下来,疼得冷汗涔涔。

她是早产儿,她妈妈怀孕七个月时摔了一跤,当天便生下了她。因为家境差,生下来之后没能养好,她一直体弱多病,平时不能情绪激动,也不能剧烈运动,像个玻璃娃娃一般。

卫星心口疼得厉害，但更担心他，于是歇了一会之后，又强撑起身子，扶着路旁的柳树和路灯杆一步步地挪过去。

陆一宸，千万不要跟人打架。然而上天似乎没有听到她的祈祷。当转过那条街道时，便见路的尽头围着一群人，喧喧嚷嚷，还夹杂着几道鬼哭狼嚎般的痛叫。

她站在路的前头，松开扶在墙壁上的手，叉起腰大喊了一声："陆一宸！"

这一声喊得很响亮。街道尽头的人群分开，露出中间那道高挺的身影，果然是他。旁边，那四个有文身的不良青年滚在地上，正一声一声地哀号着。愤怒之中激发出潜能，卫星连心口的疼痛都忘记了，气冲冲地走过去，将那盒烟砸在了他头上："不是抽烟就是打架，你是不是要气死我！"

刚说完这话，便意识到逾矩了。他们之间有什么关系吗？他抽烟他打架，为什么她要生气呢？这句话有太多的漏洞，她等着他反驳，她则无地自容地离开。然而他什么都没说，微垂眼睑，不看任何人。围观群众开始劝和："小姑娘，不要这么生气。打架是不好，不过你朋友也是为了给你出头，你这样骂他，他多难受。这些混混也该有人教训一顿，整日无法无天的。"

出了那道街左转回来，便是六中的围墙。喧嚣远了，夜变得安静。路灯散成一个个光团，照亮回校的道路。两人并肩走着，仍旧是沉默，只是没有了之前温暖的默契感，反而像中间横着一根刺，稍微靠近便觉生疼。

卫星心里很不好受。刚才大家说的道理她全懂，也知道错不在他，只是担心万一再像何董所说闹出大事情，或者万一他打不过人家吃了亏呢？

她受点委屈没什么，从小到大不知受了多少委屈，多这一次不多，少这一次不少。她不想让他冒风险，更不想让他有危险。

两人一同进入校园，刚才回光返照般涌出的力气消失了，心口又疼得跟针扎一般。

到了作业本散落的地方，卫星停下脚步，低着头道："陆一宸，你走吧。"

他脚步顿住，似乎想说什么，但终究什么也没说，半晌，向前走了。

卫星蹲下身，捡散落在地上的作业本。这动作不过是遮掩罢了，她心口很疼，疼得已站不住。她心脏上有点问题，虽不是严重到危及生命，但一旦发作起来就痛到动不了。不过只要熬过去便没事。她屈身蹲着，抓着作业本，死死按在地上，额头冷汗顺着面颊一滴接一滴地滑下。她疼得想大叫，但咬牙忍住了。

过了这一阵就没事了，卫星，再坚持一会儿。她在心底不断地给自己打气。他走过教学楼，她蹲着在捡作业本。他走到宿舍楼下，她蹲着在捡作业本。他转身将上楼，她仍是蹲着在捡作业本。

陆一宸转身回去，看清了灯光下满头大汗的她，胸口如同被人打了一拳，闷闷地疼，他蹲下来："小星……"

卫星紧闭着眼睛，一只手按在地上，一只手捂着心口，不知是对他，还是对自己说了一句："一会儿就没事了。"

他陪她一起蹲着。不知过了多久，这阵疼痛终于慢慢消失了。她睁开眼，露出苍白而虚弱的笑："刚才的事真对不起，我不是故意让你在人前难堪的。"

一个顶天立地的男生，被她当众责备还用一盒烟砸中额头，任谁也会生气的吧。陆一宸没有接话，帮她捡起地上散落的作业本："能站起来吗？"

卫星低了头："脚有点麻了。"

陆一宸伸手从她背后绕过去，按住她的肩膀，扶着她站起身。原地轻跺了跺脚，让那阵麻痛感过去，卫星这才跟他一起往宿舍方向走去。她接过作业本，歉疚道："真的很对不起，是我太过分了。"

再走几步就是宿舍楼了，两人将分开向左右走。

卫星又道："我管得太宽了，以后我绝不……"

陆一宸打断她的话，侧过头笑了一下："比我还凶。"

卫星愣了愣，方才反应过来他是揶揄她上次说他凶。

还能开玩笑，便是原谅她了吧。

卫星松了一口气，在他转向左边时喊住了他："陆一宸……"

他没有回头，但停下了脚步。

卫星犹豫良久，忍不住又管他："以后别随便跟人打架，这样不好。"她咬了咬唇，小声加上一句，"我会担心的。"

陆一宸背对着她，比了一个"OK"的手势。见他将要进宿舍大门，卫星又道："没事的话，明天一块来上早自习。"

陆一宸终于回头了，一副生无可恋的表情："大神，你放过我吧。"

第二天，陆一宸没有来上早自习，何修远却来了。早自习将结束，何修远敲了敲高二（1）班的门，待她看过来时，笑道："小星你真的在这里，父亲刚才在电话里说你应该会在学校。"

卫星连忙站起来："何董有事找我？"

"算不得什么事。昨天肖叔给我爸打电话，说一宸没有回家。我爸让我今天来接他。临走时，他提到说你应该也在学校，便让我一块接你过去。"

卫星吃了一惊："过去？"

何修远笑了笑："到我家住两天，反正接一个是接，接两个也是接。"

她很局促："何学长，我，我就不去了吧。我还有作业要做。"

"那就带着作业一起。"

卫星不知该如何拒绝，何况对方也没给她留拒绝的余地。何修远走过来，帮着她挑了需要预习的课本和习题册，拿着便出了教室。卫星只得跟在后面。

"早饭还没吃吧，我家离学校不远，回去一块吃。"

何修远先送她到车里，嘱咐她坐着等会儿，接着去男生宿舍楼叫陆一宸。

不多久，陆老大仪容整洁地出现了，眼中不见惺忪睡意，应该是很早便起床了。

他拉开车门,看到她坐在后排,也没露出惊讶之色,大概是何修远已说了带她一起回去。

何修远在前面开车,他俩坐在后排。

卫星很紧张,一直低着头。她在家时极少出门,更不怎么到亲戚家做客,如今要到何董家里去,愈发不知所措。

何修远在后视镜里看到她的紧张模样,笑着道:"小星别拘束,我爸妈都很好说话的,你当成自己家就行。"

卫星点点头,紧张如故。何修远又转向陆一宸:"回B市是太远了,以后放假你就跟我一起回去吧。你之前的房间还留着,昨天陈阿姨收拾过了,连同你喜欢的军事杂志装甲模型全在原处,一件不少。"

陆一宸垂着眼睛,没有回答。

"一宸……"何修远似乎还想再说些什么,看了一眼后面坐着的卫星,又将话咽了回去。

何家距离六中不算远,不堵车也就半个小时左右,在一片豪华的住宅区内。建筑糅合了古典和现代两种风格,小区里配着喷泉、泳池、大花园、大草坪等,看得人眼花缭乱。

卫星神经拉得紧绷,几乎连看也不敢看了,感觉像到了天堂一般。

何修远到车库停车,陆一宸与她在外面等着。觉察到她的紧张,陆一宸碰了碰她的指尖:"没事的。"

何钧夫妻的确很好说话。何钧戴着老花镜在看报纸,何夫人和保姆在厨房一起做早餐,见他们三人进门,便热情地招呼:"回来得正好,早餐这就摆上。"

陆一宸先给她拿了要换的鞋子,又自己拿了双鞋子换上。卫星今天穿的是一双洗得发白的系带帆布鞋。她很紧张,越紧张越容易出错,蹲下来换鞋时一不小心竟把鞋带拉成了死结,怎么都解不开。陆一宸见此,换好鞋子之后没有立刻起身,轻轻拍开她的手,拉紧绳子,放松绳结部分,耐着性子慢慢帮她解。

何钧从报纸间抬头,看了一眼。待他们换好家居鞋,又洗了手,客厅中早餐已经摆好。偏西式风格,牛奶、三明治、果酱、吐司、培根等,每个位子放着一副刀叉,旁边还有一小碟叫不上名字的片状物。

何夫人笑眯眯地看向他们:"这位就是小星?"

卫星忙鞠躬:"何夫人好,我叫卫星。"

何夫人招了招手:"真是个乖女孩。过来坐,不要拘束。"

椭圆形餐桌,何钧坐在一头,一边看报纸一边用餐,何夫人拉着她在右边坐下,何修远和陆一宸则在左边坐下。

何夫人和蔼地笑着问:"来六中读书还习惯吗?"

卫星忙点头。

何夫人拍了拍她的手:"小丫头真瘦,多吃点。"

然后,大家拿起了刀叉。这一刻,卫星的内心是崩溃的。她从来没有用刀叉吃过饭,在别人家里做客,很多事情都得硬着头皮接受。她虽然之前没用过,但可以现场学习。

陆一宸坐在对面,她便余光看向他,观察着。他似乎有意教她,夹什么菜蘸什么酱以及每一下的切割动作都放得很慢。卫星便模仿着他的动作。何钧取下老花镜,推开报纸,开始问何修远的课业情况以及这次期中考试的事情,何修远一一回答了。

"卫星考得如何?"何钧突然问向她。

卫星正专心模仿陆一宸,闻言顿时紧张,忙不迭便要站起,抬手间只听"哐当"一声,将旁边的牛奶打翻了。

真想找个地缝钻进去。

何钧哈哈笑出声:"丫头,别紧张。"

保姆过来收拾干净,又重新摆上一杯热牛奶。卫星局促地站在旁边,几乎要哭。陆一宸起身,将她的餐具挪到他左手边的空位,拍了拍凳子:

"坐过来吃。"

她垂着头坐过去。陆一宸用餐刀将三明治切成整齐的块状，用叉子叉了一片递给她。

"一宸考得怎样？"

陆一宸埋头吃饭："就那样。"

何夫人轻轻插了一句："很快就要上高三了，一宸学习方面要多用点功。"

陆一宸敷衍地应了一声，何夫人叹了口气。

何钧转向陆一宸："一宸也要向小星学一学。"

陆一宸同样敷衍地"哦"了一声。

早饭结束后，卫星忙着要去洗碗。陆一宸拉住了她："有阿姨做，用不到你。"这阿姨指的便是何家的保姆。他见她不知所措地站在原地，便又道："拿上练习册，到我房间来做作业。"

卫星如蒙大赦，忙抱着作业本跟在他后面上了楼。陆一宸的房间在二楼，收拾得很整洁，只是房间里的东西有点多，也有点奇怪。比如，书架上除摆着一排排书外，还有各种装甲车、航母、飞机等模型，以及指南针、工具钳、一行写着英文名字的奇怪黑色手电筒。

卫星没见过其他男生的房间，暗暗吃了一惊，城里的孩子都是玩这些东西吗？书架最外侧摆着一本相册，封面的框里是一位身穿迷彩服的高个子帅气少年，戴着头盔和黑色面罩，只露出一双眼睛，扛着一把很拉风的机枪，站在野地里，眼睛里全是笑，仿佛溢满了阳光。

虽然只露出眼睛，卫星还是一眼就认出了，相框中的男生是之前的陆一宸吗？跟现在的好像不一样。至少现在的他从没有这么灿烂地笑过。

"十三岁那年，参加军事训练营时照的。"陆一宸拉开窗帘，收拾出一张书桌供她写作业用，虽然头也没抬，却将她的小动作尽收眼底。

"里面都是你的照片？我能看看吗？"

"随意。"

卫星将那本相册拿下来，一页页地翻过去。上面全是军装照，英姿勃发、阳光帅气；里面的很多照片他都在笑，笑容很灿烂，像脚下勃勃生机的草地，像头顶璀璨耀目的阳光。

卫星看得有点呆。陆一宸将她的练习册摆开，又放上笔筒和稿纸："之前的事情了，看看就行。"

卫星把相册放下，坐到书桌前做作业。陆一宸坐在床上看军事杂志。卫星一边列算式求解，一边用眼角余光看过去。他倚着床头，修长的腿单曲起，肘支于膝盖之上，微微侧着头，细碎刘海散落些许，安静地一页页翻着杂志，侧颜专注而美好，只眼底有一道隐约的阴影，像是阳光后的晦暗。

这就是班里最有问题的学生，也是最不像有问题的问题学生。

陆一宸扔开那本杂志，又换了一本新的，突然道："专心做题，不要看我。"

卫星吓了一跳，忙将余光收回来。

楼上房门开着，他们一个在专心做作业，笔声沙沙，一个在专注地看着杂志，偶有一下轻轻的翻页声。天蓝色的窗帘全部拉开，阳光从大大的落地窗投射而入，将整间房映得宽敞明亮。何修远踩着楼梯上来，敲了敲开着的门："我能进来吗？"

陆一宸头也没抬："随意。"

何修远立在门口，含着笑道："小星，你的房间在隔壁，已经收拾好了，要不要过去看一下？"

卫星放下纸笔，便要起身。陆一宸对她说："好好做作业，一间卧房而已，能睡就行，有什么好看？"

何修远欲言又止："一宸……"

卫星已看了出来，何修远有话要跟陆一宸说，但是碍于她在不好开口，所以想将她支走。然而陆一宸并不想听，于是留着她当挡箭牌。他餐桌上那么照顾她，不让她洗碗，带着她到他的房间做作业，这些也全是拿她当挡箭牌才做的？卫星心底有点涩。

何修远见支不开卫星，只得直说："一宸，我爸叫你，想跟你聊一聊。"

陆一宸翻着杂志，当作没听见。

何修远叹道："听与不听随你，但你总得过去吧。"

陆一宸垂下眼睑，长睫毛在眼底映出一圈阴影。

何修远见实在叫不动陆一宸，转换策略，走到卫星的身边笑着搭话："小星，平时有课外兴趣吗？"

卫星摇了摇头。课外兴趣一般都需要花钱，她的经济条件根本不允许。而且舅舅供她读书很不容易，她珍惜这个机会，不敢在学习外有所分心。

何修远又道："喜欢钢琴吗？要不要下来弹一弹？"

钢琴，课本上才见过的东西。卫星忙摇头："何学长，我不会弹。"

何修远笑容和煦："没事，我教你。"

华丽的琴身，黑白键交错，指腹抚上，有种温润的触感，轻轻一按，里面立刻飘出美妙的音符。卫星盯着这优雅的庞然大物，简直要看呆了。何修远坐下来，按了一下琴键，接着十指轻动。霎时间，音符连绵飘出，汇成一支优美的乐曲。她虽然不懂音乐，但能听出曲中的流畅起伏，恍惚间仿佛看到春光明媚的画面在眼前铺开，花红柳绿，鸟语花香。

一曲终了。

卫星愣了片刻方才回神，由衷赞叹道："何学长，你弹得真好。"

何修远起身，按着她坐在琴凳上："你也可以试一试。"

卫星小心翼翼地伸出手指，一个键一个键地按过去，按到最后一个时，忽地笑了，转向他道："挺好玩的。"

她是很少笑的，平日总是无比小心，生怕说错话做错事。此时放开了一笑，眉目弯弯如新月，清如水的眼眸中亮出灼灼神采，仿佛一树梨花盛开。何修远突然想起了一句古诗："一笑倾人城，再笑倾人国。"

客厅中，何修远教卫星学钢琴之时，何钧拿着报纸到了二楼陆一宸的房间。外甥性子倔不肯过来，他这当舅舅的不能再端着身段，只得自己过去。

陆一宸依旧坐在床上翻杂志,不过已没有了之前的安静与专心,翻页的声音很大,眉目间的阴影加深,变得格外清晰,仿佛黑暗侵蚀了阳光。

何钧关上门,拿了张板凳在对面坐下:"一宸……"

陆一宸将杂志扔开,霍地抬起眼:"不用说了,我们没有谈恋爱,只是关系好点罢了。我已经没什么前途,不会去耽误她的。"

眉间愁出深痕,何钧叹了一口气。这个外甥从小就聪明,肯专心和用功,学什么都能学到最好,又听话懂事。无论是邻居,还是同学、老师,谈起陆家小子都要大竖拇指。

这么好的一棵苗子,却生生被糟蹋了。陆一宸小时候养在何家,他一手培养起来的,也曾寄予厚望,如今却变成这个样子。何钧每想到就觉得心被生生剜了一块似的。

外甥的心像明镜一样,他这个当长辈的被堵得无话可说,半晌叹道:"你有分寸便好。她跟你不一样,只有读书这一条出路。再过半个学期就要升高三,高考是人生的分水岭,你别让人家丫头出差错。"

陆一宸垂了头,刘海散下来,遮住红起来的眼睛,哑着嗓子:"我全知道的。"

沉默地坐了许久,何钧起身:"你看书吧,我去公司一趟,有事情找你舅妈或修远,直接打我电话也行。"

陆一宸低着头不说话。何钧打开门走了,大约是感慨万千,所以竟然忘记了随手关门。客厅中,生涩敲出的钢琴音符声飘上二楼房间,夹着何修远的指点,还有她带点兴奋带点害羞的笑声。陆一宸下了床,来到书桌前,翻开她的课本,鬼使神差地提笔,在她写在扉页的名字旁并排写下自己的名字。

卫星、陆一宸……写了之后又觉得幼稚,扔开笔笑了一下。

琴音叮咚,陆一宸趿拉着鞋子走出门,凭着栏杆看向下面客厅。他的房间斜对着钢琴摆放处,定睛望去,能看到她坐在琴凳上,两颊因兴奋而显出红润,何修远围在她身后,双臂环抱她而过,轻握着她的手,带她依次按下琴键。

她和何修远弹得正专注，没有人注意到楼上的他。

陆一宸看了片刻，脸上没有特别的表情，趿拉着鞋子回了房间，拿起涂改液将刚才写的名字涂掉了。他和她的确不太合适。卫星在何家住了两天，第三天何修远开车，载着她和陆一宸一同回六中。陆一宸愈发沉默，一路上一言不发。何修远专心开车，她和陆一宸仍然坐在后排。借着位置的挨近，卫星拉了一下他的衣角，试图小声跟他说话。然而陆一宸却像聋哑了一般，理也不理。

陆一宸不理她了。无论是班上、路上、食堂，还是其他地方遇见，她迎上去想跟他搭讪，他却面无表情地走过去，仿佛眼前全然没有她这个人。终于，她在陆一宸面前也变成了可视而不见的透明人。赵慕跑过来，偷偷安慰卫星："星星姐，你放心吧。宸哥虽然不喜欢你了，但也没有喜欢其他女生，过段时间肯定会回心转意。我是男人，男人的心思我最懂了。"

宁采薇从女生的角度出发，也揣测出一个缘由："小星，你们是不是吵架了？"

卫星摇了摇头。

宁采薇不相信，晃了晃拳头，装得十分恶狠狠："如果他欺负你，你就告诉我，我替你出气。"

卫星忍俊不禁："那你可以省省口水了，我跟他有什么吵的？"

的确，他们有什么好吵的，不过是普通同学而已，连朋友也不一定算得上。陆一宸不理她了，卫星有点失落，但又想不到失落的理由。或许如赵慕所说，是他的新鲜感过去了，对她厌烦了吧。毕竟，她不过是个乡下来的土包子，跟他们相差太多。

她不会化妆打扮，不会弹钢琴，也不会吃西餐，常闹出令人尴尬的笑话，又土得很；还经常管他，不许他抽烟，不许他打架，催他写作业，也无趣得很。卫星想，还是专心学习吧。

陆一宸的颓废影响到了全班。陆老大对卫星兴致缺失，对管理班级纪律更是失去兴趣。班里的问题学生们又开始兴风作浪。

高二（1）班的纪律再次面临危机。李老师找周扬谈话，周扬找卫星谈话，卫星……

"班长，你别再让我找他谈了。你也看到了，陆一宸早就不理我了。"对于这次任务，卫星表示心有余而力不足。

"你再试一试，实在不行我就如实汇报给李老师。"

当天晚自习，卫星打算课间跟他聊一聊，然而陆老大却没有来上晚自习。她只得去问赵慕："陆一宸呢？"

赵慕抖抖索索，战战兢兢："星星姐，宸哥最近心情很不好。我建议你换个时间找他，别往枪口上撞。"

操场上没有。那就只能再去宿舍。宿管阿姨还记得她，也比上次好说话，让她登记了名字，叮嘱着："快去快回，男生宿舍女生不能待太久。"

宿舍也没有。那么应该是在天台上。

今晚的夜比上次还要黑，且傍晚时分下了场小雨，此刻正凉丝丝的。卫星想好措辞，鼓起勇气，踩着楼梯踏上天台。他果然在这里，而且正在抽烟，火光明明灭灭，比上次抽得还要凶。见状，卫星心口顿时涌起一股气，上次说好不抽了，谁知背着她又抽起来了。

夜风飕飕，夹着凉气。

卫星站在对面，喊了一声："陆一宸！"

听见她的声音，他手指一动，似乎想要掐灭烟，但又慢慢地移开了，望着远处的万家灯火冷淡道："有事吗？"

"你怎么又抽烟？"

"所以呢？"

卫星被他冷漠的态度气到，大步走上前，抢过他手中的烟，一脚踩在地上："以后都不许抽！"

陆一宸倒也没多生气，仍是冷淡："你凭什么管我？"

一切好像又回到了原点。卫星不由带了哭腔："上次说好了不抽的。"

陆一宸单手插在兜里，没有看她："我们不一样，我是坏学生。不逃课，不抽烟，不打架，那还叫坏学生吗？"

卫星下意识地抓向他的手："陆一宸，你别这样。"

他将手一甩，躲开了。天台很高，高处不胜寒。明明是夏日，今晚的夜却冷得如深秋。

陆一宸从兜里摸出一盒烟，拿了根新的点上，重新开始抽，猛吸两口吐出一个烟圈："有事说事，说完回去。"

这种情况还如何开口说班级纪律的事？心口又隐隐疼起来，卫星讷讷道："来问一问你怎么不上自习？"

"学生逃课的事应该是纪律委员和班长要管的吧，跟你一个课代表有什么关系？"

卫星答不上来，声音愈发低了："陆一宸，你到底怎么了？"

"这句话该我问你才是。你到底怎么了，为什么老追着我不放？"陆一宸逼近她，嘴角扬起一抹冷笑，"你是不是对我有意思，想倒贴我？"

"我给你指条明路，倒贴我不如倒贴何修远。他是好学生，成绩好、家境好、性格好、长得也好，你要是能倒贴上他，那才算有出路。"

卫星又气又恼："说我们班的事，扯何学长做什么？他惹到你了？"

陆一宸笑得越发冷："还没倒贴上去，这就护着他了？"

卫星只觉此人不可理喻："你有病啊！"

陆一宸指间夹着香烟，伸手抚她的发："对，我还病得不轻。"

烟味呛人，卫星不由一阵咳嗽。

她退向后，警惕地瞪着他："说话就说话，干什么动手动脚？"

血液轰地涌上头顶，头晕目眩，极度的屈辱感充斥胸腔，卫星愤怒之下一巴掌打了过去："你，你简直……"

她不善言辞，更不擅长骂人。暗自在心里发誓这辈子都不要再理陆一宸！头晕得厉害，心口也疼得厉害，她紧抓扶手，不让自己倒下去，免得发生上次的事,免得要他送校医室再欠他人情。

　　勉强下了半层,走到楼梯拐弯处,她再也撑不住,按着心口,倚着扶梯慢慢地蹲下去,打算等这阵痛过了,再往下走。这时,天台上"扑通"一声,好像重物坠地。接着传来奇怪的响动,像是压抑的叫声,像是阵阵的抽搐……

　　出什么事了?时间流逝,疼痛缓过来,她脑中闪过一个念头,难道是陆一宸出事了?

　　虽说再也不要理他,但若他真是出了事,她又怎能袖手旁观?毕竟,他曾经对她很好。卫星忍着心口的痛,抓着扶手又一级一级地踩上去,回到了天台上。

　　转眼一望,不由得吓一跳。陆一宸滚在地上,双手抱头,高大的身子蜷缩成一团,整个人直哆嗦,牙齿咬得"咯咯"作响。卫星吓呆了,怔了半晌,方才反应过来,跑过去拉他:"陆一宸,你怎么了?"他抬起了头,那是一种怎样可怕的目光,猩红一片,仿佛带着狂风暴雨。陆一宸伸手捂住她的眼睛:"小星,别看。"

　　卫星跌坐在地上,却又挣扎着爬起身,精神几乎是处于恍惚状态:"你等一等,我去叫老师。"

　　他拉着她的脚踝,牙齿打着颤道:"别叫老师,给修远打电话。"

　　卫星恍恍惚惚:"我没有手机。"

　　"我上衣兜里有,号码是……"他猛地滚倒,用手狠捶自己的脑袋,咬牙压抑着不让自己痛叫出声,浑身冷汗淋漓。

　　"不用说了,我知道。"卫星爬过来摸出手机,颤抖着手拨号码。何修远给过她号码,她看了两遍,也还记得。

　　嘟嘟数声,却仿佛过了半个世纪之久。对方接通:"一宸?"

　　卫星张了张口,从干涩的嗓子中压出字眼:"何学长,你快过来,陆一宸他……滚在地上,很痛苦。"

　　对方亦是猛然紧张:"你们在哪里?"

"男生宿舍楼，天台。"

"咚咚"的仓皇下楼声传来，对方怕是跑着过来的，喘着气道："小星，你离他远点。他发作起来很难控制自己，可能会伤到你。"

卫星几乎要号啕大哭："何学长……"

"你别哭，我马上就到。"电话没挂，与此同时，听筒里面传来拨号的声音。

何修远用另一部手机拨通电话，一边跑，一边压着声音慌慌张张说道："爸，一宸的狂躁症犯了，你快过来。"

狂躁症？

"啪"的一声，手机坠在地上，卫星脑中一片空白。

"小星，小星，你在听吗？"手机听筒处，何修远惶急地喊，"你别怕，我马上就到了。"

眼泪倏然止住，怎么都哭不出来了，她呆呆地坐在地上。

这一刻，恍惚间听到天塌的声音。

三层的别墅，简约风格的大客厅。四周是进进出出的人，每个人脸上都是严肃的，不带一丝笑。楼上传来乒乒乓乓的响动，以及痛苦的嘶吼声，有人挣扎在世上最难战胜的痛苦泥沼中。

卫星躲在墙角一处沙发中，双手捂着脸，眼泪滚滚地流下来。她没有哭出声，只默默地宣泄情绪。何夫人走过来，在她身边坐下，揽上她的肩头："丫头，想哭就哭出来吧。"

卫星一边摇头，一边擦泪："不哭，我没有哭。"但泪水却是越擦越多，怎么都擦不干，她再也不能假装下去，扑到何夫人怀里大哭出声，"怎么会是这样？他平日看着很好的……"

压抑了大半晚上的惊怕，如开闸的洪水般涌泄。

楼上的响动有一瞬的停顿，里面传出嘶哑的声音："小星……在哭。"

门外，何钧正要摆手示意让下面客厅的人安静，这时房内的陆一宸又急喘着道:"别哭,一会儿就好了。"顿了片刻,又是一阵"砰砰"响动。

何钧眼底闪过一道光:"让丫头过来。"

何修远忙跑下楼梯,把卫星喊了上来。

何钧示意她站在门外,严肃道:"卫星,跟他说话。"

卫星早已哭得不成声调,趴在门上,哽咽着喊道:"陆一宸……"

房内,剧烈的响动有所减缓。卫星拍了拍门,哭道:"陆一宸,我是卫星,你好不好?"

半晌,里面传来低弱的回应:"一会儿就好,你别担心。"

卫星捂上嘴,泪零落不停:"你忍一忍,我就在这里。"

"……好。"

何钧打了个手势,让围在外面的人退往旁边。他按上她的肩,轻声道:"丫头,继续跟他说话,稳住他的心神,随便说什么都行。"

从他们一同转入六中时算起,到现在不过一个多月,他沉默寡言,她专心读书,平时也没说过多少话。她本就紧张且怕得不行,又不善言辞,脑子里早乱成一团浆糊,愣愣地不知说什么好,只得又喊:"陆一宸。"

他艰难地给出回应:"……嗯。"

卫星想不到别的话可说,哭着又道:"你老考零分,我给你补课好不好?我是物理课代表,我们先补物理。"

良久,里面给了挣扎着的回应:"大神,你……"

"不许拒绝,来听第一题。闭合金属导线框放在竖直向上的匀强磁场中,匀强磁场的磁感应强度的大小随时间变化。那么当磁感应强度减少时,线框中的感应电流可能……"

"A. 增大,B. 减小,C. 不变。选哪一个?"

卫星重重拍门:"快选。"

"……C。"

"为什么选C?"

"……我蒙的。"

"恭喜你蒙对了,这一题考的知识点是'法拉第电磁感应定律'。来听第二题……"

何钧等人候在外侧,哭笑不得。这真是第一次见到这么奇怪的镇定办法,然而竟然很有效。若在往日,陆一宸每犯一次狂躁症,至少也要持续一整夜才能稍微缓过神。那时他整个人也筋疲力尽,跟死过一次相差无几。不过,今晚的发作应该能早点结束。

"陆一宸,下面是语文了。题目类型是诗词填空,'我闻琵琶已叹息,又闻此语重唧唧'的下一句是什么?"

"我给你提示前两个字——同是。"

"同是,天涯,沦落人……"

"还有呢?"

"相逢,何必,曾,相识。"

"答对了。"

时钟走至十二点时,房内渐渐没了声音。何钧见状,压了压手,示意卫星不用再说下去。他拿出钥匙,开了锁,将门慢慢推开。暗黄灯光下,一地狼藉。陆一宸则躺在地上,躺在一片狼藉中,浑身湿透,合着眼睛已是睡了过去。

最难熬的一关过去了。何钧蹲下身,想要将人抱出来,然而陆一宸个子高骨架大肌肉结实,他竟没能抱动,只得招手让保安帮忙。

陆一宸被抬了出去,家庭医生早就等在外面,马上检查他的身体状况,安排接下来的治疗与恢复。大家都离开那里,只有卫星靠在房门一侧,垂着眼睛,一动不动。

何修远走过去,轻声道:"小星,一宸熬过去了。你去歇一歇吧。"

没有回应。

何修远拍了拍她的肩:"小星?"

这一拍不要紧,卫星身子一动,再也无法维持平衡,整个人倒了下去。何修远连忙伸手将她接住:"爸爸,小星晕倒了。"

她身体本来就差,惊不得,吓不得,哭不得,劳累不得。今晚,这四个"不得"算是占全了。

之前为帮助陆一宸熬过难关,她强撑着,絮絮叨叨地说了许多话,精气神早已耗尽。听何钧说可以的时候,她精神一松,眼前一黑,只是倚着旁边的门框才没有倒下去。

医生安置好陆一宸,又过来为她做全身检查,之后神色凝重道:"何先生,这位小姑娘体质非常弱,得细心调养着,可不能再让她经受刚才的事,不然后果怕是堪忧。"

何钧吃了一惊:"这么严重?"

医生点头,叹道:"多折腾几次,恐怕陆公子没垮掉,这小姑娘身体就先垮了。"

何钧顿时愁容满面。

看刚才的情形,卫星能在很大程度上影响到陆一宸,他本打算以后让卫星多帮忙,或许一宸的狂躁症就此好转了。谁知念头刚起,却又被现实打碎了。

何钧守着陆一宸,何夫人守着卫星,何修远则在两个房间来回忙活,小声吩咐着各种事情。

大家都是满脸的疲惫。卫星醒来时已是第二天了。何修远替她向老师请了假,让她住下来多休息几天。卫星犹豫良久,终于问了那句话:"何学长,陆一宸呢?"

"他还在配合治疗中,戒断不是那么容易的事。昨晚只是熬过了一次难关,后续还有很多事情。"

卫星垂下头,半晌,低声道:"他怎么会患上狂躁症?"

"这件事本不该告诉你,不过既然你撞见了,我们也不好再瞒下去……"

卫星从何修远口中得知了事情经过。

陆一宸患上狂躁症是一年多前的事情,那时他刚入学A大附中。陆一宸的母亲因病去世。之后三个月不到，父亲陆季泽就要娶小自己十二岁的秘书为继室。陆一宸隐约得知父亲跟这位秘书之前便有些暧昧，很是愤怒，极力反对这门婚事。

不过，父子一场冷战之后，这位后妈还是娶进了门。后妈进陆家的当晚，陆一宸拎了书包离家出走，浑浑噩噩地到一家酒吧过夜。他心情不爽快，喝了很多酒，醉醺醺的。

事情本来到这里就能结束，谁知一个不知哪里来的女人看上了陆一宸，过来搭讪。他虽然醉了，但尚有些清醒，推开了对方。

女人生气了，招手叫来两个同伙要收拾他。陆一宸身手不错，于是对方没能收拾他，反而被他收拾了。之后，他出了酒吧，就再没有了消息。陆季泽以为儿子生气之下回了学校，学校那边因为他已请假，认为他在家。

于是过了一周，大家才发现陆一宸失踪了。陆季泽后知后觉地报了警。

警方在一家废弃的工厂中找到了陆一宸。那时他已浑身是伤，神志不清，而且患上了狂躁症。送到医院检查，才知道他失踪的这段时间，被人囚禁欺凌。

接下来的一年，狂躁症反反复复发作，陆一宸只能一次次地熬过，精神方面也受了很大影响，学业就此荒废，变成了现在的样子。谁也不知道他的狂躁症何时才能戒掉，或者说能不能戒掉。A大附中自然读不下去了，于是转到了何家筹建的C市六中。毕竟这所中学是何家的产业，各方面比较容易疏通关系，也能很好地看护他。

何修远一番话说得平平静静，卫星却早已泣不成声。

他拍了拍她的肩头，叹道："之前我让你别跟他来往过多，就是这个原因。你们不一样，你好好读书，他有自己的路要走。"

卫星不知如何回答，只是哭。

"既然事情都摊开了，那么有些话我就直说了。"何修远拿了纸巾，迟疑一下，替她擦着泪，"小星，你身体不好，照顾好自己已经很不容易。你是个很好的女孩，不过你救不了他，他反而会把你拖垮。以后，你和一宸就别来往了,这是我的意思,也是我爸妈的意思。"

眼泪又涌了出来,卫星哭道:"那他怎么办?"

"他怎么办是他的事,你们只是同班同学,你没必要为他负责,更不能因为他耽误了自己的前途。"何修远停了一下,"而且你家境跟其他人不同,只有读书这一条出路,不能出差错的。我相信他能理解。"

陆一宸能理解,所以他才会在天台上说那些不堪的话。他早就想让她离开了。

何修远又道:"小星,要不你调一下班级吧。七班如何?七班是重点班,纪律好,学生成绩也好。本来是想让你进七班的,只是当时七班班主任请假了,一时不方便安排,爸爸说你在哪个班级都能读出头,这才安排在了一班。"

卫星哭出声:"何学长……"

出了病房,何修远又转到陆一宸的房间。陆一宸正在抽烟,抽得房间里烟雾缭绕。何修远被呛得咳嗽了一阵,但也没说什么。抽烟在一定程度上能缓解狂躁症的发作。

何修远将门关上,倚在门旁:"我跟她说过了。"

陆一宸不说话,狠狠吸了两口烟。

何修远沉吟良久:"一宸,你要不考虑一下其他女生?六中漂亮的女生不少,或许有合适的呢。吴医生说,你这个年龄段跟女孩子多交流,确实能转移注意力,如果遇到特别合得来的,说不定就戒掉了。"

他顿了顿,似乎难以启齿:"小星,是很不合适的。"

陆一宸垂下头,英俊的面庞完全笼罩在阴影中。香烟的火光忽隐忽现地烧着,烫到他的手指。十指连心,疼痛唤他回神,陆一宸掐灭烟头扔掉,沙哑道:"好。"

第 4 章
月亮与六便士,是你的谎言

最近，卫星又成了高二（1）班的热门话题。

一是因为陆一宸和十五班班花蔡茜近来走得很近。

虽然陆一宸之前就澄清过跟卫星的关系不是大家想象的那样，但陆老大向来只听她说话，每当有男生给她送情书时，还冷着脸站在一旁，接过来帮她当场撕掉。

事情做得这么明显，让大家不多想都难。

前段时间，陆一宸忽然不理卫星了，过了一周开始跟蔡茜走得很近。高二（1）班的学生们恍然大悟，风向转了，陆老大身边的女生换了。赵慕想起之前自己说的那段长篇大论，只觉一张脸被打肿了。他买了一大堆零食塞给卫星赔罪："我猜错了，我大概不是男人。"

卫星成为热门话题的第二个原因是她要调到重点班了。不过这则消息只是传闻，尚未得到确认。不知是谁先传的，说期中考试成绩出来后，卫星要从一班调到七班，因为成绩太好，放在拉全年级后腿的一班实在不合适。

一班顿时炸开了锅。班长周扬走上讲台，敲了敲讲桌，以极度笃定的语气道："这是七班眼红，所以撺掇他们班主任抢人。这是一场不许我们一班翻身的……阴谋。"

下面学生拍着桌子嚷道："重点班了不起？重点班就能抢其他班的尖子生？这不公平！"

"誓死捍卫班级女神。"

"给李老师写请愿书，决不向七班低头。"

"呜呜呜，反正不要小星走。"

周大班长亲自执笔，写了篇洋洋洒洒的联名请愿书，让一班学生逐个签名，接着几名班委一同送交到李老师办公室。

宁采薇眼圈红红，抱着卫星的胳膊摇晃："小星，你真的要调到七班了吗？小星，不许你走。"

卫星很是发懵，她要调到七班的事应该没几个人知道。何修远跟她谈过一次，她没说，何学长不可能多嘴对其他人说这事，老师们更不会向外说。

这消息到底是谁传出去的呢？如果能留在一班，她自然很欢喜。就算不能跟他说话，能在扭头时看到他安静的侧脸，能知道他还好好的，便已足够。

至于他跟蔡茜最近走得很近的事，卫星虽然口笨，但心不笨，想着应该是医生让他转移注意力。毕竟，能坚定意志力、能支撑人战胜一切困难的唯有感情了吧。

他跟其他女生很要好，卫星心里酸酸的，但还是为他感到高兴。

希望这个女生能陪他渡过难关，能帮助他走出来，能让他重新绽出灿烂的笑。

卫星双手合十，默默祈祷：陆一宸，你一定要好起来。

陆一宸能不能好起来不能确定，但给卫星送情书的人倒是与日俱增，还有帮忙打饭的、送热水的、嘘寒问暖的、讨教问题的……

之前大家慑于陆一宸跟她关系不清，不敢追得太明显。毕竟宸哥气场逼人，大家胆子再肥，也不敢在太岁头上动土。

如今，陆一宸跟蔡茜走近了，卫星落单了，男生们开始蠢蠢欲动。

就连赵慕也对卫星起了心思，有天在回宿舍的路上，小心翼翼问："宸哥，如果，我说如果，我追卫星你不会介意的吧？"

陆一宸停下脚步，转过头，给了他一个几乎能杀人的眼神。

赵慕吓得心肝儿一颤，将一腔念头扔到了爪哇国。

每天都有男生献殷勤，卫星也不胜其扰，但又没胆量明确拒绝，只得尽量躲着避着。

何修远得知此事，笑着道："小星，如果你不介意的话，以后跟我到西食堂吃饭吧，算我们答谢你上次帮了一宸。"

卫星没有多想，能避开面前走马灯似的男生，她也落得清净，于是跟着何学长每天到西食堂用餐。

没多久,她收到的情书减少了,大家私下里又开始叫她"星星姐"。

一日,早自习。

宁采薇趁着同学们大声读书之际,举起课本遮住脑袋,歪头过去小声问:"小星,你是不是跟何学长有一腿?"

卫星惊得一怔,忙摆手:"没有的事。"

宁采薇目光闪了一下:"真的吗?何学长不是每天都在楼下等你,你们一起吃饭吗?"

"就一起吃饭而已,没有其他的。"

说话间下课铃响了,同学们涌出教室。何修远虽然在五楼,但每次都能比三楼的卫星早到一楼。见她出现在楼梯转弯处,何修远含着笑,冲她招了招手。高三学子马上就要高考,卫星不敢耽搁他的时间,以最快的速度下楼。

早饭时间,楼梯处很是拥挤。卫星从一众学生大军中挤出来,已累得气喘,慌慌张张跑过去。谁料跑得不稳,自己绊了自己一下。

何修远伸手将她接住:"慢点儿来。"

忽地,对面一道冷气压扑来。何修远抬头望去,陆一宸单手插兜,正踩着楼梯一步一步走下来,面无表情地看着他们。何修远不由得尴尬,仿佛被人看穿了一般。但他毕竟年长一岁,能稳得住,仍笑着打招呼:"一宸。"

卫星很想扭头看他,但又怕失态,只得僵直地被何修远扶着,一动不敢动。

陆一宸走下楼梯,面无表情地点点头。

后面,蔡茜已咋咋呼呼地追上来:"一宸,等等我。"

这是卫星第一次见到蔡茜。若说陆一宸是长得帅的问题男生,那么蔡茜则是打扮得妖艳的问题女生,两人凑在一起好像还挺般配的。

在高二(15)班,蔡茜不是最漂亮的,能当选班花是因为她是班里的大姐大,平时跋扈得很,没有人敢不选她。这也是蔡茜第一次见到卫星。蔡茜知道卫星,也听说了卫星和陆一宸之间有点说不清道不明的关系,但一班和十五班相隔甚远,她们没有遇见过。蔡茜见一个柔弱得玉一般的小女生被何修远护在身边,眼珠一转,根据自己的猜测笑嘻嘻喊了一声:"表嫂子。"

何修远更尴尬了。陆一宸的脸则变得铁青,没多停留半秒,转身走向东食堂。蔡茜莫名其妙,忙不迭追去:"一宸,干什么走这么快?"

回到班上蔡茜才知道闹了多大的乌龙。

打定主意之后,蔡茜点了班上几个关系铁的男生:"哥们儿,晚上跟姐姐我出去收拾一个贱人,回头我请大家下馆子,想吃什么随便点。"

男生们长了精神:"全听茜姐的。"

蔡茜将之前的男生扯过来:"刘标,你不是给她送过情书吗?今天晚自习你去给她送信,约她出来。"

第一节晚自习,下课铃声刚打响。同学们放下笔,伸了个懒腰,相继站起来出教室活动。

"卫星,有人找你。"靠门第一排的学生转过头,喊了一声。

卫星放下正在演算的数学题,快步走到外面。门口站着一位尖嘴猴腮的陌生男生,他招了招手,将她叫到走廊上,递给她一张折着的信纸,缩头缩脑道:"卫星同学,你看一看。"

她以为是情书,要退给他,小声道:"我不要,你们真的别送了。"

男生红了脸,将手背向后:"不是情书,是茜姐给你的。"

茜姐?卫星打开,借着走廊上的灯光阅读。

上面只写着一行醒目的大字:"下晚自习后别走。"落款是"十五班蔡茜"。

十五班蔡茜?不就是这段时间跟陆一宸走得很近的那个女生吗?卫星吃了一惊:"她找我有什么事吗?"

男生目光闪烁："我，我不知道，你等着就是了。"说完，不待她再问下去，转身"噔噔"地跑了。

卫星将信纸折起来塞到兜里，惴惴不安地回了教室。到座位上时，她下意识地看了看倒数第二排靠边的位置。陆一宸坐在那里，左手支着额头，右手拿笔写写画画。他消瘦了许多，手背上透出青色的血管，指节很明显，小指缠着一圈纱布，不知是否上次出意外时不小心伤到的。赵慕见卫星看来，习惯性地踢了踢陆一宸的桌子脚，却又突然想到两人已经掰了，要喊的话卡在喉咙里不上不下。

陆一宸对他这动作亦是熟悉，抬眼向前看了一下。目光对视一秒，陆一宸面无表情地低下头，该做什么继续做什么。

卫星失望地坐回座位上。蔡茜传信邀她应该跟陆一宸有关。这件事要不要告诉陆一宸呢？算了，已经答应过何学长和何董事，不再与他来往。

那晚之后，他们已经一周没说过一句话了。卫星拾起笔，继续演算刚才的数学题。只是脑中思路却屡屡跑偏，她想起上次撞见的那个风风火火的女生，剪着一头短发，发尾染着酒红色，打扮得很妖冶，看起来像不良学生，但追向陆一宸时跑得很专注，跟在他身边时笑容很灿烂。

卫星想，应该不是个坏学生。时间过得很快，转眼之间又一节课过去，今天的晚自习结束了，同学们三三两两地回去。平日，卫星也是要拖上半个小时再离开，所以她今晚留下，没有任何人觉察到异常。

教室渐渐空了。

不多时，那个尖嘴猴腮的男生从前门处探出头，向她招了招手。卫星垂下眼睛，合上笔盖，又把作业本放好，走了出去。

六中是封闭式管理，不过，有时家长或亲戚来看望，门卫问清楚情况之后便会放行。蔡茜、刘标和几位哥们翻墙出去之后，其中一位看起来较为成熟的男生扮演亲戚，说是卫星的哥哥，来给她送点东西传达两句话。

校门打开,卫星出去了。她以前在小山村读书,班里的同学很少,大部分都是自己村或者隔壁村的,知根知底。虽然男生们也抽烟打架,但极少找女生的麻烦。毕竟兜兜转转一算,说不定还沾亲带故呢。

卫星是老实又文静的好学生,且身体不好,更是没有人找她的麻烦。

她实在想不到蔡茜约她出来,是要动手。路灯光的阴影中,五个男生散开。蔡茜将她推到墙上,用长指甲划上她的脸:"啧啧,这脸蛋水灵,长得真是不错,怪不得他迟迟忘不了你。"

卫星不由害怕,躲躲闪闪:"你,你有什么事吗?有话好好说,不要动手。"

"有话好好说,不要动手?你们听到没有,这才是好学生。"蔡茜笑起来,看向那五个男生。于是,男生们也跟着哈哈大笑。

卫星一颗心跳得很慌,心口有点疼。指甲按入她的皮肉,蔡茜恶狠狠道:"卫星,我不管你们之前是怎样的,从今往后,你给我离陆一宸远点。"

卫星这才意识到对方误会了,忙道:"我跟陆一宸没有关系的,我们只是同学……"

蔡茜冷笑:"那他之前为什么只肯跟你说话,为什么要为你跟人打架?你再嘴硬说一遍你们没有关系?"

卫星紧贴在墙壁上,嗓音不由发颤:"真的没有。"

蔡茜盯着她,目光中夹着嫉妒:"还说没关系,在老子面前装什么清纯!"说着,一拳头打过来,重重砸在了她胸口。

虽然很想扇她巴掌,但蔡茜知道不能打脸,陆一宸会看出来,其他同学和老师也会看出来。蔡茜这大姐大不是白混上去的,动手之前已经仔细调查了关于卫星的事情,知道她是何董保举的,由何修远护着,真闹起来自己讨不到便宜。

心脏疼得仿佛炸裂,眼前一阵阵地发黑,卫星倚着墙壁慢慢倒了下去。不过打了一拳而已,蔡茜自然没有往重处想,以为她是装的,抬起脚狠踢了两下:"你还装死,装得还挺像啊。你在他面前是不是就这样装柔弱的?"

路灯光的阴影中,映不清卫星此刻如白纸一般的脸。对方不还手,蔡茜打得也没意思,何况事情不能闹大,她将手一招:"收工!"

刘标回头张望,见她仍是半躺着,担忧道:"茜姐,会不会有问题?"

蔡茜撒气没撒痛快,犹在气头上,闻此,一巴掌扇上刘标的脑门:"滚开。"

六个同学翻墙进入校园,又各自玩各自的去了。卫星歪在地上,只觉心脏疼得比以往都要厉害,浑身冷得打颤。眼前浮现出小时候舅舅把她抱在怀里温暖的情景,她伸了伸手:"舅舅——"

直到宿舍断电,卫星还是没有回来。

宁采薇有点着急,只得去问那两个室友:"茵茵、白璐,小星回来了吗?"或许在她洗澡时,卫星回来过一趟了呢。

白璐不理会,季茵茵不耐地回了一句:"没看见。"

又等了片刻,宁采薇等不下去了,也不换睡衣,打开衣柜拿了个风衣裹上,趿拉着鞋出去:"我去班里看看,她别是学习起来忘了时间。"

宁采薇根本不用回教学楼,因为教学楼也已断电,黑乎乎的一片,根本无法学习。她转回去,挨个拍响一班女生宿舍的门:"卫星在这里吗?你们有见过卫星吗?"

"打她手机不就知道了?"

"她没手机。"

卫星不见了,她能到哪里去呢?是不是找陆一宸到操场上谈话去了?

操场太大,找起来麻烦,宁采薇索性裹着风衣冲到对面的男生宿舍,不顾后面的宿管阿姨一连声喊:"同学,你找谁啊?你登记一下。"

一口爬上四楼,她虽然不知道陆一宸的宿舍,但知道赵慕的宿舍,因为曾到赵刺头宿舍中催交过语文作业。宁采薇心里很慌,对着宿舍门"砰"地踢响:"陆一宸,你在吗?陆一宸,你见卫星了吗?"

房门以最快的速度打开,赵慕等人连忙拿脸盆、床单等遮住身子。陆一宸裸着上半身,冷脸堵在门口:"你干什么?"

宁采薇急得要哭:"你见卫星了吗?她现在还没回宿舍,我找不到她……"

不等她说完,陆一宸抓了件上衣,一边套着一边冲了出去。

赵慕等人亦慌忙穿衣服:"我丢,星星姐不见了,该不会出事了吧,快出去找。"

操场没有,教学楼没有,天台没有,校医室没有……

一直找到门卫那里,门卫揉着眼道:"卫星?晚自习后好像是有人找卫星,说是她哥哥。"

她家在偏远的乡下,大晚上哪来的哥哥?陆一宸很想吼一句,但他也知道不能浪费时间。不待门卫打开门,他抓着铁栏杆,纵身翻出门外。

陆一宸找到她时,她已浑身冰冷不省人事。他抱着她冲回校医室。值班医生一看,立刻变了脸色:"打120,快送医院。"

陆一宸不知道自己是怎么熬过来的,就算是狂躁症发作也没有此刻这般害怕,这般生不如死。小星,小星……何修远来了,李老师来了,教务处主任来了,校长来了……到最后何钧也来了。急救室外,围满了乱哄哄的人。有人按着他的肩头:"一宸,怎么回事?"

他猛地拍开:"我怎么知道!"抬起头才看见是何钧,眼圈红了,哽咽道,"舅舅,小星她……"

何钧稳着声音道:"不会有事的。"

不知过了多久,急救室的门打开了。陆一宸一个箭步冲过去:"医生……"

医生解下口罩,露出一张和气的脸:"小伙子别慌,人救过来了。"

紧绷的神经骤然放松,陆一宸差点倒下去。何修远扶住了他。医生托了托眼镜:"小姑娘有先天性心脏病,再送迟一刻,性命就难保了。观察一个小时,如果没有异常情况出现,明天早上就能醒过来。"

说话间,人已从急救室中推出来。陆一宸分开众人进了病房。何钧的脸色很难看,环顾周围的校领导:"我校学生晕倒在校外,还差点闹出人命?查一查这是怎么回事!"

病房中,充斥着消毒水的味道。

卫星静静地睡着,眉心皱着,似乎梦里也在忍受钻心的疼痛。日光灯下,之前一张白里透红的脸蛋此刻已是苍白,唇紧抿,有点发干。

陆一宸在床边坐下,胸口如堵着块石头般沉重,差一点就再也见不到她了。他不敢想象,如果真发生了最坏的情况,他会变成什么样子,是全线崩溃,还是彻底发疯?

她一只手搁在被子外,扎着针。房内很静,静得几乎能听到输液袋中的药水一滴一滴落下的声音。陆一宸把手放在床沿,轻轻触碰她的指尖,很小心,仿佛呵护一件珍宝。她的指尖微凉,他很想握住一直暖着,但终究没有更进一步的动作。他知道的,现在不合适,他不能耽误她。陆一宸挺直脊背,一动不动地坐着,凝视着她,几乎要化成一座雕像。

何修远站在门口,目光起起伏伏,包含着令人看不清的情绪。

"修远,你先回去吧,这里有一宸守着就行。"何钧来到他面前,看了一眼病房中的两人,又转向自家儿子,意味深长地补充一句,"马上就要高考,别分心。"

何修远没有说什么,点点头,离开了医院。何钧走入病房,俯身轻轻道:"一宸,你去歇会儿吧。我来看着丫头。"

陆一宸将触碰在她指尖的手不留痕迹地收回来,眼里遍布血丝,望着何钧摇了摇头:"我不累。"

何钧不再多说。这位外甥自小聪明又懂事,有些话不用人劝他已全然明白，也知道如何去做。

事情很快查清了。蔡茜得知事情闹大了，隐瞒不下，自己向班主任坦白了经过。结伙打人，几乎闹出人命。若是报案，这足够判刑的了。蔡茜父母是当地的大老板，又跟何钧认识，得知此事之后，立刻致电何钧，说了许多请求的话。何钧叹了数口气："等卫星醒过来，我问问她的意见吧。"

一个小时内，没有异常情况出现。如医生所说，第二天早上，卫星醒来了。她慢慢睁开了眼，迷迷糊糊地看见陆一宸坐在床边，怔了半晌。

陆一宸起身，倒了杯温开水："喝点水吗？"

卫星犹在想喝还是不喝，陆一宸已经端着水送到她唇畔。

卫星忽然想起蔡茜的话："卫星，我不管你们之前是怎样的，从今往后，你给我离陆一宸远点。"

她垂下眼睛，将头偏开了："我不渴，谢谢你。"

将她的情绪变化尽收眼底，陆一宸顿了片刻，沙哑地问："昨晚是怎么回事？"

卫星沉默。她不知该如何说。陆一宸见她不肯说，只得道："舅舅已经告诉我了。小星，对不起。"

卫星以为他是在替蔡茜道歉，勉强笑了笑："没关系的。其实她也没怎么动我，是我自己身体不好。"

陆一宸挨得又近了些，满是血丝的目光看着她，用一种近似发誓的语气道："以后都不会了。小星，我保证，没有人再能伤害你。"

这是在为蔡茜求情吗？卫星鼻子有点发酸："一切都过去了。蔡茜虽然张狂了些，但很喜欢你，你好好珍惜她。"

陆一宸终于意识到两人说的不是同一个意思，皱了皱眉头，忍不住要抚摸她的脸，要拥抱她，但又克制着，强忍住了："没有蔡茜，我和她只是关系稍微好点。"

卫星抬起眼："陆一宸，她不是故意的。你没必要……"

她又垂下眼睛:"没必要为了我,跟她闹别扭。"

毕竟,我们只是普通同学。陆一宸霍地站直,一把将盛着水的纸杯捏得看不出原来样子,手捶向自己的心口,几乎歇斯底里道:"小星,你要怎样才能明白?你要怎样才能明白……"

房门开了。

何钧走过来,沉着嗓子喊了一声:"一宸。"

只一瞬间,陆一宸冷静下来,仿佛刚才的激动与失态从来不曾存在过。何钧又道:"你出去一下,我跟小星有事商量。"

陆一宸将纸杯扔入垃圾桶,没有再说一句话,转身离开。何钧来跟她商量蔡茜的事,重点是要不要报案,是公了还是私了。

"蔡茜父母的意思是双方私了,毕竟事关那孩子的前途。他们说了,可以多赔点钱,这个没问题的。"

"如果拿不定主意,要不要跟你舅舅商量一下?"

卫星拉住何钧的袖子,不让他拨电话:"何先生,私了吧,这件事不要告诉我舅舅。"

她紧咬了唇,不让自己哭出来:"赔的钱麻烦您转交给我舅舅,就说是您资助的,其他别告诉他。"

何钧擦了擦她眼角的泪花:"小星,或许我当初不该让你过来。"

卫星摇着头,泪水滚出眼眶:"何先生,您别这么说。六中很好,你们也很好。能认识这么多新同学,我挺高兴的。"

何钧轻轻拍了拍她的脑袋,只觉眼圈也要跟着红:"丫头……"

他待不下去了:"你休息吧,我出去安排这些事情。"

卫星对着他的背影轻喊一声:"谢谢您。"

趁何钧和卫星说话的时间,陆一宸到下面买了早餐提上来,一份搁在何钧面前,一份拿到病房。他拉来一张桌子,将热粥和小菜摆开,舀了便要喂她。

卫星脸颊有些烫，用空着的右手抢汤匙："我自己来。"

陆一宸手向后撤，躲开了，接着喂到她唇畔，也不说话，固执地坚持着。她只得低着眼睛，张嘴喝了。陆一宸的话向来极少，她也不是健谈的人，一顿饭吃得格外安静。吃完，他又拿了纸巾替她拭去唇畔的粥痕。

卫星受宠若惊，瞪着眼睛叫道："陆一宸？"

"嗯。"

她伸出五指，在他眼前晃了一晃："你还好吧？"

"嗯。"

她紧张得舌头几乎打结："你这样……我很不习惯。"

"以后会习惯的。"

房门没关，何钧坐在外面的长椅上，将这一幕看得一清二楚，只一声声叹气。自己做主带来的丫头，现在又能怪谁呢？

陆一宸买的粥分量很足，她一向吃得不多，又生着病没什么胃口，所以只吃掉一点点。卫星左右打量，见只有一份饭菜，小心翼翼道："陆一宸，你下去吃饭吧。我能自己照顾自己。"

门外的何钧终于围观不下去，重重咳了一声："一宸，你过来，我有事问你。"

陆一宸替她掖了掖被子，轻声道："你等一会儿，我去去就回。"

卫星很想说，你要不先别回来了。不过，又把这话咽了下去。房门关上，何钧和陆一宸一同走到长廊的尽头。何钧原以为能看得透这位外甥，然而现在发现，他根本没猜中外甥的心思。

这小子到底是要搞什么？何钧清了清嗓子："一宸……"

陆一宸没等他问下去。何钧没看透这位外甥的心思，但外甥却看透了他的心思。陆一宸接过话："舅舅，我想清楚了，我不耽误她。"

何钧看了他一眼，听他说下去。

"高考之前，我们绝不谈恋爱；狂躁症彻底戒掉之前，我们绝不在一起；我的问题我自己解决，绝不拖累她。她身体不好，又对六中的人不太了解，容易出意外，我只想护着她，让她平平安安地读大学。以后的事情以后再说，顺其自然就行，我不奢求。"

何钧微怔。说实话，他被这位外甥的决定和态度震撼到了，小小年纪能想得这么透彻，能下这么大的决心，实在很难得。

"就这么喜欢她？"

陆一宸按按上额角，在晨光中站着："舅舅，曾经我觉得这辈子完全毁了，对未来没有任何想望，行尸走肉一般。然而现在，我想站起来，想和她一起向前走，就像，就像一个等死的人突然想活下去了。"

何钧听得悲喜交加。陆一宸又道："我知道自己要走什么路了。我知道小星和我是不太合适，但我会努力让我们合适。做到了，我就去争取；做不到，我也绝不影响她。舅舅，你同意吗？"

何钧按上他的肩，重重拍了两下："不越雷池一步？"

陆一宸与他对视："不越雷池一步！"

何钧眉梢有了笑，笑到最后眼眶却红了，手掌拍上他的脑袋："臭小子。"

"小星——"病房门刚打开，宁采薇的大嗓门已颇具杀伤力地响起。她撒丫子扑过去，要抱住病床上的人来一场生离死别之后喜重逢的恸哭。

陆一宸冷着脸，挡在病床前："这是医院，你小点声。"

陆老大气场太强，宁采薇顿时不敢闹腾，犹如霜打的茄子般蔫了。

宁采薇之后，季茵茵和白璐也一同过来。接着是嬉皮笑脸的赵慕，以及代表全班同学前来慰问的班长周扬。

陆一宸跟护崽子的狼一样守在床边，同学们只敢在外围拼命地与病床上的人用眼神交流。

卫星会意，扯了扯他的衣角，轻声道："陆一宸，我想吃昨天那种酸酸甜甜的水果，你能再买点回来吗？"

赵慕嬉笑着脱口而出："喜欢吃酸甜的？该不会是怀孕了吧？"

陆一宸正要向外走，闻言停下脚步，极缓地转眼看过来，目光中仿佛夹着刀子。

赵慕吓得几乎要往床底下钻："宸……宸哥，我开玩笑的。"

陆老大这位冷面神终于被恭敬地请出去。众人大松一口气。宁采薇扑上去，抹着眼泪哭唧唧："小星星，你没事真是太好了，快吓死我了。"

卫星已从陆一宸口中得知事情经过，对宁采薇十分感激，若不是她满地里找，或许自己就没命活到现在了。

宁采薇从书包里掏出一大包手工饼干，放在她床头："小星星，我妈妈做的，全送给你。你吃了可要快点好起来，跟我们一块上课。"

卫星眼眶湿润了："谢谢采薇。"

白璐是第二个走上来的，化着淡妆的精致脸庞上依旧没有多少表情。她什么也没带，走到床前，弯下腰，深深地鞠了一躬："卫星，对不起。"

为了保证学生的安全，每晚熄灯前后宿管阿姨会到寝室挨个点人数。那天晚上，宿管阿姨查寝时卫星不在。白璐刚从家里回校，心情很糟糕，于是随口答了一句："人全在。"

这一句话差点断送了室友的命。

季茵茵将买的营养品放下，也走到了床前，低下头，哽咽道："这事不能全怪白璐，我当时也知道，却没有向宿管阿姨说。我甚至还……"

她甚至觉得跑出去找人的宁采薇大题小做，还冷嘲热讽了几句。季茵茵说不下去，"哇"的一声哭了："对不起，我不是故意的，我没想到事情会是这样。"

宁采薇眼中的泪本来就没干，季茵茵一哭，她也跟着哭。接着卫星哭了，白璐也哭了。

四个女生抱在一起，哭成一团。

"小星，你一定要好起来。"

"我们还有很多话要跟你说，还有很多不会的问题要请教你。"

"呜呜呜，别的寝室全是四个人，我们也不能缺了你。"

最后提着车厘子的陆一宸走上楼，制止了她们四个，板着脸道："别哭了，没病也要哭出病。"

见陆老大回来，宁采薇等人忙擦着泪挨到一旁。陆一宸却没有进来，将水果放在靠门的桌子上，转身到走廊去了。

病房内，周扬先是颇为官方地传达了班主任李老师以及全班同学的慰问之意，嘱咐卫星好好养病，早日回到班集体中。接着又凑上去低声问："卫星，你要调到七班的消息到底是不是真的？"

卫星低下了头："我也不知道。"

她不善于撒谎，周扬从细节中瞧出一二，挤出笑道："七班是重点班，纪律好学习气氛浓，你要是能过去那也是一件好事。"

旁边，宁采薇三人已叽叽喳喳议论起来其他的。女生的情绪如六月的雨，来得快去得也快，此刻她们已忘了刚才抱头痛哭的事，兴致勃勃地八卦起来："小星，给你说一件事，蔡茜退学了，昨天离开的。"

季茵茵往床沿一坐，与她俩挤作一堆，掩着嘴低声笑："自你住院起，陆一宸就一直守在这里，他跟你非亲非故，为什么要照顾你？那么，只有一种解释了。"

白璐板着那张假脸，淡淡地开了口："或许是他成绩最差，上不上课无所谓，所以被指定留下了。"

提到学习的事，卫星忙问："采薇，我的练习册和课本带过来了吗？"

她得知宁采薇等人要来，曾叮嘱陆一宸转告宁采薇，把练习册和课本带过来，准备一边养病一边预习功课，不知道陆一宸有没有把话传过去。

闻言，宁采薇双手一举："我赢啦！白璐、茵茵，你们一人欠我一顿饭。"

来医院之前，宁采薇三人打赌，宁采薇赌卫星一定想让她带练习册和课本，白璐和季茵茵则持不同意见。

宁采薇将书包中的课本作业本等一股脑儿倒出来："不仅有你的，陆一宸的我也带过来了。未卜先知，我聪明吧。"

卫星微讶："陆一宸没跟你说帮忙捎书本的事？"

宁采薇一愣："陆一宸根本没跟我说过话。"

果然如此。

此次慰问之行结束，周扬带着大家依依不舍地离开。

陆一宸回到病房，抬眼便见卫星一手吊着点滴，一手拿着笔做练习册上的习题，当即脸都黑了："谁拿过来的？"

卫星自然不能出卖宁采薇，忐忑许久道："我说它自己飞过来的，你信吗？"

陆一宸把课本堆到一边，又要拿她手底下的练习册："回去再做，这两天要多休息。"

卫星护之不迭："什么事都不干，我很无聊的。"

"我陪你说话。"

卫星想起陆老大惜字如金的脾性："你确定？"

陆一宸在床边坐下："我给你讲个故事。"

"从前有个男孩，爸爸帅气妈妈漂亮，大家都很羡慕他们一家。后来妈妈生了重病，爸爸在家的时间便越来越少。妈妈去世不久，爸爸就娶了后妈，然后不要他了。"

卫星等着他说下去，谁知一等二等他不说了："没有了？"

"没有了。"陆一宸果然还是那个陆一宸，讲这种幼稚的故事简直是敷衍。

卫星拉了拉他的衣角，不服气地追问："那男孩后来去了哪里？就算爸爸不要他，他总得过日子吧。"

陆一宸沉默了良久，方道："去了酒吧，喝醉了酒，莽撞下惹到了不能惹的人……"

病房内安静下来，她在做作业，他则在练习册上画图，简单几笔勾勒出一只构造复杂的海船,栩栩如生。卫星一眼瞥见,赞道:"陆一宸,你真厉害,画得好漂亮。"

他谦虚地笑了笑:"初中时学过两年绘画,还没来得及还给老师。"

卫星羡慕地看着。初中时,她也曾对绘画感兴趣,不过因为家里交不起课外兴趣的费用,只能在经过时向画室张望两下。

陆一宸想了想,撕了后面空白的一页,提笔勾出一朵漂亮的玫瑰,在右下角用狂草笔法题上自己的名字:"喏,送给你。"

卫星接过来,双手捧着打量一番:"很好看啊,这是什么花?"

"月季,象征着希望和幸福。"

卫星信以为真,道了声谢,开心地将画夹入练习册中。陆一宸低下头,嘴角扬了扬,暗恋一个没见过世面的乡下土包子好像没什么不好,这随便一句话就瞒过了。

第 5 章
柔软

一辆灰黑色汽车停在C市第六私立高中,正值上课时间,校园内一片安静,唯有老师讲课的声音隐约传来。右侧车门打开,一位身着军绿色衬衫配卡其色裤子的男生下了车。男生身材很高,偏瘦,五官冷硬,轮廓分明,身姿笔挺,有种军人一般的气质。他快步绕至车子左侧,将门打开,一手按在车门上方,一手递向车内。一系列动作如行云流水,流畅而绅士。

一只莹润如玉的小手轻伸出来,按在他的掌心。

他攥住她的手,小心地将她扶下车。

下来的是一位衣着朴素的女生,绑着简单的马尾,但皮肤很白,相貌极美,五官小巧玲珑,笑起来格外甜。他们并肩站在一起,像一道靓丽的风景线,连因天气炎热而坐回门卫房的门卫也探出头张望。

不过,高二(1)班今天也太安静了,竟然没有一丝嘈杂与喧闹,很不正常。高二(1)班的问题学生最多,不可能全都专心上课。

卫星揣着疑问,慢慢推开教室门,入目所见是班长周扬站在讲台上。周扬见她回来,将手一招,大声道:"起立!"

全班同学一同站起,齐刷刷地向她望过来,卫星吓了一跳。

周扬又道:"祝贺卫星同学康复回校,欢迎卫星同学正式加入高二(1)班。"说完,带头鼓掌。

顿时,全班响起雷鸣般的掌声。卫星吃惊地望向大家,又回头看陆一宸。陆一宸扬唇,回以微笑。卫星瞬间明白,这场面他早知道,就她自己被蒙在鼓里。

宁采薇跑过来,将一脸震惊的她拉入教室,笑嘻嘻道:"小星,我们的请愿书通过了,学校已给了明确回复,同意你继续留在一班。小星,你不用去七班了。"

卫星又惊又喜,下意识地又回头看陆一宸。

赵慕拍着桌子一阵哀号:"卫星,你能不能看我们一眼?我们表演得这么辛苦。"

旁边的黄浩宇等人则扯住赵慕嚷道:"慕哥,你赌输了,这周末请大家吃烧烤啊。"

赵慕一脚踹去:"滚你大爷,谁跟你们打赌了。我押的也是他们和好。"

卫星已不知如何形容此刻的心情,不断地鞠躬:"谢谢大家的关心,谢谢同学们。"

后排男生嚷嚷着:"星星姐回来了,宸哥你要请吃饭。"

不待卫星反应,陆一宸已走上讲台,将板擦往桌面上一拍,绷着脸道:"好了,大家开始上自习。"纪律委员的派头十足。

堂下一阵哀呼:"宸哥你不能这样,你这是过河拆桥。"

卫星忍不住想笑,低着头,在同学们一片痛苦呼声中和宁采薇回了座位。

陆一宸走下讲台,向自己的位置走去。经过卫星旁边时,他脚步顿了一顿,两人颇有默契一低头一抬头,对视两秒,眉眼里同时溢出笑。陆一宸又继续向后走,坐入倒数第二排的座位。

在他们回校之前,期中考试的成绩已经出炉。班级按照考试成绩进行重新排位,卫星是全年级第一名,当然也是全班第一名;陆一宸每科都是零分,全班最后一名,也是全年级最后一名。

这组合也是双双第一。

依着成绩好的优先择位原则,卫星自然是第一个选座位,但是她在医院,周扬便打电话给陆一宸,询问卫星的意见。

卫星忙表示现在的位置就很好,不用调换。

周扬挂断电话之前,意味深长地问了陆一宸一:"那个,你们要不要坐在一起?"

陆一宸冷淡地反问:"我们为什么要坐在一起?"

周扬被堵得一愣,呵呵笑道:"不领情就算,我巴不得你们坐得远远的。"

卫星位置不变，陆一宸虽然是最后一名，但是陆老大的位置谁敢占？宁采薇不知跟安排座位的班长说了什么，最后她的位置也没变，喜滋滋地又跟卫星成了同桌。

一切如旧，却又跟以往有所不同。

夏天到了，六中开设了游泳课，由专业的老师教学，指导大家掌握游泳技巧，培养生存技能以及锻炼体质。

游泳课，可谓六中学生心目中地位特殊的一门课。平日，大家虽然很少按照学校规定穿校服，但穿得也算保守，没有露太多。如今穿泳装上阵，总让人有些害羞。

当然，少男少女们也可以趁机窥探平时无缘得见的春光。

这不游泳课明天才上，今天大家已经开始三三两两围在一起窃窃私语。

不过，卫星的关注点却在其他地方："采薇，是不是要自己带泳衣？"

宁采薇点头，接着瞟了她一眼："你没有？"

卫星不正面回答："我怕水，明天的游泳课还是请假吧。"

宁采薇神色动了动，半天挤出两个字："也好。"

一点都不好啊！其实她很想看卫星穿泳衣是什么模样，卫星的皮肤那么好，想想都觉得超级性感养眼。平时卫星的衣服多是宽大不合身的，将身材掩得严严实实。好不容易等到游泳课，她正想一饱眼福，谁知……陆老大已经让赵慕传话给她，不许借泳衣给卫星。

管得这么严，你当自己是她爹啊。宁采薇郁闷地托着腮，一阵腹诽。

白璐一脸高冷地坐过来："越是怕水越要多接近，这样才能克服恐惧心理。小星，我那里有套泳衣买小了，你穿着应该合适，回去试一试。"

卫星受宠若惊："那怎么好意思……"

"有什么不好意思的，白搁着也是占地方，你若穿着合适就送你了。"

宁采薇拼命向白璐使眼色，仿佛在说，陆老大不让我们借泳衣给卫星。

白璐极是淡定："我没有借，我是送的。"

陆一宸对游泳课兴致不高，他从小喜欢玩水，八岁那年就把仰泳、蛙泳、蝶泳、自由泳等各种姿势掌握了，在水中游起来像条鱼似的。游泳课对他而言就是小儿科，而且还要跟那么多人挤一个池子，他实在提不起兴趣，早早便请了假，窝在宿舍摆弄新买的船舰模型。

他已嘱咐过宁采薇等人，不许借泳衣给卫星，而以卫星的经济条件又买不起，所以她肯定也是请假。

卫星穿泳衣……

陆一宸想了想，心跳不由加速，他是个正常的男生，自然也想看一看她宽大衣服遮掩下的身材。不过以后有的是机会，他不急于一时。拍了拍脑袋，将杂念拍出去，陆一宸正要专心研究舰首的滑跃式起飞甲板。这时手机震动了，他懒散地按下接听键。

赵慕仿佛捂着口鼻的声音慌张地传来："宸哥，你快过来。星星姐她，她……"

陆一宸的心蓦地沉下："她怎么了？"

"她来上游泳课了。"

六中的泳池分男女两个池子，中间有个挡板，双方下到池中游起来时看不见，但若站在岸上，有意观摩，便能将旁边池子里的风景尽收眼底。白璐这身买小了的泳衣其实是专门买给卫星的。"白公主"其他方面或许差强人意，但钱多以及挑衣服的眼光没得说。

这身泳衣选得很是收腹提臀，能将八分的身材勾勒成十分。那么十分的身材自然就能成十二分。于是，卫星换了泳衣忐忑地出来时，全班同学都呆住了，有的男生甚至忙捂住口鼻，免得鼻血喷出来。

卫星偏瘦，脸小，大家想着她应该是浑身上下都瘦小，然而真相却是不该瘦的地方一点都不瘦,不该小的地方一点也没小,身材曲线十分诱人。

陆一宸匆匆赶到游泳馆,抬眼望见这一幕,脸当场就黑了,直接脱了上衣,从她头顶罩下。他个子很高,肩宽,她穿他的上衣很宽松,几乎要遮到膝盖。不过问题来了,此时正值夏日,陆一宸只穿了这一件上衣,他脱了给她穿,他上身便光着。

于是,大家看到了宽肩窄腰,看到了漂亮的胸肌,看到了六块腹肌,看到了近乎完美的人鱼线……现场一片尖叫。

游泳课上的所见所闻让高二(1)班的同学们兴奋许多天,私下里议论不休。

原来卫星女神不是平胸,原来陆老大脱下衣服这么有料。啧啧,这组合也是金童玉女绝对般配。如果之前班级中尚有同学打两人主意,那么游泳课之后,大家便彻底断了心思。

双方条件优渥,非等闲人比得过。

令人沮丧的是陆老大似乎并不领情,他虽然对卫星很好,但一直保持着距离,别说牵手拥抱亲吻,就连饭也不坐在一起吃。每天晚自习结束,他和赵慕等人一路,卫星则和宁采薇相伴回去,路上偶尔撞见,不过简单招呼一声。

赵慕瞧得一头雾水,实在琢磨不透自家老大的心思。这到底是喜欢,还是不喜欢,抑或真的只是关系不错的男女同学?

可是宸哥看卫星的目光明明是不一样的,会在触及她时突然变得温柔,甚至不经意间听人提起她的名字也会露出微笑。

老大的心思你别猜,猜来猜去也猜不明白。

六中封闭式管理,高中课业重,又面临高考压力,双休日自然是没有的,不过每周周末会有半天的休息时间。

学校大门也会开放,让同学们外出放一放风。

"宸哥,我拿到了四张《星辰大海》的首映票,明天下午三点钟开始。一起去看?"赵慕在他面前献媚似的呈上去。

《星辰大海》是一部以从海洋到天空的军事战争为主线、男女主人公荡气回肠的爱情为辅线的好莱坞科幻大片,由荣获两次奥斯卡金像奖的大导演执导,该片在海外好评如潮,刚引入国内,本周末下午公映。

电影票刚开售就被抢购一空,赵慕拿到这四张票可是费了不少力气。

他对这种调调的电影感觉一般般,可是宸哥喜欢。除了卫星外,就只有军事方面的杂志和电影能引起宸哥的兴趣。

赵慕甚至揣测,宸哥对卫星不一般该不是因为她的名字吧?

赵慕将电影票一顺儿摆开:"你、我、小美,再加上卫星,一共四人。"

陆一宸将手中的舰船模型放下,按着额头想了想:"也好。"

周六晚自习结束,陆一宸在她课桌前停下,目视前方,曲起食指敲了敲她的桌沿:"明天下午一起看电影。"

卫星诧异地抬头,正撞见他轮廓分明的侧脸,心跳不由得漏了一个节拍。

陆一宸又道:"跟赵慕和小美一起,不拒绝就当默认了。"语毕,也不等她回话,迈开大长腿,留下一个气场十足的背影。

宁采薇围观得一阵惊呼,手肘碰向卫星手肘:"小星星,你家老大真是越来越帅气了。"

卫星羞得用课本遮脸:"采薇,你别乱说啊。"

宁采薇翻了个白眼:"难道你觉得他不帅?"

重点不是这个好吗?

听说卫星和陆一宸要出去看电影,季茵茵和白璐也跟着起哄。季茵茵打开衣柜,把一堆漂亮衣服抱出来:"小星,你试试哪件合适,随便穿。"

白璐仍是高冷脸,转了转手中的眉笔:"要不要化个淡妆?"

卫星窘得满脸通红，连忙摆手："不，不用了。又不是……"
她忙闭嘴，将后两字咽了下去。

白璐不理她的窘迫，接着她的话往下说："我看着就很像约会。"

卫星忍不住要抱头逃之夭夭："我们真的就是关系好点罢了，你们别乱猜。"

白璐将眉笔放回梳妆盒中，没头没尾地说了一句："陆一宸也挺有耐性。"

电影下午三点才上映。午饭之后出门，到达影院时间尚早，四人便到下面的商场和步行街逛一逛。

小美在赵慕的旁边嚷着要买这买那。小美全名叫苗美美，是高一的学妹，长得蛮清秀，一笑便露出两颗小虎牙，很是可爱。她是赵慕自高中以来喜欢的第15个女生。赵大爷追她费了许多力气，但她也一直不明确表态。赵大爷渐渐地也没多少耐心，很少约她出来。没想到赵大爷一冷淡，小美反而殷勤不少。

赵大爷五行最不缺金，出手很是阔绰，小美要什么就给买什么。不过赵大爷有个规矩，就是自己买的自己拿着，他一概不帮忙提。于是转了半圈，小美失去了购物欲望，手里提满了东西，每走一段路都要歇上一歇，累得一连声直喊："等一等我。"

陆一宸没有诚意，但做小弟的可以有诚意。赵慕走到一家名牌衣服店里，挑中一件米白色碎花的连衣裙："卫星，你去试一试这件，保管合身。"

陆一宸单手插兜，站在赵慕面前，眉目冷淡："你怎么知道合身？你看过什么了？"

赵大爷默默地将连衣裙挂回原位，默默地捂了脸到后面找小美去了。陆一宸转眼看她如麻袋一样套在身上的衣服："学生，穿校服就很好。不要学赵慕那种不长进的混混，整天搞些幺蛾子。"

赵慕无辜中枪。

小美买的东西太多,累得拎不动,四人只得找个地方歇歇脚。陆一宸转身进了一家欧式风格的书店,卫星跟着进去。

里面的书琳琅满目,看得人眼花缭乱。显眼位置摆着新近的火热之作,上面写着××言情天后继《××××》之后的又一力作。

封面很漂亮,材质也很好,卫星忍不住拿起来,摩挲着正要翻开。陆一宸缓步走过来,按住了。他的手指瘦削修长,指节微凸,手背上线条分明,很有力量感。

"喜欢这本?"

卫星点点头:"挺漂亮的。"

陆一宸将那本书抽出来,放回原处:"以后买给你。"

卫星笑出来:"我就看一看。"

陆一宸单手插兜在前面走,卫星亦步亦趋地跟在后面。两人来到人流稀落的一排书架前,陆一宸抽了其中一本又大又厚的书递给她:"这本带回去。"

卫星定睛一看,上面赫然印着八个大字——"五年高考三年模拟"。她抱着那本厚厚的习题书,哭笑不得:"陆一宸,你怎么比老师管得还严?"

他转过身,一手放在书架上,紧抿着唇,定定地看她。他的个子很高,肩很宽,这样面对面站立,几乎将她罩在自己身形之下。

他的目光很深,像无尽头的夜空。卫星一颗心跳乱了节奏,下意识地低头却又忍不住要看他,眼光躲躲闪闪。他微抬手,似要抚摸她的发,却又在中途慢慢地垂下去,微哑着声音轻道:"小星。"

卫星觑了他一眼。

陆一宸按向心口:"你不懂。"

卫星很想问什么不懂,但嗓子发着干,一时说不出话。陆一宸慢慢地又笑了,笑容很浅:"没关系,这些事情以后再懂也不迟。我们有的

我喜欢糖，
更喜欢你

我喜欢糖,
更喜欢你

我喜欢糖，
更喜欢你

我喜欢糖,
更喜欢你

我喜欢糖，
更喜欢你

我喜欢糖,
更喜欢你

我喜欢糖，
更喜欢你

我喜欢糖，
更喜欢你

我喜欢糖,
更喜欢你

我喜欢糖，更喜欢你

我喜欢糖,
更喜欢你

我喜欢糖，
更喜欢你

我喜欢糖,
更喜欢你

我喜欢糖，
更喜欢你

我喜欢糖，
更喜欢你

我喜欢糖，
更喜欢你

我喜欢糖，
更喜欢你

我喜欢糖，更喜欢你

我喜欢糖，
更喜欢你

我喜欢糖，
更喜欢你

我喜欢糖，更喜欢你

我喜欢糖，
更喜欢你

我喜欢糖，
更喜欢你

我喜欢糖，
更喜欢你

是时间。"

我们?卫星听得茫然,却又在茫然中忍不住心跳加速,索性也抽了一本同样的习题书塞给他:"有来有往,这一本是你的。下次不许考零分。"

赵慕和小美脚旁堆着一堆东西,在书店外面的长凳上歇着,见他们一人拎了一本《五年高考三年模拟》出来,顿时佩服得五体投地:"给女神和老大跪了。"

三点钟的电影开映。

四张影票是连座。赵慕、小美、卫星、陆一宸,四人依次坐过去。

卫星是第一次看电影,举止之间很是小心,小心中又怀着一丝丝的雀跃,看得津津有味。

小美胆子小,看到满天满海的轰炸场面,吓得摘掉3D眼镜不敢再看下去。

赵大爷很有男子气概地指了指自己的肩膀,说:"看不惯就睡一觉吧。"

小美正要感动,这时赵大爷又道:"回去时你还要拿那么多东西,歇一歇有劲。"

影片的确很好看,炫酷的特效,精彩的剧情,男女主人公死生契阔的缠绵爱情,每一分每一秒都拨动观众的心弦,旁边已有女性观众开始擦泪。

故事末尾,男主角要驾起战机和队友们断后,女主角将登上船舰和幸存者一同离开。两人深情道别:"我们终将在星辰与大海的尽头相见。"

接下来定然是少儿不宜的镜头。

卫星感动得眼泪汪汪,正专注地盯着看,但男女主角刚抱在一起,她眼前忽地一黑,已被陆一宸捂住了双眼。她莫名其妙,敲了敲他的手:"陆一宸……"

陆一宸没有理她。

手掌覆在她的眼前，小指贴着她的鼻头，指间有股极淡的烟草味道。他因为捂着她的眼，无形中挨得近了，混着浅淡清香的男性荷尔蒙味道丝丝缕缕飘来。

独属于他的味道……

卫星轻嗅一口，心跳怦然加快，突然不关心影片最后的剧情了。

从电影院出来已五点多，正是晚饭的时间。四人一同下馆子。

赵慕在六中混得久，对附近餐饮情况熟悉，选了一家看起来破旧甚至有些脏乱的小餐馆，然而刚拨开帘子进到里面，便闻到阵阵让人垂涎欲滴的饭菜香。他嘿嘿地笑："别看环境差，店老板的手艺可是一流。平常人绝对找不到这种好地方。"

四人选了一张靠边的方桌坐下。餐馆的客人很多，吵吵嚷嚷的。店里没有前来招呼的服务员，赵慕自己从柜台上抽了张油乎乎的菜单，又拿了壶茶水过去，挤在一起开始点菜。

就像风拂过树叶悄无声息，陆一宸在这天之后忽然消失了。

卫星拿着饭卡去食堂吃饭，何修远等在楼下，见她走过来，笑着招了招手："小星，去吃饭吗？一起吧。"

卫星正要拒绝。何修远又道："走吧，待会儿有东西给你。"

卫星只得亦步亦趋地跟上去。西食堂中，高三学生在用餐，见她和何修远一同走进来，纷纷笑着打招呼。一位酒红衬衫的男生甚至打了个响指，开玩笑般道："何主席又带着小美女来'撒狗粮'了？"

何修远是学生会主席，但他脾性温和平易近人，所以极少有人大大方方地称其为"何主席"，只几个关系好的同学打趣时用。

"撒狗粮"……是什么意思？卫星听得不太懂，拘束地冲对方笑了一笑。那男生装模作样地捂眼睛："我去，还真是来'撒狗粮'的。我不张嘴,我坚决不吃。"

何修远带她从通道间走过,顺道踩了那男生一脚,笑道:"你呀,就知道欺负人家小姑娘。"

酒红衬衫男生哈哈地笑:"要欺负也是你欺负,我哪敢啊。"

周围起了一片哄笑声。卫星很尴尬,却又不知为何而尴尬。何修远轻轻瞪回去一眼:"闭嘴。"

一人拿了一份营养套餐,何修远帮着刷了卡。两人在靠窗的位置坐下。

卫星低头吃饭。何修远简单问了几句最近的学习情况,待两人快吃完时,他从手提袋中掏出一个玫瑰金的长方形盒子,放在桌上推过去:"小星,拆开看喜不喜欢?"

卫星抬起头,困惑地望着他,仿佛在问是什么。

何修远笑:"拆开看一看就知道了。"

拆了包装,打开盒子,里面是一部 A 品牌最新款的手机,刚一上市即风靡国内,乃至要彻夜排队才能买到。卫星虽然不懂品牌和行情,但里面的手机跟前几天白璐拿的极像,不知是否同一款。

白璐用的东西自然是价钱不菲。卫星忙推回去:"何学长,这太贵重了,我不能收。"

何修远笑了笑,拿出来装上手机卡,按了开机键,又递给她:"买给你的,你若不要,钱可就白花了。"

卫星窘在那里,收不是,不收也不是。

"现在的学生怎么能没有手机呢?你想一想,上次天台一宸突然发作,以及前几天跟那几个混混起冲突的事情。你当时如果有部手机,能及时通知我,事情或许不至于那么糟糕。"何修远将手机放在她手中,笑着又道,"我爸说了,让我平时多照顾你一些。这部手机你就当何董资助的,快收下吧。"

卫星握着只觉烫手,半晌,低着头道:"何学长,我以后考上大学赚了钱，一定还给你。"

"别这么客气。一部手机而已，不值几个钱。"

何修远又简单教了使用方法，如何拨打电话，如何发短信，如何上网查资料等。他看着她存好自己的手机号，又帮着申请了微信账号。

他俯身向前，捏了手机的两侧指点着，与她挨得有些近。

与陆一宸混着烟草味的颇浓的男性荷尔蒙味道不一样，何修远身上有股很清淡的像草木一样的香，前一个易让人怦然心动，后一个则令人心旷神怡。

"小星，想个喜欢的微信昵称。"

她手足无措："就小星吧。"

"再选个微信头像。"

她探头望去，一眼看中了图片库中的浩渺星辰，指了指："就这个吧。"

星辰，"星宸"……

"不好，"何修远摇了摇头，点了有一颗漂亮星星的图片，"还是这张妥当些。"

卫星回到座位上，宁采薇一眼瞧见她手中的玫瑰金色手机，不由惊了："我天，这是哪位老大一出手就这么大手笔？"卫星的家境全班皆知，根本买不起手机。

手机肯定是别人送的。宁采薇是个大嗓门，这么一惊叹立刻引来周围同学的关注。

男生们一窝蜂挤在卫星周围，一一加了微信，并看着对方点了通过。赵慕也跟着凑热闹，加了之后还把卫星的备注改成了"星星姐"。

大家闹腾得正欢之时，陆一宸单手插兜，微垂着眼睛走进教室，将穿过通道回到自己座位上。

通道原本正被围在卫星旁边加微信的同学堵着。

众人一见陆老大过来，忙不迭让开路。陆一宸却没有急着走过去，沉默地停在那里。

作为心腹小弟，赵慕率先会意，将她的手机举起来，义愤填膺道："宸哥，有人送了卫星一部A新款！"陆老大虽然不像缺钱的样子，但却从未送过卫星礼物。当然，那本厚厚的《五年高考三年模拟》除外。

陆一宸眼皮也没抬："我送的。"

众人露出恍然大悟状，交头接耳："原来是宸哥送的。我就说谁这么大胆子，敢给星星姐送礼物。"

卫星脸烧得厉害，一直低着头。陆一宸走过去，拿了那部玫瑰金色手机，正反看了一番，堂而皇之地塞到自己兜里。接着，掏出自己平时用的不知名款式的黑色手机撂在她手边："换一下。"

走开时，又加了一句："微信用我的。"

一群加了女神微信的男生顿时哀号一片。

这么一调换，谁知道对面收你微信的究竟是女神，还是女神的冷面男友呢？陆一宸坐回到座位，一手支着额头，一手依次点开新手机屏幕上的图标，见联系人一栏中赫然存着一个名字——"何学长"。

他又点开微信，上下滑动，果然在"新的朋友"一栏最下面看到了蜿蜒河流的风景头像，昵称是"修远兮"。

陆一宸将手机"砰"地一扔，霍然站起。旁边，正趴着要午睡的赵慕吓了一跳。

陆一宸又扶着额头，慢慢坐下去，垂着眼睛，面上不露任何表情。前排，卫星将那款已显得有些破旧的黑色手机握在手中。手机上犹存着余温，是他身上的温度。卫星两颊更烫了，将那部手机握紧了，又松开，再握紧……

下午是数学课。今日天气颇热，班级里的空调不太给力。连续两节课，满是数字的排列组合听得人昏昏欲睡。卫星右手在桌面上记笔记，左手放在桌屉里，轻轻握着里面的手机。

忽地，手机震动了一下。她拿出来，低头按了键，屏幕上却显示解锁界面。

密码是什么？想了想，她沿着上面的光点画了一个"C"，屏幕解开了。

密码设得真没技术含量。一位新朋友请求添加，对方是一颗星星头像，昵称是小星。不就是她自己吗？卫星余光向后看了一眼，点了"接受"。接着便收到一条对方的新消息："你没有认真听课。"

竟然是钓鱼执法。

拿着那部崭新的玫瑰金色手机时，卫星只觉烫手。如今换上这部旧的黑色手机，她心里终于踏实了。她想，还真是没有用新东西的命。

之前在家里时，一年到头都是穿表姐的旧衣服。有次过年，舅舅给她买了一件新褂子。她很是欢喜，谁知换上时不小心扫到灯芯，衣角烧破一个洞。舅妈劈头盖脸骂了她一顿，说她糟蹋东西，就该一辈子用别人剩下的东西。

这一天过得很快。语数外物化生六位老师轮番轰炸一遍，再上三节晚自习，便也为一日的学习画上句号。

卫星早早回到寝室，洗漱完毕，爬上床。

一边趴着预习明天的课程，一边时不时看两眼枕头旁的手机。她也不知道自己在等什么，却隐隐觉得应该等下去。宿舍熄灯之际，手机果然震动了一下。卫星忙拿过来，见到那颗小星星头像。

"睡了吗？"

一想到手机另一头是他，卫星心跳一阵加快，小心地打了两个字："还没。"

"不要玩了，关机早点睡。"

"嗯。"

她将手机摩挲了两遍，轻轻放在枕边。这是他往日随身带着的东西，不知是不是每晚也被他放在枕边。卫星觉得脸又烫起来，忙将手机推得远一点，揣着又紧张又甜丝丝的一颗心要拉被子蒙头睡觉。

这时，手机又震了一下。

"小星。"

卫星觉得心跳又快了，幸亏没关机。

她忙回复："嗯。"

半晌，那边来了新消息："你怎么还没关机？"

人民群众反对钓鱼执法。

赵慕发现陆老大最近抱着手机的时间有点长。陆一宸平时是不喜欢玩手机的，极少打电话，也不上QQ与微信，对手机游戏更是兴致寥寥，只偶尔用手机上网查点资料，或者订购军事杂志以及新出的飞机、航母等模型。

然而这几日，每晚宿舍熄灯之后，陆老大那边手机屏幕都亮着。赵慕与陆一宸的床铺紧挨，按捺不住好奇心，凑过去要瞧一瞧究竟。尚未等他看清屏幕界面，陆一宸已一脚将他踹下床。手机屏幕闪了一下，陆一宸连忙点开，却没有立刻回复，唇角微扬露出一丝极浅的笑。

赵慕无声摸过去："跟星星姐聊天呢？"

一声轻按，屏幕黑下去。陆一宸冷哼两声："你烦不烦？"

赵慕缩回脑袋，在挂着的外衣兜里摸出一盒烟："抽一根？"

"不抽。"

"宸哥，你这是要从良啊。"赵慕笑嘻嘻，自己摸了一根点上，又分了两根给对面的兄弟。

陆一宸没理他，赵慕抽一口烟，吐出烟圈，倚墙坐着："宸哥，你从什么时候开始混的？"不待对方回答，他又道，"我从小学一年级就开始混了，每年都在班级倒数前三，考得最高分的一次是数学，选择题蒙对了三十分，大概是老天爷打瞌睡一时闭眼了。"

对面两舍友听到，不由一阵笑。

陆一宸仍是不理他，按亮手机屏幕，简单回了对方，便关了手机要躺下睡觉。

　　赵慕锲而不舍："说说以前的事呗。宸哥，你之前是哪个学校转来的？"

　　陆一宸被扰得心烦："闭嘴。"

　　"听说你是从 A 大附中转过来的。"

　　对面两兄弟一个激灵同时坐起身："我的天，宸哥你是 A 大附中的高才生？恕兄弟我有眼不识泰山。"

　　A 大是全国最好的综合性大学，能考入 A 大附中的学生要么全科成绩很优秀，要么有极为抢眼的特长。能读 A 大附中，几乎算是半只脚迈进了 A 大。

　　陆一宸懒得理三个咋咋呼呼的室友，拉了被子翻身睡觉。对面兄弟抽着烟，好奇道："那宸哥怎么到了六中？"

　　赵慕深深抽了一口，缓缓吐出烟气，又嘻嘻地笑了："因为宸哥知道六中有星星姐。"

　　三人一同哈哈地笑起来。赵慕在铁床架上按灭烟头，扔到靠墙悬着的自制烟灰缸里，倒头也睡了。他突然明白陆一宸对卫星为什么忽冷忽热、忽远忽近了。他赵慕如果真的喜欢一个女生，而自己又有种种顾虑怕拖累她，那时定然也是这种飘忽不定的态度。

　　最近，何修远又转到东食堂用早餐，坐到了卫星对面。何学长面前，宁采薇顿时收敛起大大咧咧的性子，一秒钟变成安静的淑女。何修远将一杯热牛奶移给对面的她，和煦地笑着："小星，微信还不会用吗？"

　　卫星忙摇头："会了。"

　　何修远笑容一点点加深："真的会了？"

　　卫星恍然明白过来，吞吞吐吐："陆一宸跟我换了手机，还有……微信账号。"

　　何修远脸上挂着不变的笑，扭头，向左前方陆一宸的背影看了一眼，戳向盘子里的点心:"果然,很好。"

卫星有些心慌,也不敢接话,只埋头吃饭。

早上的课间不长,大家吃完饭便要回教室预习上午的课。

食堂中,学生来来往往,人流量颇大。

卫星匆匆用完早餐,端了盘子便要先走:"何学长,我吃好……"

不等她说完,何修远也站了起来,将卫星的餐盘拿过来,放在自己几乎没怎么动过的早点上:"我也吃好了,我们一起走。"他一手端着盘子,一手牵住了她的手。

卫星……懵了。

周围的同学也懵了,排队买饭的人流甚至有了一瞬的安静。

六中校园里,牵手是很亲密的动作。若两个女生牵手,大约是好闺密;若两个男生牵手,极可能是同性恋;若男女生牵手,那么便是情侣。

何修远之前又没任何表示,她更没答应过什么,如今他却直接牵了她的手。

这算什么?卫星满脸涨红,忙要挣脱。何修远虽然文气,但毕竟是个男生,手中稍用力便让她挣脱不得。陆一宸是背对他们坐着,所以并未看到这一幕。对面的赵慕却瞧了个清清楚楚,惊得话都说不利索了:"宸、宸哥,星星姐和何学长……"

陆一宸埋头吃着饭,没有理会。何修远偶尔会到东食堂,每次都坐在卫星对面,这有什么好惊讶的?

何修远牵着她走过陆一宸身边,几乎是擦着他的衣角,卫星怕得呼吸都屏住了。危险地带,何修远非但没有快步穿过,反而在陆一宸餐桌前停下脚步,微笑着唤他:"一宸,吃好了吗,一起走?"

陆一宸抬起了眼,卫星觉得自己快要晕过去了。陆一宸放下咬了一半的包子,站起身,轻踢了踢桌脚,单手插入兜中,眼底竟划过一丝罕见的笑:"好啊,一起走。"

同学们抛下用到一半的早餐纷纷跟了出去。

两兄弟争一个女生这种戏码虽然狗血，但狗血得让人八卦之心高涨。何况这两位在六中可是举足轻重，第一董事的儿子和第一董事的外甥。啧啧，这新闻可以撑起校报整个头版。

谁也不知道何修远当时究竟想干什么，也不可能知道了。因为关键时刻，被他牵着向前走的卫星眼前一黑晕倒了，晕得很是时候。

可见体质差点并非一无是处。何修远立刻把人送到了校医室。陆一宸单手插兜，面无表情地站在操场上被蜂拥而来的学生围观。

这件事不了了之。六中校长立刻将此事通知了何钧。何钧听完，笑了两声，好似漫不经心回道："这两个臭小子真是长能耐了。"

处理完公司事务，当天晚上就开车来了六中。何修远被叫了过去，陆一宸也被叫了过去。卫星刚从校医室回到教室，揣着一颗扑通扑通跳的心大气都不敢喘。

赵慕跑过来，狗腿地献安慰："星星姐，你别怕。宸哥也好，何学长也罢，无论是谁赢了，咱都不吃亏。"

宁采薇危言耸听，哭唧唧道："手心手背都是肉，打哪边都疼。万一何董要打小星星这个外人呢？"

赵慕一惊："对哦，你说的有点道理。"

事实上，何董也的确有这个意思。

董事办公室中，何钧"砰"地拍上桌子："你们两个到底在搞什么？想让全校看我何钧的笑话？修远，你是哥哥，应当懂事，现在又是高考冲刺阶段，你要生什么幺蛾子？"

转向陆一宸："你说过你有分寸,高考之前绝不谈恋爱,不影响到她，我相信了。一宸，你的分寸在哪里？"

两人低着头，沉默不语。

何钧将桌子拍得"砰砰"响："这件事算我一开始错了，不该带卫星丫头过来。你们要是再不懂事地闹腾，我就把她送回去！"

陆一宸首先表了态："这件事是我不对，跟卫星没有关系。"

何修远亦跟着表态："是我们两人的错,不会再有下次了。"

何钧卷起桌上的报纸,敲上桌沿："六中不许谈恋爱。你俩无论谁再打扰卫星,我一旦知道了,马上把她调回去!"

这句话一出,陆一宸终于明白何修远的目的,也知道这目的他达到了。

何修远根本不是叫他出去打架。当然,也打不过他。

何修远只是想把事情闹大,闹得何钧插手处理。

这件事因卫星而起,他们一个是儿子,一个是看得比儿子还亲的外甥,那么何钧肯定会一碗水端平,说:"六中不许谈恋爱,你俩谁也不许打扰卫星。"

何修远即将高考,又不在同一楼,相隔甚远,当然没多少机会打扰她。可是他不一样,他们是一个班级,他又有很多空闲时间,自然有无数机会"打扰"她。

一句话,就把他近水楼台先得月的路给断了。

这位表哥的算盘打得真是精妙。

两人出了董事办公室,一同回教学楼。

夜色浓郁,夜风颇凉。

楼梯口,陆一宸停下脚步,微沙哑地出声:"修远,这些年你心里怕是一直不服气吧,认为是舅舅偏心,拿了你的东西给我。"

陆一宸靠上冷硬的墙壁,与何修远对视:"现在我告诉你。我没占你任何东西,我得到的全是我自己应得的。我的始终是我的,你争不走。"

何修远笑了一声,笑得极为轻蔑。

陆一宸并起食指和中指,仿佛起誓一般道:"我能跌倒,就能爬起来。我能曾经比你优秀,今后也必将超过你。"

何修远挂着不变的微笑:"我等着。"

陆一宸转过身,踩上楼梯,仿佛登山般一阶一步地向上走。

何修远落后两步，在下面又道："其实，我也不是非她不可。怪就怪你喜欢她，你喜欢的我偏要争。"

陆一宸也笑了，笑得嘲讽："从小到大，你没有一次争得过我。"

何修远的声音冷下来："可惜你现在是陆一宸，不是当初的陆宸天。"

两人身影相继穿过黑暗，走向灯光满溢的教室。

何钧从走廊阴影下走出来，抽了一根烟点上，心中五味杂陈。兄弟俩争一争好像也没什么不好，争出点血气与志气，不失为一件好事情。只是苦了卫星丫头，夹在中间怕是要左右为难，当初为什么要把她带过来呢？

这真是一家人进一家门。他看着好，他儿子看着好，他外甥也看着好。对于早恋一事，六中一直明令禁止。但青春期的萌动不是严厉的条文能压制的，老师们也是从青春中走过来的，对学生的心情能够理解，所以只要不是做得太出格，也就睁一只眼闭一只眼。

不过，这次的早恋事件闹得声势颇大，两男生跑到操场上要决斗（六中学生语）。除了叫家长到校外，学校还给两人记了处分，进行全校通报批评。

校董家的两位公子违反纪律，学校本来是要卖个面子给何钧，打算悉心开导一番将这事情翻过去。谁料陆二公子深刻认识到自己的错误，极其强烈地要求被处分，以儆效尤，正学校风气。

处分陆一宸，那么自然也要处分何修远。陆一宸是问题学生，抽烟打架门门挂零全年级倒数第一，压根不在乎这点处分。何修远却一直是五好学生，档案上没有任何不良记录，如此一处分便给将结束的中学生涯染上了污点。

何修远达到了目的，也为此付出了代价。何修远有没有生气不清楚，反正那个月放假回家时，他开着车从陆一宸面前经过，摇下车窗打了个招呼，接着……扬长而去。

作为这场早恋风波的女主角，卫星被六中学生私下里议论了许久，每每走在路上便要被人指指点点："喏,她就是那个转校生卫星,何董家的两位公子争得差点打起来。"

卫星又羞又恼,双颊涨得通红,恨不得将脸埋在抱着的练习册中,她看不到别人,也就能假装别人看不到她。

白璐化了淡妆正下寝室楼梯,听到这些话,冷冷地警了嚼舌根的学生一眼,快步追上去,拉了她的手,高傲地仰起头:"小星,一起走吧。"

于是,不多久六中又有了一则传闻,白家大小姐是女同性恋,所以一直没有男生能追到她。

有那么一段时间,卫星等于六中热门话题。想被全校认识,往卫星身边凑总没错。有好事的男生甚至写了一篇同人文,发在学校论坛上,用了许多露骨的字眼和描写。

赵慕常逛论坛与贴吧,第一个看到,之后转给了陆一宸。陆老大查到作者之后,闯到对方寝室,捋袖子将对方打到跪着删帖。接着将在下面盖楼的学生人肉出来,挨个揍了一遍。

事情终于平息了。

果然是能动手就别动口。此后很长一段时间,卫女神和陆男神又不说话了,一个埋头学习不闻窗外事,一个目不斜视,两人形同陌路。

高二(1)班的学生悲催地意识到男神女神又掰了,真是操着一条狗的心,却没有几口狗粮可吃。

周四下午,第三节是体育课,也是卫星最怕的一门课。其他功课几乎门门都能满分,唯独体育课一直考不及格。

六中的体育课与其他学校不一样,要求极为严格,至少每次都要来一趟八百米跑作为热身,还不准缺课或无故请假。

这对卫星而言,真是要命的课。她心脏不好,体力又跟不上,只能慢慢地跑。别的学生顶多三五分钟就能跑下来,她却要跑十多分钟。每当这时,高二(1)班的同学就会在跑道外的台阶上坐下,围观女神一个人跑得像风中凌乱的小白花。

六中操场，一圈四百米，八百米需得跑两圈。她跑完第一圈经过台阶时，同学们跟着一阵起哄，拿起喝了一半的矿泉水瓶子敲着石阶大声喊："卫星，加油，加油！"

不知是谁呐喊得太过兴奋，竟将手中的矿泉水瓶给抛了出去。

瓶子滚向跑道，卫星疲累之中躲闪不及，一脚踩了上去，"扑通"一声，趴在了地上。

一众男生"哗"地站起来，又慢慢坐下去，一个个全都转眼看坐在最外边的陆老大。

这种情况，大佬总要援手吧。谁知陆男神真沉得住气，拎着半瓶矿泉水，坐着一动没动。卫星自己慢慢爬起来，在衣服上蹭了蹭擦出血痕的掌心，又继续向前跑了。越跑越觉得难过，虽然她也不清楚为什么，但心里就是很难过，很想哭。

擦了擦湿润的眼角，她咬牙跑完了剩下的四百米。因为掌心擦伤，跑完之后体育老师让她到校医室处理伤口。卫星扶着柱子歇了片刻，离开操场，一个人转去校医室。

当值的仍是那个年轻的话痨医生。拿了盒酒精棉，他一边轻轻擦拭伤口周围，一边跟她说话："小美女，你男朋友呢，没有陪你过来？"

卫星将头偏过去，又想哭了。

医生挑眉："吵架了？"

卫星咬唇忍着痛："不是。"

"那是怎么了，闹别扭？"

卫星又羞又急："他不是我……"

"男朋友"三字怎样都说不出口。

医生向门外瞥了一眼，换颗新的酒精棉，用镊子夹了，乐呵呵又道："要擦伤口了，有点疼，你稍微忍一下。"

卫星伸开手，绷着脸端坐。医生夹着酒精棉，对着她掌心的伤口，接着用力一擦。一声大叫，卫星疼得手掌发抖，眼泪直流。"砰"的一声，半掩的校医室门被踹开，陆一宸冷着脸几乎是吼出来："你到底会不会看病？"

医生嘿嘿地笑了："真是抱歉，手抖。"

陆一宸抢过他手中的镊子和棉球，恨不得将人一脚踹飞："到一边去，我们自己处理。"

他单膝曲下来，低着头，左手捏着她的指尖，右手用镊子夹着棉球一点点清除伤口处的杂质。他做事一向专注，无论是画飞机图纸、摆弄船舰模型，甚至挑选一杯奶茶时，都能流露出一股认真劲。

眼下处理伤口，更是专心又细心。这样的陆一宸格外迷人。

同样是在伤口处擦酒精，这次却一丁点儿都没感觉到疼，她只觉得心跳如雷，口干舌燥，被他捏着的指尖滚烫如同在火上烧。

陆一宸为她喷了两下消毒药雾。夏季天热，包扎反而容易发炎。医生嘱咐早中晚分别喷一次药雾即可，另外别多沾水。他扶她起来，走到校医室门旁，将那瓶消毒喷雾剂交给她，自己却转身离开："你先回去，我还有点事。"

她喊住了他："陆一宸……"

他站住，却没有转头，背对着她。

卫星的话问不下去，讷讷道："没，没什么事。"

她不知道他们之间算什么，在她的认识中，他们是关系稍微好一些的同学。然而同学们乃至老师却认为他们在交往。

可是，哪有这种交往方式的？他从没有说过喜欢她，也没有任何表示。他已经整整两周不理她了。她摔倒在操场上，他也冷眼旁观，无动于衷。现在他又让她自己回去，一点帮忙的意思都没有。顶多就是刚才为她擦了酒精棉和喷了两下药雾。卫星心里很憋屈，平白顶着个跟他交往的虚名，事实上他们之间根本什么都没有。

校医室中，陆一宸靠着窗户，看着她走走停停的背影，直到她加快脚步回到班集体中，才收回了目光。年轻的医生敲着办公桌笑："你这小伙子真够别扭的，明明喜欢人家女生却只在背后看，这是等着当备胎呢？"

陆一宸没说话，冷冷地瞥他一眼，转身走了。

高二（1）班最近掀起一股学习风潮，原因是这学期结束就要升高三了。

升级率直接与班主任的年终奖金挂钩。

一班问题学生太多，从期中考试的成绩看，有不下十个成绩不合格需要留级的，若在后半学期不能有所改进，那么班主任今年的奖金就得泡汤。

李老师制订了一对一帮扶计划，每一位班级前十名的学生都要帮助一个成绩落后的寝室，每周抽出小半天时间给对方补课。

其他时间自然没有空闲，这小半天就要占用周日下午的休息时间。

赵慕所在的408寝室平均成绩最差，班里的学生惹不起赵慕，更惹不起其中住着的陆一宸，于是这重担撂给了卫星。

分配时陆一宸缺课不在，赵慕等人乐得看热闹，跟其余两个兄弟商量好，没将这事提前告诉他。

周日，下午三点左右，赵慕盘算着时间差不多了，提了地上的垃圾，招呼一声："宸哥，你洗澡吧。我们仨有事出去一会儿，就不带钥匙了。记得给我们开门。"

陆一宸摆弄着新式航母模型，头也没抬，"哦"了一声。

赵慕三人带上门嘿嘿笑了两声，悄悄溜走了。中午时，赵慕摸出床底下的电烧烤炉，又买了一堆东西，四人在寝室吃了一顿自助烧烤。房间里不免弥漫着一股浓烈的烧烤味。

陆一宸爱干净，吃了之后便要去洗澡，将一身的烧烤味冲掉。赵慕拦下了他,说等房间里的味道散一散,不然洗了出来又得沾一身。陆一宸无所谓,早一刻洗晚一刻洗区别不大。

三人走了,陆一宸便下了床,闻了闻身上沾着一股浓浓的烧烤味,脱下衣服到淋浴室洗澡。

外面,卫星在宿管阿姨处签了名字,抱着课本、笔记本和练习册等一堆资料上了四楼男生宿舍。

走到408寝室门外,她抬手敲门,轻轻道:"赵慕,我是卫星,过来给你们补习功课。"

门内,水声"哗哗",陆一宸没听清外面的说话声,以为是赵慕三人回来了,随手拎了条浴巾一遮,趿拉着拖鞋出去开门。

门打开,卫星惊得眼睛都直了。

"砰"的一声,陆一宸关上了门。

旁边宿舍也是高二(1)班的学生。听到"砰"的一声响,大家纷纷从门内探出头观望,见是卫星,又看了看紧闭的房门,猜测着笑道:"哎呀,这是吃了闭门羹?"

卫星忙蹲下捡一地的资料,只觉整张脸都烧了起来。

周扬从寝室出来,帮着她捡资料,见她一张脸通红,笑着揶揄:"卫星,脸皮这么薄儿还怎么每周来给他们补课?"

卫星窘得答不出话。

身为班长,要时刻有团结与帮助同学的意识。于是周扬帮忙捡资料之后,又帮忙敲门:"卫星抽出时间给你补课,这是班主任要求的,也是卫星的好意。你们把人家一个女生关在外面像什么样子,能不能有点绅士风度?"

里面的人不答。

卫星窘迫至极,拼命摆手。

第 6 章
属于现在的命运

新开的酒吧名字很有趣,叫"有间酒吧"。

因为是在学校附近,消费群体也多是学生,所以酒吧风格偏向清新,里面放着节奏轻快的音乐,偶有男生跑到旁边的舞台上吼一首走调的歌,下面一片人跟着起哄。

陆一宸带着寝室里一行六人选了靠窗的位置坐下。赵慕招手叫来服务员,点了牛排、沙拉、披萨,还一人来了一份海鲜炒饭。陆一宸向来话不多,对音乐、环境、氛围等也不感兴趣,沉默地吃饭。赵慕等人早知大佬这种脾性,也没太多关注,聚在一起各自乐。

在大家的推举下,赵慕跑到舞台上吼了一首情歌。赵大爷虽然考试不行,但唱歌还可以,毕竟追过这么多妹子,得有点拿手的本领。下面又是一阵哄闹,要求再来一首。

今天是周五,学生闷了一周,选在这个晚上逃课出来的颇多。再加上酒吧新开张,有打折优惠,店内消费者一时满座。

不多久,灯光闪起来,乐队也登台演出,酒吧内热闹起来。酒不够喝,赵慕索性加了一整瓶冰镇威士忌,嘻嘻哈哈地让大家拼酒。陆一宸没有参与他们的狂欢,酒杯放在旁边,双手拿刀叉慢慢切着盘子里的牛排。灯光闪烁,音乐轰鸣,人影憧憧,嘈杂的狂欢声此起彼伏。

此情此景,与一年多前的那天何其相似。

那是他第一次进酒吧。他之前是所有人眼中的好学生,别说酒吧,就连KTV也很少去,觉得喧闹与乌烟瘴气。人这一生,只需踏错一步,天地便已颠倒。赵慕挤过来,与他碰了一下酒杯:"宸哥,有心事?"

陆一宸摆了摆手,示意他别掺和。

赵慕少见地安静下来,摇了摇杯中的酒,正色道:"宸哥,有些事情别一味憋在心里,说出来或许就有办法了呢。"

陆一宸没理他。赵慕装不下去,摸了摸鼻子,讪讪地溜到前面跟着乐队一起嘶吼。酒吧喧嚣,吵得他格外心烦,陆一宸推开杯盘正要出去静一静,突然间胃里一阵恶心,浑身发起冷来,脑中"嗡"的一声轰隆隆响，体内犹如百万只虫子在咬。

坏了！

他没想到狂躁症会在这时发作。以往发作时都会有些征兆，头晕脑热，心里痒痒的，身体内有股难以抑制的冲动……

说到冲动，他想起来了，这两天总是控制不住地身体有反应，一闭上眼睛全是她的脸她的笑。他以为是青春期的悸动，现在才后知后觉，这该死的狂躁症要犯了。

陆一宸强撑着走出酒吧，想找个人迹罕至的僻静之处。发作起来的情状实在不宜让同学看见。他想给何钧打电话，但手颤得拿不住手机，尚未按键。

"啪"的一声，手机掉在地上。

他弯腰想要捡起来，然而还没摸到手机，自己先倒了下去。天地都在旋转，在轰鸣，他抱住了头，牙齿咬得咯咯作响，将身子缩成一团。

这时，地上的手机震动了。

陆一宸挣扎着望去一眼，恍惚间，见亮起来的屏幕上是一颗星星头像。

小星，小星……

赵慕在前面跟着吼完一曲，回头发现陆一宸已不在位子上。陆老大肯定是有心事，但撬开老大的嘴比审刑犯还难，问了也是白问。

他回到座位上，倒了半杯酒，还没来得及喝，兜里的手机响了，屏幕上赫然显示三个字"星星姐"。

卫星这个时间点打电话，定然是兴师问罪，毕竟他们几个是逃课过来的。

赵慕不太愿意接，于是往桌上一扔，装作没看见。卫星一连打了三个电话。

赵慕不得不接，嬉皮笑脸地笑道："星星姐，有什么事？"

卫星已不想再纠正他的称呼，听到里面的嘈杂声，轻轻地问："你们在哪里?"

"……酒吧。"

"陆一宸也在吗?"

"在。"

卫星心中微微气闷:"打他电话怎么不接?"

赵慕又帮着解释:"人多声杂,宸哥大概一时没听到。"

"你喊他接电话。"

赵慕看了看旁边空着的位子:"星星姐有什么事吗?宸哥出去了。要不你告诉我,我一定把话带到。"

"没什么事,就是让他接电话。"

她的确没什么事,只是心里突然很慌很怕,想听一听他的声音。女生执拗起来最好顺着。赵慕追过很多女生,自然深知这一点。于是绕着酒吧找了一圈,但是没找到,只得又跑出去找。

他一边找,一边嬉皮笑脸地哄着:"星星姐,我们就是在学校闷得慌了,出来放放风,真没做什么出格的事。你想想我们几个已经一周多没缺过一节课了,偶尔出来一次情有可原嘛。"

卫星不接赵慕的话,轻轻道:"找到了吗?"

赵慕左右巡视着,又踮起脚前后张望,却不见陆一宸的半点影子。宸哥究竟到哪里去了?赵慕正想着是否回酒吧把那群弟兄叫出来一块找,隐约间瞧见前方拐弯处围起一圈人,正指指点点。

仿佛是出了什么事。

他存着疑惑和好奇,一溜烟跑过去。

赵慕实在没想到倒在地上狼狈不堪的人会是陆一宸,惊得半晌说不出话。

旁边,围观群众议论着。有的说要打电话报警,有的说打 120 先叫救护车,有的说别轻易插手万一是碰瓷的呢。

卫星听得那边吵吵嚷嚷,一颗心更慌了,又催:"赵慕,找到了吗?"

赵慕被唤回神，张口结舌："宸哥他、他……"

"他怎么了？"

"他……很痛苦。你别担心，我马上打120！"

陆一宸的情况不适合拨打120。卫星制止了赵慕，一边从教学楼匆匆往外赶，一边把电话打给了何修远。何修远虽然跟陆一宸明里暗里竞争，但两人毕竟是血亲，关键时刻还是得护着这位表弟。

陆一宸倒在了人来人往的大街上，万一被六中学生撞见，不知事情将被传成什么样子。

何修远连忙下楼开车，通知何钧之后，载上正跑着的卫星，一同赶往有间酒吧附近。到了之后，他放下后排座椅，和赵慕一起将陆一宸抬入车中。

赵慕又一次被吓坏了，带着哭腔喊："宸哥你怎么了？你别吓我啊，我胆子特别小。"

卫星见赵慕如此不济，也不能指望了，将他推到副驾驶座上，自己到后排照顾陆一宸。

陆一宸如坠入冰窟一般，蜷成一团，浑身发抖，牙齿咬得"咯咯"作响。他还能认出卫星，冲她摇头："小星，别看……"

在喜欢的女孩子面前，就算再落魄也要逞强下去。何修远开车赶往何家，一心想要早点回去。谁知屋漏偏逢连夜雨，通向市中心的大道上发生了交通事故，堵了一条长长的车龙，车堵着不能动弹。

陆一宸的发作症状愈演愈烈，开始扯自己的头发，狠狠捶自己的脑袋。何修远翻出之前应急准备的绳索，打开车门，到后排想要将他先绑住，但他一双弹钢琴的手哪里按得住学跆拳道的陆一宸？

陆一宸本能地反抗，挣扎中一拳打中何修远的鼻梁，差点将他击倒。卫星惶急之间，一时顾不上自身安危，扑上去拦他："陆一宸，不要打架。"

如疾风暴雨的眸中被唤出一丝清明，他蜷缩在车里，颤抖地向她慢慢伸过去手："小星……"

卫星一把抓住了，跪倒在他身边，眼泪滚滚地落下来："陆一宸，你再忍一忍，马上就能到家了。"

他冲她摇头："别哭……"

卫星的泪却落得更凶了。仿佛过了一个世纪之久，堵了一长排的车终于向前移动。卫星不知道这一路上是怎么过来的，一颗心如同放在火上炙烤。陆一宸攥着她的手一直撑到何家门外。车门打开，何家的私人医生早已等在旁边，挨着身子挤上车，给他注射了镇静剂，这才让保安把人抬下来。

陆一宸紧闭着眼睛，下意识地仍然攥着卫星的手不放。

何钧只得上前拉了拉他的手："一宸，你抓疼卫星丫头了。"

他这才慢慢松开了手。

人被送到了楼上隔离出的镇定房间。因为镇静剂的作用，暂时压制了狂躁症，楼上暂时没传来特别大的响动。

卫星双手按在膝上，坐在楼下大厅揣着一颗心等待。

赵慕是第一次见，吓得挤在她身边瑟瑟缩缩，扯着她的袖子抹泪："星星姐，宸哥这又是怎么了？"

卫星比上次镇定了，对赵慕也像是对自己轻轻道："别担心，陆一宸会没事的。"

接下来的事情用不到他们三个了。且镇静剂也压制不了太久，过不了多久，陆一宸的狂躁症会全面发作，到时又是一番紧张景象。

卫星身体不好，何修远高考在即，赵慕又是个外人，何钧想了想，嘱咐儿子带着他们两个一同回学校。

这一路仿佛过了很久。然而手机上显示的时间却不过刚到晚自习的第二节。

何修远开车，卫星和赵慕坐在车后排。

赵慕毕竟是个男生，又对着车窗吹了一阵冷风，渐渐从恐慌中冷静下来，简单问了几个问题了解大致情况后，识趣地不再多问。

车子在六中门外停下,何修远让赵慕下车回校,却留下了卫星,接着掉头缓缓驶向左边夜色中。

尽头是一座拱形大桥,桥下是一条长而阔的江。

今天正是十五。

头顶上的那轮月亮像皎洁的玉盘一般,将一轮清辉洋洋洒洒地撒入江面。

晚风吹动,江面活泼起来,波光粼粼。

卫星在学校时很少出门,也没怎么出去逛过,所以不知道校外还有这样漂亮的风光,好奇地瞧着。

何修远在路边停了车:"小星,下来走一走。"

她想拒绝,但是他已经替她拉开车门。卫星只得下车,低着头跟在他身后。两人沿江边慢慢地走着,吹着微凉的江风。谁也没有说话。何修远看她一直跟在身后,眉目舒展,无声停下脚步。卫星一直低头没看路,毫无意外地撞在了他身上。她红了脸,忙道歉。

何修远转过身,倚着江边护栏,眉眼里染了月光,轻轻地笑:"跟我就这么客气?"

卫星不知如何回答。

何修远抬手,按上她的脑袋,修长的指尖抚上她额前的发,半真半假道:"小星,做我女朋友如何?"

她蓦地抬头,瞪大眼睛望他,接着便涨红了脸,下意识地往后躲。何修远觉察到了,收回手,又笑了:"别紧张,我开玩笑的。"

卫星松了一口气。

两人慢慢地向前走,何修远又道:"你和一宸在交往吗?"

卫星慌忙摇头:"没有。"

"你愿意和一宸交往吗?"

卫星抬起眼,又迅速地低下去,摇着头轻声道:"六中不许谈恋爱,何先生也不许的。"

何修远便没有再问下去。第一反应不是说不愿意，而是搬出了学校规定和家长。如果六中允许，何先生允许，那么就是愿意了？何修远的心微微下沉，就算陆一宸已不是当初那个优秀到极致的陆宸天，却仍胜他一筹，仍能让父亲说，"修远，你比一宸还是差了点。"

何修远的表情变得极为严肃："小星，一宸是精神分裂状态下的狂躁症，你现在完全懂这句话的意思了吗？根本，根本就不可能治愈！"

卫星呆在了那里。

"我和一宸一起长大，他处处比我优秀，我是很不服气。但我一直对他如自己的亲弟弟一般，也希望他能彻底戒断狂躁症，能重新同我争。不过，人总要面对现实的。"何修远一拳砸在护栏上，"我爸是老糊涂了，看到一点烛光就以为是天亮了。小星，一宸的事你不要再插手了，你们真的不合适。说这句话时，我没有私心！"

江边的风又湿又冷，吹得人遍体生寒。卫星呆呆的，脑中已全然空白，半晌，方回过神，张了张口沙哑道："何学长，我和陆一宸真的没有交往。"

何修远恼得简直要敲开这只笨脑瓜："现在没有交往不代表以后不交往。而且，一宸他喜欢你，你到底是真不明白，还是装不明白？"

卫星又呆住了："何学长，他什么都没表示过，怎么可能……"喜欢我呢？

这下轮到何修远无言以对了。

陆一宸的确什么都没表示过，没送过礼物，没写过情书，连暧昧的话都没说过，跟她保持着距离，从不曾多碰她一下……界线划得清清楚楚，没有越雷池半步。

这样也算喜欢吗？

陆一宸把所有的关心都藏在了背后，所有的感情都埋在了心底，让她看不到，觉察不到，甚至是刻意去找都找不到。全校都知道陆一宸喜欢她，她却不可能知道。何修远恨得牙痒痒，这位表弟从小到大行事都是这般滴水不漏，让他无从下手，刚才那番话真是白费口舌了！

他摆了摆手，转身往回走："随你们吧，我不管了。"

卫星追上去，带着哀求喊了一声："何学长……"

何修远冷笑两声："你也不用太悲观。或许天上掉奇迹，正砸中他了呢。"

卫星回到学校时，距离晚自习结束还有五分钟。现在蹑手蹑脚地回教室，定会引来许多目光，她琢磨片刻，决定等下课铃声响了大多数同学离开之后，再回教室补上今天的功课和作业。卫星不想太引人注目，于是退到教学楼旁边的偏僻之处，静等这五分钟过去。

她看着偏僻，别人也看着偏僻。黑沉沉夜色的另一头，隐约有一道高挑的身影轮廓，有点眼熟。对方正在打电话，声音尖且亮，尾音仿佛带着刀子，划疼人的耳膜。

"问我考得怎样，跟同学们相处如何？我凭什么告诉你，关你什么事！平时也没见你们来过，现在又想起自己是家长了？"

卫星听出来了，是白璐。白璐虽然为人略显尖刻与挑剔，但不过是偶尔说人一两句，极少跟人争吵，也不曾像现在这样厉声失态。

卫星犹豫着是否要退出去，前方尖厉的声调降下去，变成了冷嘲热讽。

"想让我回去，一家人难得聚上一聚？哈哈，真是好笑，谁跟你们是一家人？大家各自过各自的不是很好？

"原来你还知道自己是我妈，还知道你有个女儿？你不说我都快忘了自己还有妈妈。

"哎哟，给钱就算养了？那我不如对着钱喊爸妈。人家爸妈是什么样的，你们又是什么样的？摸着心口凭着良心说。"

她哭了出来，近乎歇斯底里。

"一年到头不回家也是为我好，家长会不参加、从没来过六中也是为我好？我不用你为我好！"

"哐"的一声,白璐将手机狠狠摔在了墙上,机体分离,手机上的零件飞出去。卫星正小心翼翼地往后退,不料一颗螺帽飞得不巧,撞上额头,她疼得倒抽一口冷气。白璐察觉到了,转过身,用那张不带任何表情的假脸,望一眼同样融入夜色中的她。卫星很尴尬,忙鞠躬道歉:"对不起,我不是故意听到的。不不,我什么都没听到。"

白璐板着脸,呵呵两声:"听没听到又能怎样?这又不是多秘密的事。"

卫星想起了上次宁采薇私下所说:"你以为她过得能有多好?不过是钱多罢了。从上高二到现在,几乎没见她爸妈来过,听说他爸爸是大公司的总裁,妈妈是副总,每天都有忙不完的事,根本顾不到她。"

下面便无话可说,两人沉默了。卫星尴尬地站着,走不好,不走也不好,只得等下课铃响,将这尴尬的气氛冲散。然而越等什么越不来什么。明明只剩五分钟,然而时间却仿佛被拖住了一般,迟迟不动。白璐倒是不慌不忙,将摔破的手机踩在脚下,倚着旁边的合欢树,双臂抱胸,冷漠地扫来一眼道:"你说世上的爸妈都是什么心思,既然不愿意养却还偏偏要生下来?给点钱就当弥补了,呵,这是打发叫花子呢?"

卫星看了她一眼,没有接话。

"卫星,你爸妈平时怎么待你的,一定很疼你吧。他们不来看你是因为家里穷,不像我家的那两个,以为安排个专车司机就完事了。"

卫星仍是沉默,白璐音调上调,又带了点尖厉:"怎么不说话?怕我嫉妒你?"

卫星不得不开口,声音轻轻的,嗓子里带点哑:"我没有爸爸,妈妈很早就过世了。我住在舅舅家里。"

凌人气焰慢慢消散了,白璐放下抱在胸前的双臂:"对不起。"

"没关系,舅舅待我也很好。"

下课铃声终于响了,卫星转身要回教室,犹豫一下,又扭过头:"白璐,跟妈妈吵架不好。她总归是关心你的。"她佯作不在意般笑了一笑,

"你看,我现在连妈妈的声音都听不到了。"

同学们如一波波的潮水般涌下来,卫星只得等一等再上去。白璐沉默片刻,同她搭话:"今晚出去了?"

她点点头。

"因为陆一宸?"

卫星惊讶,仿佛在说你怎么知道。万年如一的假面动了动,白璐又道:"你跟陆一宸交往了?"

若在往日,卫星肯定第一时间摇头。不过刚在江边听了何修远一席话,她不禁对有些事情产生怀疑,也想弄清楚,轻声问:"我和他像是在交往吗?"

卫星想了想,咬了咬唇坦白:"我觉得不像,但何学长却说陆一宸他……"喜欢我。

话停下了,有些字眼仍是难以说出口,稍微一提便要脸红。

白璐踢了踢地面:"有些事情不懂就不懂好了,以后再明白也不迟。"

卫星吃惊地看着她:"以后?"

"以后,"白璐也不捡地上摔破的手机,转身回宿舍楼,背对着她冷淡地抛出一句话,"有些人很有耐心。"

学生分成三批分别流向宿舍、操场和校园超市,楼梯上的人渐渐地少了。

卫星怀着一腔心事,回了教室,坐下来补做今天的物理作业,同时也把陆一宸的一块做了,一边做作业,一边轻微走着神。

陆一宸喜欢她?有吗?反正她是没有看出来。他们之间不过比普通同学关系好一点罢了,这一点体现在陆一宸会在她说话时理她一下,仅此而已。

陆一宸现在在做什么呢?是不是正经历着极为痛苦的狂躁症发作的考验?卫星有点担心,在手机上翻出他的号码,定定地看着,却终究没敢拨出去，一直等到屏幕黑下去，才轻叹一口气将手机推到旁边。

算了，等陆一宸回来再问吧。

陆一宸是在五天后回来的，也没请假，直接旷了五天课。他瘦了一点，但没有上次瘦得那么厉害，只是眼底阴影更深了，仿佛一道伤痕一般。

他愈发沉默，微垂眼睑，坐在位置上一动不动。见他这模样，卫星攒了五天的问题再问不出口。陆一宸现在正与世上最邪恶的魔鬼作斗争，每一步都走在刀山火海之中，受着万劫不复的折磨，是喜欢她，还是不喜欢她，真的重要吗？

他们是同学，是朋友，她打心底里希望他能早日从精神疾病的阴影下走出来。喜欢也好，不喜欢也罢，"你若安好，便是晴天"。

陆一宸回来的第二节课是物理课。物理老师姓郑，是位格外严厉的老教师，前顶全秃，额头油光发亮，跟八十瓦的电灯泡似的。郑老师对陆一宸每次考零分很不满意。在他眼里，陆一宸就像手脚健全却懒散不肯干活、偏要行乞度日的流浪汉一样，自暴自弃，自甘堕落。

如今陆一宸又一声不吭地缺课五天之久，更是触及了他的底线。

郑老头年轻时读过不少书，养出一点狷介性子，见其他老师都对陆一宸睁一只眼闭一只眼早就心中愤懑了。何董家的公子就了不起吗，就没人敢惹吗？

亏这些人还是教书育人的老师，一点学者的骨气都没有。

郑老头有意为难陆一宸，于是一开堂便借巩固上周所学知识点为由，列出五道难题，开始点名作答。

上周，陆一宸不在。

郑老头点了两个物理成绩颇优秀的学生回答了前两小题，接着矛头一转，指向陆一宸："后面第二排过道边的那位同学，你上来解一下第三题。"

第三题是一道大题，含两道小题。

第一小题是求 E1 和 E2 两个匀强电场的比值。第二小题是假设撤去虚线下方电场,小环从 a 到 b 过程中克服摩擦力做功 W(f) 与电场做功 W(e) 的比值。

这已经算是两道题了。

陆一宸站了起来,以一种极其平静的语调道:"老师,我不会。"

"别人都会,为什么就你不会?陆一宸,你到底有没有上课听讲?"郑老头严肃地一摆手,"请你站到教室外面去。"

全班同学的目光齐刷刷集中过来,场面一时极为尴尬。

高中生,人格已接近完整,差不多算是成年人了。体罚无疑刺伤学生自尊。六中虽然没有明文规定不许体罚学生,但老师们都心照不宣地不踩这道底线。

大家全在扭头看他。

陆一宸挺直地站立,垂着眼睛,按在桌面上的右手微微颤了起来。这种感觉,就像脸被人按在地上踩。郑老头见他不动弹,将课本在讲桌上一摔,又高声道:"请你站到教室外面去。"

陆一宸将这颤着的手插入兜中,"刺啦"一声拉开椅子。教室里静极了,针落可闻。这一声响动显得极为刺耳,简直像划在了耳膜上。他挺直脊背,迎着大家的目光往外走。

卫星霍地站了起来,大声道:"老师,陆一宸上周有事,没来听课。这一章的内容他还没有学。"

课代表是任课老师的左右手,与当科老师的关系最近。如今,她一个物理课代表却站出来顶撞物理老师。郑老头气得小胡子颤了两颤,拿起板擦,"哐"地拍响:"他上周没来,他的物理作业谁做的?"

卫星张口结舌,答不出来,总不能说是她代做的。关于卫星和陆一宸两人的事,郑老头早有耳闻,对班级第一名与最后一名的纠缠不清十分反感,认为是两人的共同堕落,又冷冷道:"有些话本不该我来说。不过,我想就此提醒大家,学生的任务就是学习,别毛还没长齐就学着谈恋爱,除了影响你们的前途外,不会有任何作用,还天真地以为能走到最后？痴心妄想！"

陆一宸本来正面无表情地沿着过道向门外走，闻言，在讲台前站住了，淡漠的视线忽地变成两道强烈的光，几乎能将人灼痛，面庞肌肉颤了一颤，他蓦然转了方向。

大踏步走上讲台，抽出插在兜里的右手，拿起白板笔，微躬身，以一种肉眼几乎跟不上的速度写出了第三题的解题思路与答案。

接着是未被要求的第四题。

第五题。

一口气将后面的三道大题全部解出，他将笔盖合上，轻放回笔盒中。眼中的光慢慢暗下去，又变成漠然的平静模样："老师，请你收回刚才的话。"

他的字体，飘逸而连贯，韵味十足，更像是一种行云流水的书法，而非用来解题的工具，光这一手字就能夺人眼球。

陆一宸喜欢把右手插在兜里，这是高二（1）班的同学所共知的。

大家以为这是大佬的一种装酷的习惯。

然而经过刚才那震撼人心的一幕，同学们突然明白，这其实是收敛锋芒的一种暗示，把右手插在兜里，就像把锋利的刀收在刀鞘中。

郑老头扶了扶与脸型很不相称的几乎遮了半张脸的银边眼镜，将白板上三道题的解法和答案来来回回检查了很多遍，终于转过身，向着全班同学："全部正确。"

擦一把额头上的油光，他又道："陆一宸同学，我收回刚才的话。"

寂静打破了。

堂下一片欢呼与鼓掌声。

卫星站在位置上，跟着其他同学一起鼓掌，一颗心满满的，又是高兴又是感动，眼前模糊着几乎要哭出来。

唯有陆一宸平静如当初，右手重又插入兜中，微垂眼睛，面无表情地穿过一众赞许的目光与热烈的掌声回到座位上。仿佛无论是掌声还是骂声，对他而言，全都无关紧要。

卫星没哭出来，赵慕倒是哭出来了，擦着泪花道："宸哥原来你是学霸。我天，兄弟我这对眼珠子白长了。"

本是准备好好惩治一下问题学生，谁知却被对方当场打了脸，郑老头虽然待人严厉，但品行无差，师德齐备，所以非但不生气，反而有一丝隐隐的惊喜。

毕竟，做老师的有几个不希望自己的学生出息呢？

架子还是要拿一拿的。

郑老头扶好眼镜，用板擦敲了敲桌子："有些同学仗着自己有点本事，非得与众不同标新立异。不过，小聪明永远都是小聪明，踏踏实实才是硬道理。"

下面一片闷笑声。

陆一宸也不理会，从抽屉里抽出草稿纸，又要自顾自地画与课业无关的舰船模型图。

郑老头见他又低头不听课，冷咳一声，提高嗓门："陆一宸，这三道题是你做的。你来为全班讲一下解题思路。"

陆一宸只得又站起来，如先前那般微垂眼睛："老师，我不会。"

郑老头气得吹胡子瞪眼："你做的你怎么不会？再说不会就站到教室外面去。"

陆老大拉开椅子，站到教室外面去了。

教学几十年，从没见过这种让人无从下手的学生，简直比专门捣乱课堂纪律的刺头学生还难摆平。郑老头看一眼窗外挺直站着的身影，气得血压都要升高，索性不再往外看，眼不见心不烦："卫星，你来讲。"

卫星站起来，按照陆一宸写下的解题思路为大家仔细地讲解一遍，还顺便强调了每道题涉及的知识点以及解题的关键点。

讲得很好，无可挑剔。

然而郑老头依旧心情烦躁，压了压手："坐下。"

班主任李老师前来观察学生上课情况,见陆一宸站在教室外,不由诧异:"陆一宸,你这是……"

陆一宸单手插在兜中,眉目不动:"看风景。"

高二(1)班的班主任,全名叫李倩,是名牌大学研究生,还在国外名校镀了一年半的金,才华与能力绝对没得说。所以她虽然年轻,却挑了一个班级的担子。

不过,她对学校分给自己的这个班级很有些意见。

高二(1)班是高二年级平均成绩最差、课堂纪律最差、同时也最难管的一个班级。班里的学生家庭背景一个比一个深,让人打不得、骂不得、教训不得。

其他班主任不愿接这烫手的山芋,于是抛给了新到六中教学的她。

李倩每天面对一群不知长进的二世祖,气得鱼尾纹都要长出来,满腔教书育人的抱负无从施展。既然班里的学生不长进,老师又管不住,于是她也懒得多理,随他们混去吧,反正全是家里不差钱的主儿。

本来她已将高二(1)班放任自流,然而自从卫星和陆一宸转校到这里之后,班里的学习风气竟然有了很大的好转。

李倩快要熄灭的信心,又慢慢燃起来,对班级学生也比平常更上心,有事没事常过来转一转,看一看这些充满朝气的大孩子面孔。

作为班主任,李倩对陆一宸的情况了解得多一些。另外,之前何董也专门嘱咐了,要她对陆一宸多照顾点。

李倩敲敲开着的教室前门,打断郑老头的讲课:"郑老师,陆一宸怎么站在外面?"

提起这事就来气,郑老头瞪起一对小眼睛,愤愤道:"我教学三十多年,从没有见过这种不服管教的学生,还搞什么标新立异,明明会却说自己不会。我看着,他就是成心与老师作对!"

李倩怔了怔,笑了一下:"其他老师或许不喜欢他,我原想着郑老师一定喜欢他。现在看来,我好像猜错了。"

郑老头冷冷地笑:"我为什么要喜欢他?"

"陆宸天啊。"

"什么?"

李倩伸出食指,在空中连续画出一串字母,仍是笑着:"郑老师竟然没认出来。"接着转向陆一宸,"好了,别杵在门口了,回教室听课。"

郑老头怔了半响,那对聚光的小眼睛忽然睁得溜圆,嘴张了张,惊讶得说不出话。

李倩写的一连串字母是 IPhO,国际物理奥林匹克的缩写。

IPhO,陆宸天……

郑老头几乎要老泪纵横。陆宸天,物理科天才少年。初三那年,破格进入只有高中生才能参加的国际物理奥林匹克竞赛国家集训队,在全国 60 名种子选手中脱颖而出,进入前五。

其后,代表中国参加第 58 届国际物理奥林匹克竞赛,与全世界物理学霸们交锋,拿下世界第三的排名,分数仅低于一位中国队高三学长和一位美国参赛选手,荣获 IPhO 奖牌,保送 A 大。

家长不同意他跳过高中阶段直接读大学,认为对孩子的未来成长不利。于是陆宸天放弃 A 大的保送资格,转去 A 大附中就读。

这在当时的物理学科界,是一则挺轰动的新闻。郑老头对这位物理天才极为赞许,夸张地将登有这则新闻的报纸贴在床头,大发感慨道:"有生之年若能教到这样一位学生,那我这辈子的教学生涯就无憾了。"

如今人到了他面前,他却没认出来。郑老头第一次觉得自己引以为豪的这对小眼睛岂止不聚光,简直是瞎。高二(1)班的同学们虽然没听懂两位老师打哑谜般的交流,但隐约觉察到转校生陆老大之前怕是学霸。

郑老头很激动,两眼闪着泪光,课都上不下去了:"卫星,这节课你早预习过,你上来给大家讲一讲。"

卫星是物理课代表,平时跟郑老头多有交流,还曾帮着改进教学方案,虽是临时被赶鸭子上架,倒也应付得过来,操着软糯的嗓音,把后半堂课讲完了。

郑老头的表现极度反常,引起了同学们的注意。

大家又想到刚才班主任李老师画的那一串字母,以及提到的陆宸天。

陆宸天,是谁?跟陆一宸有什么样的关系?

赵慕从桌子底下钻过去,挤在陆一宸旁边,道:"宸哥,你转到六中之前到底是什么成绩,都考多少分啊?你该不是打入我差生部的内奸吧。"

陆一宸没理他,赵慕又嚷嚷:"宸哥,你今天必须得透个底。不然这样一惊一乍,兄弟我的小心脏受不了啊。"

陆一宸终于转过身,手起圆规落,将赵慕按着的桌子扎得透了个底。

赵慕灰溜溜地又从桌子底下钻了回去。

班里有眼尖的同学模糊辨出李倩刚才画的字母,灵机一动,拿出手机搜索"IPhO"+"陆一宸"。

没有搜到什么有效消息。

又搜索"IPhO"+"陆宸天"。

新闻出来了。

"B市天才少年以初中生身份破格加入国际物理奥林匹克竞赛国家集训队。"

"B市学霸拿下国际物理奥林匹克竞赛奖牌,保送A大。"

"B市学霸自动放弃A大保送资格。"

"B市物理天才少年,优秀的不止是物理。"

陆一宸正来自B市。

高二(1)班震撼了,忙将新闻一则则翻着给陆一宸瞧:"宸哥,你也是B市的吧。这陆宸天是谁,看报道各方面都跟你挺像的。你们家的吗?"

陆一宸微掀眼皮,扫了一下:"我哥。"

"我去,宸哥他哥是国际级学霸。"

仅一个课间,这则消息在一班传了个遍。同学们有些理解郑老头的异常反应了。郑老头即将退休,常感叹加遗憾地说,他一辈子没有教出一位耀眼的弟子,教学生涯很不圆满。

如今,物理科神级学霸的亲弟弟到了这里,可不是给郑老头一丝圆梦的希望?或许就教出第二个陆宸天了呢?

同学们忍不住又想笑,郑老头刚才竟然用物理题刁难他。其他同学在震惊,卫星则比他们震惊更甚。别人不知内情,卫星却从何家父子口中得知过,陆家虽然有两个儿子,但陆一宸只有一个刚满周岁的同父异母的小弟弟,他没有哥哥。

那么,陆宸天是谁?她将那些新闻仔仔细细翻了一遍,比对着信息。

来自B市。

除物理最为优异外,全科成绩都非常棒,一直是全年级第一。

卫星悄悄地扭头,望一眼后排低头在稿纸上随意写写画画的他,默默地捂了脸。今天可算知道什么叫鲁班门前弄大斧。想到这段时间自己大发慈悲一般替他写物理作业,还强行给他补物理课,反复强调每一章的知识点,叮嘱他记下……

她早知道陆一宸之前很优秀,因为何钧和何修远不止一次地提到过,却不知他竟是优秀到这种程度。

卫星觉得自己在他面前分分钟变学渣。

陆宸天……她默念着,在练习册上写下这名字。她竟然一直给一个物理天才补习物理课,还笑他考零分,真是分分钟打肿自己的脸。然而,让人更难为情的是自从那节课之后,物理老师有事没事常叫他们一起到办公室坐一坐,聊一聊,干点杂七杂八的事。

郑老头自己惜才爱才,却又愧疚于之前对陆一宸的刻薄态度,单独在一起比较尴尬,于是每次都拖上物理课代表卫星。

"卫星,中午和陆一宸过来批改上周的月考卷子。"下课铃响了之后,郑老头夹起教案,抛下这么一句话便走了。

她向后看一眼,陆一宸依旧是那个埋头做自己事情的陆一宸,根本没将老师的话听入耳中。

所以……

她要先把话传到,接着劝说他一起去。

刚下课,食堂中必然拥挤。卫星多是等人流高峰过去,再下楼吃饭,这样能节省时间。陆一宸也不愿挤在一堆人中,因为他有的是时间。她怕他像上次一样,趁她一眼不见就溜开,于是硬着头皮相邀:"陆一宸,中午一起吃饭吧。"

陆一宸手支起额头,轻飘飘地看过来:"你要请客?"

请自然可以请,只是她请客,得他掏钱。两人打了饭菜,找张靠边的桌子坐下。这是他们第一次在食堂坐在一起吃饭。她饭桌对面坐过许多男生,何修远、周扬、赵慕、张铭以及形形色色的爱慕者……唯独没有陆一宸。

陆一宸从不主动坐在她面前,也很少跟她搭讪。

卫星不禁又想起何修远的话,"一宸他喜欢你,你到底是真不明白,还是装不明白?"

连饭都不一起吃,连话都很少说,有这样的喜欢吗?

她走神间,陆一宸已将盘子里的饭菜一扫而空。

他吃饭是很快的,三分钟就能搞定。陆一宸之前经常参加军事训练营,还被何钧送到部队里待过半年,自小养成了军人雷厉风行的做派。

接下来就变成……他看着她吃?

并不是。

"你慢慢吃,我先去改卷子。"陆一宸丢下这句话,起身将餐盘丢入门口的收集桶,径直往郑老头的办公室去了。

卫星对着面前已空的位子,"嘎吱"一声咬断一筷子青菜,想,如果未来的男朋友敢这样丢下她,就立刻分手!

她觉得好笑,陆一宸怎么可能喜欢她?他们不过是关系好一点罢了,毕竟同一天转到六中,比旁人多了一点儿的缘分。她不该相信何修远的话。

陆一宸改卷子也是很快的,一眼扫过去,画叉、减分、圈红,在卷头打出总分,有时还加上一两句评语,全程下来不到五分钟。

其他科老师见他做得如此轻松,也把卷子丢给他改。反正你一个门门挂零的倒数第一,精力空放着也是放着,不如替辛勤的园丁们分担一下工作。

到最后,高二全年级的卷子都堆到他面前让他改。

郑老头耿直且护短,气得跟外班老师几乎打起来,说他们在浪费他家弟子的宝贵时间。

外班老师反驳:"可是,你家弟子明明要么是在看课外书,要么还是在看课外书。无事易生非,我们给他找点事干,也是为他好嘛。"

得意弟子奋斗在堆积如山的卷子中,郑老头瞅着只觉痛心疾首,敲着办公室的桌子大声道:"那些外班老师真是过分,一点责任心都没有,把卷子全推给你改,自己倒闲得清净。与其空耗在这堆卷子里,你还不如去和卫星谈恋爱……"

卫星草草吃完饭正赶到办公室门口,闻言,只后悔自己怎么就没有晚一秒才到呢。

场面颇为尴尬。

郑老头知自己一时口误,擦一把脑门的油光,讪讪地指了指外面的天:"我说的是这种卫星……"解释了一句,又觉得此地无银三百两,把另一半物理试卷放在桌子上,恼羞成怒地瞪她一眼,"还愣着干什么?过来改卷子。"

卫星的速度也不慢，虽然跟陆一宸比是差了一点。

两人并排坐着，专心改卷子，挥笔如洒。

郑老头端着印着红五星的大陶瓷茶缸，一边喝茶，一边看着两位得意门生。男生高大帅气，女生文静漂亮，两人又都在物理方面很有天赋，如果能凑成一对，倒也天造地设。

只可惜……

郑老头心中涌起一阵感慨和酸楚。他已从何钧那里了解到陆一宸的情况。这么好的苗子却被糟蹋了，真跟剜心似的。

"这周末中午到我家来，让你们师母炒两道菜，算是我这老头子答谢你们帮忙改卷子。"

卫星忙摆手："不用了老师，这是我们应该做的。"

郑老头小眼一瞪，厉声道："让你来你就来，叽叽歪歪个什么劲。人家陆一宸都没说什么，你这课代表倒先反对我了？"

郑老头说话，永远都能上纲上线。

郑老头家里共有三个人，一个是正在读大学的儿子，一个是爱人。

郑老头的爱人是一位已退休了的国企老职工，之前主管工会团建等事。退休之后赋闲在家，因为职业习惯，特别喜欢组织活动，比如相亲。

一见卫星和陆一宸进门，郑师母高兴得两眼亮起光："哎呀，这闺女真俊，小伙子真帅，处对象了吗？"

郑老头瞪了一眼："高中生以学业为重，处什么对象？"

郑师母不甘示弱："那些找不到对象的大龄青年就是因为高中没谈恋爱，大学里面又男女比例不平衡，且来自天南地北习惯各不同，很不合适，这才拖拖拉拉剩下了。毕业之后只能一个挨一个地相亲，挑来挑去挑不到合心意的。依我看，高中谈恋爱就很恰当。"

郑老头气得干瞪眼。

郑师母一边欢欢喜喜地拉两人的手，一边道："只要不影响学业，有点恋情也是高中生活的调剂，不然整天除了上课就是做卷子，多没趣。"

郑老头不敢跟爱人争,只得瞪卫星和陆一宸:"听见了吗?前提是不影响学业。"

卫星有些无奈,说得好像他们在谈恋爱一样。

陆一宸却慢慢勾了唇角,仿佛在笑。

郑师母话多,一餐饭絮絮叨叨说了前后四五十年,从上山下乡说到改革开放、数字互联网,从光脚丫子的小时候说到跟郑老头结婚生娃、送儿子风风光光读大学……还以组织多次相亲活动得来的经验提醒卫星和陆一宸早处对象,别剩成大龄青年被父母催着相亲。

郑老头气得饭都快吃不下,趁她到厨房看炖的排骨汤时,愤愤道:"这是战略上的失误,下次绝对不带你们来了。"瞧见陆一宸闷笑的样子,踹过去一脚,"你个臭小子,笑什么笑。将来你娶了老婆,她再啰唆你也得忍着。"

转向一旁的课代表:"是吧,卫星?"

"啊?"卫星没想到老师突然问她,但郑老头一向脾气大,她从不敢忤逆,于是忙点头,"是是。"

点了头之后,又觉得好像哪里怪怪的。

饭后,卫星自告奋勇跟师母到厨房洗碗。客厅中,剩下郑老头和陆一宸两人。郑老头有饭后抽烟的习惯,转眼见陆一宸也在,便又将烟塞回去,望向厨房中忙碌的两道身影,拍上他的肩头:"眼光不错。好好努力,将来夫妻俩一起得个诺贝尔物理学奖,到时我老头子就算在地底下也能笑出声。"

陆一宸顺着他的视线也望向厨房中忙碌的身影,绷着脸上的温柔和笑:"老师,六中不许谈恋爱。"

郑老头极为不屑,冷哼一声:"装什么装,全校都知道你喜欢她。"

"全校?没这么夸张吧。"

郑老头想了想,点头:"的确不是全校,她还不知道。"

郑老头家距六中不远，就算散着步回校也只半小时左右。午后阳光好得出奇，从道旁的柳树缝隙洒下，碎成温暖的金光，缀在他英俊的面庞上，也缀在她额头的美人尖上。风温柔地吹过来，带着阳光的味道和草木的清香。柳条轻舞，柔韧如女子腰肢。

两人并排走着，都没有说话。如果这条路能一直走，没有尽头，那该多好。终于还是到了校门口，将分向两条道路。

她向左回教室，他向前回寝室。

卫星抬头，望着他走向前的背影，轻喊了一声："陆一宸。"

他停住脚步。

"你的物理作业能不能自己写？"她咬上唇，有些难为情，"毕竟，你又不是不会做。"

帮学渣写作业是一种无奈，因为对方实在不会；帮学霸写作业是一种压迫，他明明都会却还让你做。

万一做错了，说不定他在心里还取笑你呢。陆一宸不表态。

卫星决定反抗："以后物理作业你自己写，我不代……"

陆一宸蓦然回头，冲她笑了一下。

纵使过了很多年，卫星还清楚地记得这个画面。

午后温暖的阳光下，高个子的男生回头一笑，明明一直那么冷峻，在这一刻却笑得温柔又迷人，目光如一汪暖和的春水，简直能将人融掉。

回眸一笑百媚生。

这句诗不是只适用于女生。

卫星一颗心狂跳，转身落荒而逃。

逃到教室座位上，她方后知后觉地想起一个很重要的问题，他的物理作业以后谁写？她好像被对方用美男计套路了，悲伤比头顶的太阳还大。月考成绩出来了，依旧是毫无悬念的卫星第一、陆一宸全科白卷倒数第一。

恭喜两位再次获得双第一组合。本次的黑马是赵慕同学，他考了班级第 48 名，进步了 11 个名次，总成绩多考 150 多分，打破了赵大爷自上学以来的历史纪录。

赵慕父母眼含热泪，握着班主任李倩的手说了许多颇为煽情的感谢话，还跑到祖坟上香，认为是老祖宗地下显灵了。

其实也怪不得赵慕父母激动，他们家虽然代代富商，很有经营头脑，奈何读书一直出不了头。就说赵慕他爸，当年也是倒数前三之列。

当然，以上全不重要。重要的是赵大富豪对儿子的进步十分满意，决定大出血一把，对高二（1）班全体同学和老师进行宴请。

他包下了C市最有名的一家五星级大酒店，英文名为"White Hotels and Resorts"，音译中文名为"怀特国际酒店"。

如果那天赵大爷穿上笔挺的西服，小美穿上漂亮的婚纱，再请一位能说会道的司仪和技术在线的摄像团队等，应该就可以结婚了。

这件事让高二（1）班在六中校园又火了一把。

六中虽是贵族学校，但学生大多数来自中等偏上一些的家庭，经济条件相差不多。但六中有两个班是特殊的，一个是成绩优异的重点班，一个是家境优越的土豪班。

重点班，一本上线率几乎是百分之百，前二十名全能考中名牌大学。土豪班，最穷的那位学生家里也能在市中心附近买两三套房。按照C市中心地区的房价算，一套三四百万，两三套轻轻松松凑到小千万。

对于高二年级而言，七班是重点班，纪律最好成绩最好；一班是土豪班，纪律最差成绩最差学生最富。所以，转入高二（1）班的那天，卫星才会被同学们嘲笑得抬不起头，因为班里是清一色的富二代。

赵大富豪宴请一班全体同学，何钧为此特批了一天假。周六中午，一班全体同学坐大巴一同前往怀特酒店。

闹市中心，喧嚣攘攘。名铺林立，繁华无量。

酒店外站着两排迎宾人员，穿着长款礼服，微笑着将下了大巴的同学们陆续引入酒店豪华宴会厅中。里面铺设奢华，金碧辉煌。班里的其他同学倒还淡定,只是卫星第一次见这等场面,惊得半晌合不上嘴,看哪里都觉得新鲜,踩在哪里都觉得无处下脚。赵慕带着小美,走过来笑嘻嘻地打招呼:"这次进步多亏了星星姐,待会儿我可要好好谢星星姐一谢。"

卫星忐忑万分,指了指旁边的英挺男生:"我不过帮着补几天的课罢了,是陆一宸的功劳,还有你们自己努力。"

赵慕"嘿嘿"地笑:"宸哥自然是要谢的,谢他不打断腿之恩。"赵慕能一跃提上成绩,很大程度上是来自陆一宸当初一掌按断桌角的威胁。他是真的怕这位老大,也知道如果考不到全班前五十,陆老大肯定会狠揍他。

这次月考,他可是拿命在考,自然要万分认真地对待。陆一宸不理对方的话中有话,迈起大长腿,向宴会厅走去。卫星没见过这等场面,不敢落单,忙跟上去。拱形顶,水晶吊灯,绒地毯,旋转餐桌,高脚杯……

卫星这只没见过世面的土包子看得眼花缭乱。她正左右张望着,没注意到前面陆一宸已停下脚步,"砰"的一声撞在他背上。隔着夏日的轻薄布料,肌肤相触,前面是他宽厚笔挺的脊背,鼻端是他独有的男性味道,卫星心中一阵狂跳,只觉两颊从内向外滚滚地热起来。

"同学,你真的不松手吗?"

陆一宸扭过头,向撞上之后便一把抓在他腰侧不松开的她,平静地问。

卫星这才恍然醒神,光顾着紧张,竟然忘记放开手了。

她像被烫到一般忙撒开,向后退了一步:"对,对不起。"

陆一宸好气又好笑。她真的是一点都不会掩饰内心,什么情绪都挂在脸上,写在眼睛里,让人一望便知。

她对他也是有心的吧。

不然,也不会因为一次偶然触碰而脸红心跳。

陆一宸的心情如窗外的灿烂阳光一般明媚起来,他把桌前的椅子拉开："坐吧。"

卫星挨着他坐下，像到了陌生环境寸步不敢离主人的乖巧的猫儿。

高二（1）班的同学很有眼色，有意给男神女神留出独处空间，所以这一桌在他们坐下后，便再没有同学坐过来。

卫星愈发忐忑："就我们两个？"

冷峻的目光温柔下来，陆一宸侧目看她："不喜欢吗？"

喜欢，还是不喜欢呢？好难回答。

赵慕爸妈和老师们坐主座。赵大富豪其他或许不太行，但应酬方面绝对一流，说话幽默风趣，奉承不留痕迹，将一众老师哄得乐开了怀。

此次宴请的理由比较扯淡，本没什么宴请词好说。偏偏赵大富豪说起来一套一套的，首先对六中的教学水平和高二（1）班老师们的教书育人的严谨态度表达了十二分的肯定，其次对儿子的进步表示感动，再者对全班同学的支持与帮助进行感谢。最后还来了一番慷慨激昂的总结陈词，说得大家热血沸腾。

赵家生意做得大，赵大富豪这张嘴可是功劳不小。

班主任李老师简单地勉励了几句，让大家今后更加努力学习，百尺竿头更进一步。

接着便是上酒上菜上表演，这些学生正是青春期能闹腾的年龄，又大都跟着父母经历过大场面，一时推杯换盏好不热闹。

周围都是八至十人一桌，唯独卫星和陆一宸是两人占一桌。很是扎眼。

卫星拉了拉他的衬衫袖子，小声道："陆一宸，我们跟其他人坐在一起吧。"

陆一宸本来正在剥一只海虾，闻言便将虾放下，用湿巾擦干净手："你想坐哪一桌？"

她打量一圈，见旁边有个八人凑成的一桌，还能加两人，便指了指："那里吧。"

陆一宸尊重她的意见,起身到其中一个空缺的位子坐下,还露出少见的笑向大家打了个招呼。

桌上的人纷纷起身:"宸哥和卫星光临,令敝桌生辉。"接着纷纷以各种借口抛下生辉的这一桌,转移阵地到了陆一宸两人之前待的那桌。

桌子上又只剩他俩。

卫星气闷:"他们这是什么意思?"

陆一宸想了想:"大概是排挤我俩转校生。"

两人一桌实在太扎眼,卫星拉着陆一宸决定到有熟人的那桌挤一挤。

斜对面,白璐、宁采薇和季茵茵全在那一桌。不过那桌已有九个人,再加两人就比标准人数多了一个。

不过,凡事都有商量,可凑合着来。

谁知还没等他们挤过去,白璐打了手势向旁边的侍者:"再摆一桌,算我账上。"

卫星忙拦下:"为什么?"

"多一个人。"

"不能凑合吗?"

白璐用戴着尾戒的小指敲上桌面,一脸高傲:"我,从不凑合。"

卫星只得拉着陆一宸又坐回原来的位置。

陆一宸见她挫败的样子,有点想笑:"别换了,好好吃饭吧。"

桌上的菜种类繁多,大部分她见也不曾见过,更别提知道如何吃。

幸好陆一宸见多识广,他一边耐心地解说每道菜,一边示范一般将带壳的带刺的等剥好挑好,放入她碗中,还要看着她尝一口,问:"味道如何?好不好吃?"

她尝到一道生鱼片,咬了一口觉得味道不对,忙往盘子里吐:"生,生,生的!"

赵慕和小美正过来敬酒,闻言,噗地笑出声:"哎哟哟,这就生起来了？星星姐，你是要生几个啊？"

卫星亦知说错话，闹了个脸红："赵慕，你正经一点。"

赵慕嬉皮笑脸："我怎么不正经了？明明是你喊着生。"

卫星想不出反驳的话，轻瞪向陆一宸："你管管他。"

陆一宸手支着额头，忍俊不禁。

卫星气恼："你还笑？"

陆一宸绷住脸："赵慕，老实一点。"

赵慕这才止了嬉笑，开了桌上的红酒，为陆一宸和卫星分别倒上："宸哥，这次可不是我故意调唆卫星喝酒。宴会嘛，总要沾点酒才合气氛。"

"何况，以后少不了要喝点的，比如毕业庆祝、同学聚会、工作应酬、婚宴敬酒啊。"说到最后一个词语时，他挤了挤眼，笑得暧昧，"宸哥，你也别护得太紧。"

他将红酒杯推到卫星面前，和小美举起酒杯，笑道："感谢星星姐这次帮忙考到班级前五十，我和小美敬你。"

私下里喊喊也就罢了，她犹能装聋作哑，这等场合哪是能乱喊的？卫星羞得又脸红了："你不要这样。"

赵慕笑："那要怎样？"

卫星想不出，又喊外援："陆一宸。"

陆一宸用拳抵鼻，已笑得酒杯都要端不住。

赵慕打趣："宸哥，你这么高兴，可是要做新郎官？"

陆一宸将酒杯碰过去："敬你这位新郎官。"

赵慕忙放低杯子碰过去："那我们两个新郎官互敬。"说着，又和小美一同举杯轻碰向卫星的杯子，"星星姐，既然喊了生，可要生在我们前面。"

卫星羞得无地自容。

赵慕又倒了一杯，举向陆一宸："宸哥你多努力。"

陆一宸笑着，竟举杯认了这句话，仰头一饮而尽。

他这是什么意思？

卫星很气闷，他们之间明明不是那种关系，为什么大家都在喊她星星姐？还有刚才，陆一宸夹什么不好，偏偏夹个生鱼片给她，他是不是存心要取笑她？

另外，他还一直在笑，看着她笑。

笑什么啊，你不是高冷吗？

她不愿坐着被他笑，索性起了身。

"去哪儿？"

她回头瞪了他一下："洗手间，一起吗？"

陆一宸按着桌子站起来："好啊。"

砸到了自己的脚，好疼！

她本是一句玩笑话，陆一宸还真跟着她一起来了洗手间。

然而多亏陆一宸跟着，她第一次到这种气派的场所，看什么都眼花缭乱，若让她自己找，真不一定能找到洗手间的位置。

卫星进了洗手间，很久都不出来。

陆一宸等得担心，走到刻着女性标识的门外，敲了敲："小星？"

半晌，里面传来低低的回应："你先回去。"

"吃坏肚子了？"

"你先回去。"

洗手间中，卫星望着镜子里的自己，捂住脸吓得几乎要哭。

姣好如玉的面颊上，红斑点正以肉眼可见的速度冒出来，镜子里的漂亮女生变得面容可怖。

她不知道这是怎么一回事，觉得脸上有点热有点痒，于是过来洗把脸。谁知洗了之后，整张脸跟起了化学反应似的，冒出一片密密麻麻的红斑。

接着脖子上、胳膊上、手背上也开始热痒，不断长出红肿的斑点。

陆一宸没回去，又敲了两下门："小星，我在外面等你。"

卫星一开始尚是捂脸,后来见根本捂不住,又转去捂眼睛。

她不敢出去,不敢用这张脸面对他。

如果是以前,她从不在乎长什么模样,有时甚至厌恶自己的与众不同。但现在她想漂漂亮亮的,想一直这么漂亮着,这样站在他身边时才不至于自卑得抬不起头。

如今,连这点资本也要被收回去了吗?

卫星打开水龙头,拼命地用冷水冲洗。然而无济于事,镜子里的女生仍是满脸红斑点,面目可怕。

怎么办,怎么办呀?

外面。

陆一宸等得急了,又来敲门:"小星?"

她怕得几乎哭出来,却又不敢哭,压着声音道:"我,我肚子不舒服。陆一宸,你先回去吧。"

沉默了半晌,门外传来回复:"好,你也快点过来。"

听得外面脚步声渐行渐远,卫星这才稍稍放了心,双手按在盥洗台上,看着里面丑陋的自己,忍不住哭了。

她怕别人看见这张脸,怕再经历那些异样的目光,更怕让他见到。

如果见了,他会有什么反应呢?怕是再也不会理她了。

她知道的,很多男生给她写情书,对她好,不过是因为她之前的那张脸罢了。

如今,那张漂亮的脸没有了。

卫星拿出手机,按照之前宁采薇教过的办法点开电子地图,搜到回学校的路。

S路公交,一小时。

现在四点不到,又是夏日,外面的天色还早。五点左右能回到学校,时间上也还好。

她决定不让任何人看见，自己先回去。

侧耳倾听，外面似乎没什么响动，卫星悄悄打开门，低着头准备溜出去。然而她刚拐出洗手间，尚未走出两步，便迎头撞上一个人。她抬眼认出是他，吓得一声惊叫，捂住脸，慌忙便往洗手间里跑，将门死死抵住。

他竟然没有离开。

虽然只打了一个照面，陆一宸已瞧见那张面目全非的脸。他亦是震惊，拼命地敲门："小星，你怎么了？"

卫星腿都软了，哑着嗓子："你走啊。"

她刚刚跑得慌里慌张，没来得及给门上锁。

陆一宸将门挤开，见她坐在地上，忙蹲下来："出什么事了？"

她将脸埋在双膝间，用胳膊紧紧圈护着，不许他看见。但除了脸之外，手臂和手背也有，她这么一圈护，便把手背和手臂上的红斑点也露了个一清二楚。

陆一宸将她的校服袖子捋上去，大片大片的红斑一览无余。他伸手触碰上面的斑点："小星……"

逃避总不是办法。

卫星打开他的手，慢慢抬起头，将那张变得丑陋不堪的脸扬了起来。

陆一宸的目光颤了一下。

卫星抑着眼里直打转的泪："我现在是这个样子了，陆一宸，你走吧。"

他没动："怎么回事？"

"我不知道。"

两人对视片刻，卫星终究没能忍住，泪水一颗颗地滚下来。她抬手推他："你怎么还不走？是不是等着看我的笑话？"

"我看你什么笑话？"

她用手背擦着满脸的泪:"我变得这么丑,难道还不够人笑的?"

陆一宸神色动了动:"小星,一副长相很重要吗?"

卫星难过地吼出来:"难道不重要吗?"

这一刻,陆一宸的神情变了。所有的关心与紧张全消失了,他的目光一点点变得冷漠,看着她就像看着另外一个人。

他一向是冷漠的,只是对她不太一样而已。

如今他对她也冷了。

陆一宸缓缓站起身:"你这是皮肤过敏了,应该是刚才那杯红酒或者海鲜的缘故,过两天就会消下去。"说完这句话,便向外走了。

卫星愣了一愣,见他的身影将消失,忍不住喊他:"陆一宸……"

若在以往,他虽然也不会回头,但每次都停下脚步。然而这一次,他却跟全没听见似的,单手插在兜中,踩着楼梯一步步下去了。

卫星瘫坐在那里,又哭了。

中途,宁采薇和季茵茵一起上洗手间,见到躲在洗手间里哭肿了眼睛的她,惊诧道:"小星,你怎么在这里?"转眼看见她一脸的红斑点,"我的天,你这是毁容了?"

季茵茵凑过来仔细打量:"好像是过敏。"见她哭得眼睛都肿了,便安慰道,"没事的,等会儿买一盒过敏药,吃两天就能消下去。"

宁采薇抽了一片纸巾递给她:"你怎么一个人在这里?刚才陆一宸回去了,我们还以为你跟他一起走了呢。"

宁采薇尚未说完,卫星刚止住的泪又滚滚落下来。

宁采薇头大:"哎呀,你怎么又哭了?"

卫星一边哭一边哽咽着问:"采薇,你说长相很重要吗?"

"当然很重要了。这年头谁不看脸?"

季茵茵不像宁采薇那么神经大条,隐约觉察到什么:"跟他吵架了?他见到你这样,就嫌弃你了?"

卫星摇头,哭得更厉害了。

两人一边上厕所，一边又安慰了卫星几句。接着，三人一块回了宴会厅。

赵慕得知卫星过敏，陆一宸又不在，他和小美忙将星星姐送到附近的医院，开了两盒过敏药和一打医用口罩。

中午的宴会之后，赵大富豪还安排了下午的豪华游艇观景、高规格豪华晚餐以及晚上的KTV总统套房唱歌，总之钱不是问题，大家玩得尽兴才最重要。

卫星因为严重过敏，又心情低落，便没有参加下午以及晚上的活动，坐公交车回了六中。

临行前，赵慕很不放心，要打电话给陆一宸："星星姐，你平时没怎么出过校门，一个人回去真的行吗，会不会迷路？还是让宸哥接你吧。"

卫星忙拦下他："不用了，我自己可以。"

赵慕小声嘟囔："宸哥也是的，怎么不带你一起，自己倒先走了？这可不像他。"

卫星不想就这话题过多讨论，见公交车开过来，便挤了上去，向他们挥挥手："赵慕、小美，我回去了，你们好好玩。"

"星星姐路上小心，有事给宸哥打电话，给我打也行。"

陆一宸不理她了，这次是真的不理她了，甚至见她走过来便有意避开，连打个招呼的机会都不给她。

卫星心里难过，却又不敢问他，只一个劲儿地转眼向后看他。

作为陆老大的贴身小弟，赵慕致力于撮合两人，他见缝踢了踢陆一宸的桌子脚："宸哥，星星姐看了你那么多次，你给个回应啊。"

陆一宸被踢得不耐烦，终于给了回应。

他起身，敲了敲同桌的课桌："袁萧，我们换一下位置。"

大佬提要求，袁萧自然不敢多嘴，何况外面的位子比里面的要方便。

两人都是不热爱学习的主儿，所以连桌上的书本也没换。

他坐到了里面。

有一叠子书挡着,她回头再也看不见他。

高二(1)班全体同学悲伤地意识到,男神女神这次是真的要分了。

昨天在宴会厅,两人还亲亲热热有说有笑跟一对璧人似的,转眼间却变成了路人。果真是恋爱就像六月的天,说变就变。

赵小弟十分不理解,掰也得有个正常的理由,不明不白就掰了?他拉了卫星私下问:"星星姐,这到底怎么回事?"

卫星嗫嗫嚅嚅,半晌,道:"赵慕,问你一个问题,长相很重要吗?"

"当然重要啦,我追女生从来都是看脸。"答完这话,赵慕怔了一下,咀嚼出不寻常的味道,"难不成是你上次红酒过敏,宸哥见到就嫌弃了?"

他啐了一口:"只是过敏而已,又不是一辈子长成那副毁容样,他有什么好嫌弃的?何况现在已完全好了。"

卫星摸着自己的脸,又想哭了。

"不可能是这个扯淡的理由。星星姐,你别伤心,我寻个机会替你问一问。"

如赵家的一脉相传,赵小弟虽然考试不行,但人并不笨,且很能察言观色,颇有情商。赵慕盘算着依陆老大的性子,直接问肯定得不到答案,必须迂回,曲线套话。

一日中午,去食堂吃饭。

赵慕涎着脸嬉笑道:"宸哥,你和卫星真的掰了?"

陆一宸没有理他。

"那……我追卫星,你不介意的吧?"

陆一宸单手插在兜中,别说回头给个冰冷的眼神,就连脚步顿也没顿。

赵慕心底已明了,宸哥这是真的不在乎了。

中午刚下课,去食堂的人很多,熙熙攘攘跟流水似的。

赵慕掺在这片流水中,摇头叹气:"也不知道追不追得到,她长得那么漂亮成绩又好，想追她的人一定多得很，我又没有宸哥当初的魅力。"

陆一宸眉目不动。

赵慕笑嘻嘻又道："不过我有妙招，有机会再灌她一杯红酒，让她毁容一周。美女一夜变丑女，肯定能把那些竞争对手全部吓走。"

陆一宸神情动了，薄唇紧抿，一侧唇角微扬，露出一抹轻蔑与嘲讽。

赵慕心上跳了一下，果然是那杯红酒惹的祸。

不过，陆老大在嘲讽什么，又在轻蔑什么呢？

赵慕迂回得很机智，但陆一宸也不傻，没几句便看出他的意图，再不对卫星的事流露一点异样。

跟那杯红酒有关，跟那天她脸的变化有关……

可是，仅这两点能说明什么问题呢？

大佬的心思依旧猜不透。

陆一宸再也不会理她了。

卫星难过地想，陆一宸嫌弃她是个肤浅的女生，把一张脸看得那么重要。

长相很重要吗？

他想要的答案是……不重要。

她答错了。

卫星躲在被子里，将他的那部黑色手机贴在面颊上，眼泪哗哗地流。

他们的手机还没换回来。

他们的微信账号还是用对方的。

他们前两天还被全班同学误会成一对儿。

如今，他们已成陌路。

这也怪不得他，是她太肤浅了，将一张脸看得那么重要。

她早知道的，很多男生给她写情书，对她好，是因为这张漂亮脸蛋。

唯独他不是。

刚转到六中时，她又穷又土又打扮得乱七八糟像个叫花子。然而他一点都没有嫌弃,反而处处帮她。

他对她好,不是因为她这张脸。

那天,她看着那满脸的红斑,真的怕极了,怕再没资格站在他身边,所以想也没想便脱口而出。

她回答错了。

落笔,交卷,再无更改的可能。

月考之后,何修远得了片刻的空闲,又转到东食堂坐在了她对面。

短短数日不见,她已瘦了一圈,巴掌大的脸愈发小了,下巴溜尖儿,面庞也显得苍白,不似之前的白里透红。

何修远惊道:"小星,你生病了?"

提及此事,宁采薇憋了许久的愤怒迸发出来。她自然是站在卫星这边,认为陆一宸简直不讲道理,说掰就掰连个理由都不给。

宁采薇戳着碗里的饭,斜眼瞥向左前方的那道高挺的身影,气愤地嚷道:"生病?有什么人能让我家小星星生病?成绩那么差还天天拽得跟什么似的,真是莫名的自信!"

卫星想堵她的嘴已经来不及。

这下算是将事情全抖出来了。

何修远沉默片刻:"跟一宸吵架了?"

卫星垂着眼,摇了摇头:"我和他有什么好吵的。"说到最后一个字,已带了一丝哭腔。她起身,端起没动几口的早餐,"何学长,我吃好了,先回教室。"

何修远没有急着追上去,问了宁采薇事情经过,把同样没动几口的早餐推开,到了斜前方陆一宸的桌边:"一宸,你过来。"

陆一宸端坐不动,机械般吃着早餐。

何修远索性将他的餐盘端开,走到门口,扬手扔到前面的收集桶中。

陆一宸终于不能再无动于衷。

何修远在前面走,陆一宸单手插兜跟在后面,一起到了教学楼后面的小树林。

树林长得颇为稠密,很阴凉很隐蔽,常有学生三三两两来这里聊天或自习。

林中有一座六角小凉亭,上面铺着几页撕开的练习册。

此时正是早饭课间,不比中午或晚上有很多空余时间,所以也没几个人在这里。

何修远停住站在对面,推了推眼镜:"你和小星是怎么一回事?"

陆一宸冷漠且沉默着。

何修远冷冷道:"陆一宸,你已经不是当初的陆宸天了,别把架子拿那么大。你现在还有什么,你配得上小星吗?喜欢也就罢了,如果不喜欢,请你以后离她远远的,不要打扰她!"

树林稠密,树影幢幢,映在他英俊的面庞上,织出一片浓重的沉暗。

陆一宸垂下眼睛,依然没说话。

"我比你长了一岁,所以我爸从小教导我让着你,因为你是弟弟嘛。不过我不会让你一辈子。另外,你也不要以为自己还是无所不能的陆宸天。"何修远沉声,一字一句道,"天,一年前就塌了!"说完这些话,他转身便要离开。

陆一宸终于开口了,垂着眼睛,望着自己的脚尖,沙哑且低声道:"修远,你有没有觉得……小星有点像一个人。"

何修远停下脚步:"像谁?"

沉默了更久,陆一宸空在外面的左手慢慢收紧成拳,攥得青筋突出:"你还记得戚惠吗?"

何修远一怔。

戚惠是陆季泽的继室,也就是陆一宸当初极力反对进陆家的小妈。他只在一年前陆一宸出事的那次,到陆家时见过戚惠一面。

与张扬有气质的姑母不同,戚惠是个文文秀秀的女人,皮肤很白,个子不太高，跟在身材高大的陆季泽身边像只温顺的绵羊。

何家人到时，她似乎自知所行有亏，小心地搭了两句话，泡上茶水便回了房间。在他们离开时，她还低着头送出好远。

何家三代从军，家风极好，颇有修养与心胸，见对方唯唯诺诺一派小心，也就没有过多追究。斯人已逝，事成定局，闹得再大又能有何补益呢？以后跟陆季泽不再来往便是。

陆一宸从喉头干涩地挤出字眼："修远，小星哭的样子很像她。当初她就是那样对着陆季泽哭，哭得那个男人心软，哭得他义无反顾地娶她入门。"

何修远心中顿时像打翻了五味瓶。

陆一宸从兜里摸出烟，颤抖地点上，抽了两口："我知道，这件事怪不得小星，但我心里过不去这道坎。一闭眼就是那张脸在哭，像当年一样。"

沉默，久久的沉默。

课间铃打响了，同学们纷纷回教室，准备开始上午的课程。

何修远没时间再耗下去，出了声："那你准备怎么办？"

火光明灭，陆一宸狠狠吸了几口烟，声音哑得更加厉害："我不知道，让我想一想。"

何修远踟蹰片刻："一宸，你和小星真的不合适，要不以后别来往了。一朝得病，十年镇定，你难不成要她等你十年？女孩子的青春是耗费不起的，而且到时若有万一，小星这辈子就耽搁了。"

眼睛垂得更低，额发散落，陆一宸半张脸全掩在阴影中："你如果喜欢她，尽管去追，不用让我的。感情这种事情，公平竞争吧。"

何修远叹了一口气："这件事我去向她解释？"

陆一宸抽完一支烟，又点了一支新的，仿佛了然一般，哑声道："也行。随便解释成什么样。"

何修远不说话了。这位表弟从小就比他聪明太多，让人根本藏不住心思。

何修远是在当天晚自习之后找的卫星,叫她出来谈谈。因为事情涉及一些私事,所以两人没到外面谈,而是到了何钧的董事长办公室。

平日若没事,何钧很少到这里来。

偌大的董事长办公室空荡荡的,仅有他们两人。

何修远按着她在沙发坐下,自己则倚着办公桌站在对面,轻叹道:"小星,你和一宸闹别扭的事我都知道了。"

他刚一开口,卫星的泪便滚了出来。

她用手背拼命地擦泪,却怎么都擦不干净:"何学长,这件事是我不对。我太肤浅了,我只看重一张脸。"

何修远沉默了一会,方道:"小星,你什么都不知道。我爸也是,自以为知道却根本什么都不知道。"

卫星捂着眼睛,哭得哽咽。

何修远道:"你们别再来往了,这是为你好,也是为他好。"

卫星将脸埋在手掌里:"何学长,你放心吧,他不会再理我了。"

何修远走过来,弯下身,揉了揉她的发:"想哭就哭吧,哭出来也就没事了。人这一辈子呢,会遇到很多坎。待长大了,再回过头来看,你就会发现此时很在乎的事情其实没那么重要。"

卫星哭着不说话。

"小星,我给你提个建议,你认真考虑一下。你别和一宸来往了,做我女朋友,我照顾你。至于我爸那里,我去说服他。"

她哭道:"何学长,这不是一回事。"

"这就是一回事。"

何修远抬手替她擦满脸的泪:"我给你一周时间考虑。如果有什么顾虑尽管跟我说,我来解决,若有什么想知道也可以问我。"

卫星慢慢抬起哭得红肿的眼睛,问出闷在心里的问题:"我想知道他为什么要这样。我不过回答错一句,就被全盘否定了吗?"

何修远站了起来，按了按额头，许久才道："你这丫头，怎么就这么执拗，非得处处问个清楚才行。"

卫星忍不住又哭："我就是不明白……"

何修远见哄不下，只得回答："小星，你知道陆一宸为什么在转校第一天就为你打架吗？"

卫星哭着摇了摇头。那时的她既没有露抢眼的学习成绩，也没露那张漂亮的脸，土里土气，像个营养不良的叫花子。

"我爸以为是一宸看出你遮掩下的真面貌，说我不如一宸。其实，其实根本不是。我也是后来才意识到的，小星，你当时面黄肌瘦的样子和畏怯的神态很像一个人。"

她一边哭，一边望向他。

"姑母当年是罹患脑内恶性肿瘤以及精神方面的并发症而去世的。她被病魔折磨得不成样子，整个人瘦得厉害，精神一度失常，临去世前的一个月她变得很胆小，看什么都小心翼翼畏畏怯怯。姑父的事情你知道的，所以那段时间一直是一宸在照顾她。小星，你那天的神态和样子很像她，像陆一宸这辈子最重要的那个人。"

"你若真长成那样，陆一宸应该会一直对你好，各方面照顾你。令人难堪的是，那不是你的本来样子。小星，你知道我为什么说令人难堪吗？"

她抹着泪，摇了摇头。

"你洗掉一身的掩饰之后，很美很出彩，像一幅文文静静的山水画。"何修远握起拳头砸了一下掌心，似乎难以启齿，"这样的你跟他父亲新娶到家的继室有点像，像陆一宸这辈子最厌恶的那个女人。"

卫星怔住了。

"一宸知道长相这种事怨不得你，也没道理迁怒于你。你这张脸在旁人看来或许赏心悦目，在陆一宸看来便是一根刺，你懂吗？"何修远勾了勾唇角，"第二天，他见到你这个样子时，心里怕是恨得要挖掉自己的眼。呵,我爸还夸他有眼光,有鬼的眼光!"

一瞬间,事情便想通了。

那天,酒店中。

他问她,长相重要吗?

她吼出来,难道不重要吗?

他便头也不回地走了。

"小星,你和陆一宸真的不合适。除开其他因素不说,单单你这副模样就很刺他的心,他能忍到现在怕已经是极限了。毕竟跟你走在一起,对他来说多少有些像对母亲的背叛。事情说清楚了,你还有什么想问的吗?"

卫星已哭干了泪,沙哑道:"没有了。何学长,谢谢你告诉我这些。"

何修远叹道:"我刚才的建议仍然作数,你回去认真考虑,我等你答复。"

她低下了头:"何学长,我什么都没有,你真的没必要……"

他打断她的话:"有没有必要我自己知道。父子之间血脉相连,眼光也容易相同,就像我和我父亲,就像陆一宸和他的父亲。"

教学楼的灯熄灭了,到了回宿舍就寝的时间。

何修远打开董事长办公室的门,按上她的肩头,半揽着她往外走:"别哭了,回宿舍休息吧。"

出了董事长办公室,他转到旁边的超市,买了一包湿巾,拿了一片为她擦脸上的泪痕,轻轻地笑:"脸哭得这么花,回宿舍可是要被室友笑话的。"

卫星不知该如何回应,抬头看了他一眼,又迅速低下头。

何修远用指尖碰了碰她的脸:"走吧,真的要回去了。"

卫星没有考虑一周,只三天便给了何修远答复。

她不想耽搁对方太久,也不想再为此事费神。

何修远一直很照顾她,她没有勇气当面拒绝,于是写了一条短信,晚上睡觉前用陆一宸的那部黑色手机发送出去。

"何学长,谢谢你这段时间对我的照顾。我仔细考虑过了,我们的家庭情况不一样,舅舅养育我长大,支持我读书,十分不容易。我不想辜负他对我的支持,也不想辜负何先生对我的栽培。你现在是高考的冲刺阶段,不能分心,我也将升入高三面临高考,也不能分心。所以……何学长,真的很谢谢你。"

待上面显示出"已发送"的状态,她这才将手机扔下,转到洗手间洗漱。

出来时,对方已给了回复。

卫星犹豫着点开,上面只有三个字:"傻丫头。"

心中五味杂陈,她差点又哭出来。

宿舍断了电,黑黢黢一片。

若是往常,室友们定然要聊两句,互道了"晚安"才会睡觉。

然而,这段时间四个人突然都不想说话,就连嗓门最大动不动就咋咋呼呼的宁采薇也蔫了似的,提不起聊天的兴致。

卫星收了手机,将它放在枕边,眼里又慢慢地湿了。

他的手机还在这里,每晚陪着她一起入睡,然而人却远得如隔万水千山。

卫星正要拉被子蒙上头睡觉,这时寝室里最为高冷的白璐出了声:"你们,都还醒着吗?"

宁采薇第一个给了回复:"醒着。"

季茵茵百无聊赖地答:"醒着。"

卫星最后一个小声道:"醒着。"

白璐将刚换的新款手机往旁边一扔,冷淡道:"下下周末是我生日,邀请你们到我家做客。"

宁采薇蹭地坐了起来:"白大小姐可是要开派对?"

季茵茵也来了兴致,趴在床头望过去:"请了多少人?"

"你们仨，加上我一共四个。"

季茵茵抿着嘴儿笑："这么寒酸？"

"不来拉倒。"

"来来来，至少能瞻仰一下白公主家上千平方米的大别墅。"

宁采薇双手抱在脑后，仰躺下去："到时我就想往客厅地板上一躺，从东头滚到西头，再从西头滚到东头，谁都不许拦我。"

季茵茵笑："你这是去当富豪，还是当富豪家的狗？要不要趴在门口再晒会儿太阳？"

还有一个没表态，白璐又道："卫星，你来吗？"

卫星从怔忡中回神："来来。白璐有想要的生日礼物吗？"

季茵茵以手扶额："送白公主生日礼物？天呐，感觉这个月以及下个月的生活费要全搭进去。到时我们三个就只能抱在一起瑟瑟发抖，每天喝西北风了。"

白璐道："这个季节只有东南风。"

季茵茵是四人中心眼最多的一个，踢了踢卫星的床头："小星，你负责挑生日礼物。"

卫星几乎被吓到："我？"

宁采薇捂着嘴笑："茵茵，你这样可不厚道。"

季茵茵打了个响指："反正要赔进去两个月的生活费，赔卫星的我们可以匀给她，赔我俩的就只能喝风了。"

宁采薇"噗"地笑出来："高明。"

卫星很是忐忑："那，我买什么？"

"你掏光身上就那么点钱，买得起什么就买什么呗。白公主看在你那么穷的份上，就算你买坨狗屎，她也拉不下脸嫌弃。"

送什么礼物好呢？

宁采薇和季茵茵不肯支招，卫星只得自己想，想来想去没有合适的。白家大小姐一应不缺，不论买什么送去都显得廉价而多余。

自从被回绝之后，何修远已不多来东食堂就餐。毕竟高考在即，他不敢掉以轻心。

坐在卫星对面位子的人换成了周扬。

周班长见多识广、行事周到，卫星便借机咨询他。

"送白璐生日礼物？"周扬沉吟良久，"白大小姐不缺物质，你们送点精神层面的礼物好了。比如，你们三人录一首歌，或者拍个简短的小视频，或者手工制作小礼物，总之要煽情的那种，一定能过。"

卫星听得眼前亮起来，果然这事该问周大班长。

周扬想了想，又道："卫星，你文采不错，不如写一首歌。我记得采薇唱歌挺好的，茵茵会弹吉他，我再给你们谱一支曲子，到时吹拉弹唱来一套，白大小姐肯定喜欢。"

卫星简直要鼓掌："班长，你可是帮了大忙。"

周扬笑了笑："小事一桩。"

斜前方，隔着三四排的位置，赵慕和陆一宸等人正在用早餐。陆一宸和赵慕相对而坐，赵慕正对着卫星，陆一宸则背对着她。

赵小弟看一眼卫星那桌，见她和周扬有说有笑好不热闹，心情更为抑郁。这到底是谁甩了谁？自从两人掰了之后，宸哥一天到晚冷着脸，是个人都能知道他不开心。

而星星姐一开始还每天眼睛肿肿的，然而这几天已经恢复正常，不仅不哭了，还能笑出来，仿佛已将陆老大完完全全忘记了。

甩人的念念不忘，被甩的倒是潇洒放手。

大佬和女神的境界，我等凡人不懂。

赵小弟食不下咽间，卫星三人已吃完了饭，将餐盘放入收集桶里，一同回教室。

从通道中间经过时，赵慕心中一动，决定为老大出一口气，鬼使神差般伸脚绊向周扬。

周扬始料不及，向前跌去。

卫星忙伸手拉他。

周扬个子也不矮,身子也重,卫星非但没能拉住,反而被他带倒了。

两人一起倒在陆一宸桌边。

周扬先倒,倒得很是狼狈,但电光火石间竟很有风度地伸手接住了她。

卫星扑在了他怀里。

赵慕觉得这事办砸了,因为陆老大的脸色更难看了。

在周围同学的围观下,卫星尴尬着,率先爬起来。她没多想,又伸手拉周扬。

周班长喜不自禁,一手撑着地,一手搭上她的手腕借力,站起了身。

平白跌一跤,还跌在了陆一宸和赵慕的餐桌边,大家用脚趾头想也知道是怎么一回事。

卫星轻轻瞪了赵慕一眼。

周班长因祸得福,满满地抱了一次美人,所以倒也不计较,拍去衣上尘土,打着哈哈笑道:"没走稳,脚滑。"

旁边人调侃:"食堂路更滑,人心真复杂。"

周扬笑了两声,同卫星一起走了。

从头到尾,她都没有看他一眼。

陆一宸冷漠地吃着饭,脸色差得跟人欠了他三辈子钱似的。

赵慕将事情办得如此糟糕,只得从其他方面弥补。

饭后,他殷勤地为陆老大扔餐盘。

盘子坠入桶中时,赵慕不经意间一瞥,天啊,陆老大餐盘中间好像有个筷子眼大小的凹陷。吃个饭也这么大手劲,什么时候戳出来的?

陆老大不高兴,赵小弟行事便要战战兢兢。赵慕在追女生方面经验十足,虽然没成功过,但好歹也算是久经恋爱场,对老大的心思也猜到一二。

陆一宸前两天装得倒是挺像,又是轻蔑又是嘲讽,然而时间一久便露出破绽，他其实没有放下她。

他是很会掩藏心思，藏得让她看不出来，但假装出来的模样，终归成不了真。

赵慕又想不通透了，喜欢就喜欢，不喜欢就不喜欢，陆老大这种忽而喜欢忽而不喜欢，到底是搞的哪一出，别扭什么呢？

"宸哥，大丈夫能屈能伸。要不你去和星星姐道个歉，就此和好吧。"

陆一宸没有理他。

"宸哥，星星姐不知道你喜欢她。你这样疏远她，结果怕是不妙。"

陆一宸垂着眼睛，仍是没理他。

"宸哥，星星姐和周扬抱在一起了！"

陆一宸霍地抬眼，眼底射出掺着醋意掺着怒意的光。他顺着赵慕手指的方向看去，却没有见到卫星和周扬，顿时知道是赵慕诳他。

那厢，赵大爷怕陆一宸踹他，早撒丫子跑了个没影。

陆一宸回了教室，不知是否有意，经过第三排时挨桌沿太近，将她无意间推至桌外的练习册带得掉在地上。

卫星正要弯腰捡，抬头见是他，便没有立刻去捡，而是向里挪了一挪，先让开路。

陆老大冷着脸，没有看她，也没有看路，一脚踩在那本练习册上。

待他走过去，卫星才小心地捡起练习册，用袖子将上面的脚印轻轻擦掉。

自从何修远跟她说了内情，她对陆一宸便多了一份愧疚。她以为这张漂亮的脸在他面前纵使不加分，也断不至于减分。谁知全不是这样。

这些日子，他经常对着这张脸，对着它说话，对着它笑，心中该是压抑着何等的隐痛？

所以，他从不主动坐到她面前吃饭。

长相重要吗？

但凡被问的人，都回答说"重要"。

陆一宸怨她才是正常的吧。

卫星摸了摸自己的脸,眼底又潮湿了。

陆一宸忍不下去了,陆一宸怕是恨了她。所以,陆一宸非但不再做她的保护伞,反而开始有意无意地欺负她。

经过通道时,只要她将练习册放得稍微靠外,那么撞落她的练习册,接着一脚踩上去,已成惯例。

打饭时,只要遇在一起,他定然要将她挤到后面去。

体育课上练习传篮球,他隔着十多个人,准确地将篮球抛得擦着她的头顶飞过去,吓得她抱头一声叫。

月考改卷,他给她的卷子每科都少打十分,让她在年级的名次滑了十多名,以致她被班主任叫去谈话。

卷子全部密封,他是如何在堆积如山的试卷中认出她的呢?

对此,高二(1)班的同学颇为不平。

男神甩了女神,男神不但不内疚,还反过来欺负女神,处处跟她过不去,给她使绊子添堵,就差恶狠狠地对她说:"下晚自习,别走!"

然而没过几天,这一幕也给补上了。

女神每天下晚自习都是最后一个走的。所以男神只要有心,那么定能堵到她。

眼见着将熄灯,卫星合上练习册正要回寝室,这时陆老大从外面进来了,单手插兜,面无表情地挡住教室前门。

卫星不敢跟他争,低着头,要转到后门出去。

然而,后门不知何时竟锁上了。

卫星只得磨磨蹭蹭地来到前门。

白璐和季茵茵睡得早,若回去太晚,洗漱时有响动会打扰到室友。

她在门口处停住,不敢抬眼看他,硬着头皮,小声道:"同学,请让一让。"

陆一宸自然没让,他本就是来堵她的。

他个子高,肩宽,站在那里跟扇门似的,将出去的路封死了。

教室马上就要熄灯,宿舍里也将熄灯,卫星着急回去,咬了咬牙,鼓起勇气轻推他:"同学,你让一让。"

这时,灯熄了。

教室里一片黑暗。

黑暗中,他按住她的肩,将她一把推倒靠在桌子。

卫星吓得一声惊呼。

从光明骤然落至黑暗,双目尚未缓过神,她看不清他的动作,看不清他的目光。

只知道……

他的呼吸急促,近在咫尺。

陆一宸停住了,在距雷池一毫米的地方。

他的声音沙哑而充满磁性。

他说:"小星,我们……和好吧。"

这一刻,卫星突然相信人体内部是有光源的。

不然如何能在黑黢黢中,看到那双亮得如同星辰般的瞳子。

这一刻,卫星突然懂了空气中存在粒子波。

不然双唇并未触碰,为何却清晰地感受到了那种轰然炸裂的大脑空白。

这种恍惚并未持续太久。

因为心跳得太厉害,她的心脏承受不住,突然抽搐般疼起来。

陆一宸吓了一跳,忙将她扶起来。

好一会儿,这阵痛感才过去。

心脏上的疼唤回差点被迷惑的神志,卫星靠着身后的桌子,仰头看他,冷冷地笑:"你说好就好,你说不好就不好?你想理我就理我,不想理我就把我扔在一边?陆大公子,你当我是什么,你以为你是谁?"

闷了许久的话,今晚终于有机会说出来。

陆一宸从没见她这样，半晌，低下了头："小星，对不起。"

"还有呢？"

"这是最后一次，下不为例。"

"还有吗？"

"请你，请你原谅我。"

"没有了？"

卫星推开他按在肩头的手，移步要向门外走："陆同学，你继续反省吧。"

陆一宸身子一转，挡住了她，绞尽脑汁地思考："还有……"

她笑眯眯地望着他。

"还有……"什么？

她心情愉悦，语调也变得轻快："你慢慢想，我先回去。"

"还有……"

他见她真的要走，忙伸手拉她。慌张之下，力道没控制好，竟将她拉得跟跄一步，撞到了他怀里。

陆一宸的个子在六中男生中算是拔尖的，但卫星自小体弱，又营养没跟上，所以比同龄女生矮了一些。

头挨在他领口，口鼻间是他衣领处散逸出的男性荷尔蒙味道。

不知怎的，卫星突然回想起那天在校医室，从他领口窥到的大片春光。

轰的一下，大脑死机了。

陆一宸见她没有再出声，以为答对了，挨着她的耳朵尖轻轻松一口气。

松气？

完全不是这个答案好吗！

突然，一道光从走廊照过来，校卫提着手电筒前来查各班级锁门情况。见左边一间教室门仍半开着，诧异了一句，"一班的门怎么没锁？"

卫星吓了一跳，忙挣开他要跑出教室。晚自习熄灯十分钟以后，一男一女仍在教室，学校会以疑似恋爱进行通报批评。

陆一宸将她按住，推到门后面，自己则手插兜，懒散转到门外，扬手打了个招呼："我还没走呢。"

陆一宸在学校的名头颇响，且跟门卫打过几次交道，门卫倒也认得他，笑道："怎么这么晚还没回去？"

"这不正准备走了。"说话间，他顺手带上门，"咔嚓"一声落了锁。

教室里面的卫星都惊呆了。

门卫见门锁了，便没有再向里面照着看，道了一声"早点回去"，转去三楼检查。

卫星从门后跑到窗户边，拍着喊道："喂喂，我怎么出去？"

"你不是有钥匙吗？"

她一向来得早，所以拿着班级钥匙。

一脸大写的"蠢"字。

陆一宸从窗缝中接了钥匙，开门放她出来，又重新将门锁上。

两人一同下教学楼。

时间已不早，夜深了，道路上几乎见不到人影。

路灯下，两人的影子拉得有些长。

走到半途时，卫星轻声嘟囔："陆一宸，刚才还有的不是那个。"

"啊？"

"以后有事两人一起商量，不要把什么都闷在心里。你又不是女生，为什么动不动就让人猜你的心思？"

陆一宸笑了笑："好。"

她抬起脚，轻踢了他一下："真是被你气死了。"

"那我送你一个礼物弥补吧。"

"哎？"

"你闭上眼睛，稍等一下。"

她依言闭了眼:"你快点啊。"
窸窸窣窣的一阵。
陆一宸折身回来,打了个响指:"睁开吧。"
她慢慢张开眼睛。
熏黄的路灯光下,他把手掌摊开,掌心中是一枚青草编制的戒指。
卫星心上一跳。
陆一宸抓起她的右手,将戒指套在了她小指上,眨着眼睛露出笑:"翠色型,白璐同款尾戒。"
不是吧!人家的是铂金镶钻。
陆一宸弯腰,含着笑打量她多姿多彩的表情:"高不高兴?喜不喜欢?陆家公子手工制作,纯天然无公害。"
卫星气得七窍生烟:"我们的友谊……走到了尽头!"
"友谊是否走到尽头不好说。不过,如果十分钟内走不到宿舍,今晚就要露宿街头了。"
已到宿舍关门时间。
两人只得一路狂奔回去。
她向右,他向左,连声再见都没来得及说,一口气冲入宿舍楼。
宿舍早就熄了灯。
卫星小心翼翼地开门,怕打扰到已经熟睡的室友,正要悄无声息地溜进去。
不料,门刚打开,宁采薇便探头过来:"回来了?"
卫星怕打扰到白璐和季茵茵,忙竖起食指"嘘"了一声。
季茵茵将盖在脸上的课本扔开:"嘘什么嘘,我们还没睡呢。"
卫星蹑手蹑脚地进来,小心地问:"这么晚了,怎么还没睡?"
"你不回来,我们哪里能放心睡?"
上次的事情真是吓得魂都掉了。
卫星心里涌过一阵暖流:"让大家担心了,我下次一定早点回来。"

"不早点回来也没关系,我们可以等你。反正……"季茵茵声调一转,捏着腔道,"真是被你气死了。"

白璐沉着嗓子接话:"那我送你一个礼物弥补吧。"

季茵茵:"哎?"

白璐:"你闭上眼睛,稍等一下。"

季茵茵:"你快点啊。"

旁边,宁采薇已笑得几乎要在床上打滚。她们三个见卫星迟迟不回来,担心她像上次一样出意外,于是一起下楼找她,谁知竟撞见了这一幕。

卫星羞涩不已,把自己关在洗手间,不出来了。

他送的青草尾戒还在掌心。

卫星拿起来戴上尾指,大了一圈,老掉,换在无名指上倒是刚刚好。

算了,陆大公子临时手工制作,尺寸方面也不能要求太精细。

因为怕她们笑,卫星在洗手间躲了好一会儿,听得外面安静下来,这才悄声地拉开门,爬到床上睡觉。

手机指示灯在闪烁。

她点开查看,是微信有新的消息。

对方是一颗星星头像,她的账号和昵称。

已有三条消息。

"到宿舍了吗?"

"快洗洗睡。"

"小星?"

卫星忙回复:"来了。"

对方立刻给了回应:"怎么这么晚?"

"……去洗澡了。"

对方秒回:"坦白从宽。"

大佬要不要这么犀利?

卫星只得将事情用简洁明了的语言坦白了。

对方"正在输入……"许久,最后发来一句话:"她们也是关心你。"

"我知道的啊,我又没介意。"

"白璐这周末过生日是吗?"

"嗯。"

"小星。"

"嗯。"

"这周末也是我的生日。"

第 7 章
青春期狂躁症

这周周末，上午最后一节课上完，高二（1）班又全体出动了。

高二（1）班最近的班级活动略密集。

这次的目的地是C市三大豪宅之一，白家上千平方米庄园级大别墅。

全班同学一个个兴奋得跟打了鸡血一般，几乎要抛起课本欢呼雀跃。

虽说六中是C市最有名的贵族学校，虽说高二（1）班是高二年级富二代的集聚地，但是富二代也是分级别的，有初级、中级、高级以及顶级之分。

宁采薇算是初级，季茵茵是中级，何修远是高级，白璐是顶级。像赵慕这种，属于高级有余顶级不足。

论起白家的产业，全国各地遍及，且近些年不断向国外拓展，已成功进军欧美市场，并占据了不少份额。

去年，白璐他爸白士炜还随国家领导人一同出外访问，参与中美企业圆桌会议，商讨两国经济合作事宜，真是风光无两。

白家产业做得太大，白璐父母生意方面忙碌无暇，对女儿的事情自然难以分出精力，只能尽量用金钱来弥补，听说这座庄园级别墅正是白士炜特意为女儿买下的。白士炜夫妇还曾商量着送白璐到国外读书。然而白公主拒绝了，这才到了六中读书。

像白家这种在金字塔端的顶级富豪，放眼全六中，一只手绝对数得出来。

所以，高二（1）班的同学们一听说要到白公主家开派对，顿时炸开了锅。

白公主性情高冷，不与人多来往，本来只邀请了寝室的三人。

然而，卫星吞吞吐吐地说周末也是陆一宸的生日，能不能顺便也将陆公子捎过去。

白璐没多想，同意了。

陆老大虽然成绩奇差,但在班里的威望很高。

宸哥过生日许多同学都要意思意思的。

于是捎了陆一宸之后,发现陆一宸后面跟着一班的人。

周扬灵机一动,统计班上本月将过生日的同学,前去跟白璐商量,借此机会把一个人的生日派对办成了集体生日派对。

算了,反正白家装得下。

白家大别墅背山临水,左傍烟树,右伴竹径,自然环境得天独厚,极其优美。

别墅一共五层,地下两层,地上三层。

外有园林、巨大的泳池、足球场、篮球场等。

内有出门厅、序厅、过廊、主客厅、中西餐厅、大卧室、书房、茶室、钢琴室等。

地下两层有红酒储存室、私人收藏室、英式台球室、雪茄室、家庭IMAX影院等。

另外,别墅底层还有一道酷炫的旋转梯直达顶层。

总之,大家能想到的这里都有,大家想不到的这里也有。

休说卫星这种没见过世面的乡下丫头,一班的富二代们也瞧得眼花缭乱,就连赵大爷亦是惊赞,啧啧叹个不停。

一下子涌来这么多人,将白家的佣人们吓了一跳。

乍看之下还以为是观光团走错了地方呢。

一位管家模样的中年男人走过来,挨着白璐低声道:"大小姐,请全班同学到家里开派对,这件事白总和夫人知道吗?"

白璐扬起修得精致的眉:"他们如果能回来,那么自然也就知道了。"

同学们欢呼着涌入豪华大别墅,男生在拍桌子吹口哨,女生在连连尖叫,将这栋别墅衬得热闹非凡。

卫星心里很是忐忑。本来白璐只邀请了寝室三人,若不是她要求带陆一宸,哪会有现在的场面?白大小姐一向冷傲,待人疏离,不知可会不高兴？

　　白璐瞧出她的心思，浅浅地勾了勾唇："热闹点也挺好的。这些年，家里还是第一次这么热闹。"她搭上卫星的肩，"小星，你给陆纪委准备了什么惊喜？"

　　卫星低了头："惊喜算不上，就是一件小礼物罢了。他前天晚上才说，能准备什么惊喜给他？"

　　白璐招招手，示意她靠近一些："我给你支个招，简单省事，还保证让他又惊又喜。"

　　卫星忙竖起耳朵："什么？"

　　白璐一脸正经："你亲他一下，比送什么都能让他惊喜。"

　　亏她以为是什么绝世好招。

　　卫星有些羞有些窘："要不要也亲你一下？"

　　白璐点向自己的唇："美人，亲这里吗？"

　　卫星自然不接受那种歪招，但生日礼物总要送的。她转了一圈，没有在豪华大别墅内找到陆一宸，只得发微信给他："陆一宸，你在哪里？"

　　"房子后面的小花园。"

　　卫星从人群中穿过，出了门，转到房子后面。

　　盛开的花丛后，繁茂的枝叶间。

　　陆一宸单手插兜，倚着一棵不知名的树，正一根一根地抽着烟。

　　若在以往，她肯定第一时间生气。但现在她已明白抽烟对他的真正意义，心中不由紧张："要不要回去？"

　　陆一宸轻抬手，示意她不必再靠近："没事，撑得住。"见她站着不动，又道，"你先和大家一起玩，我抽两根再过去。"

　　卫星踟蹰片刻，却是沿着花园小径走过来。

　　陆一宸见了，忙要掐灭烟。

　　她摆摆手："不用灭，我说两句话就走。"

陆一宸还是掐灭了:"等会儿再点根新的。"

走到他面前,卫星将一直攥着的右手递过去,慢慢张开。

掌心是一只编织得有些歪歪扭扭的吉祥结。

"很久没编过东西了,不太熟练。有点丑,你凑合着收下吧。"她抿唇,冲他笑了一下,"生日快乐。"

陆一宸拿过来,两指捏着瞧了一瞧,啧啧两声:"是挺丑的。"

卫星红了脸,伸手要抢:"嫌弃就还给我。"

陆一宸五指一收,握在掌中,笑着道:"嫌弃归嫌弃。你既然送了,我怎好意思不收?"

卫星羞恼得一跺脚,转身便走:"下次不送你了。"

陆一宸看着她仓皇逃开的背影,不由又是一阵笑。

吉祥结……

如果她能送个同心结,编得再难看他也不会嫌弃。

陆一宸将这鲜红的结收入钱包,贴身放好,重新点了一支烟,想,吉祥就吉祥吧,今年吉祥,明年或许就同心了呢。

大厅之中,热闹非常。

周扬正有条不紊地指挥同学们在大厅中布置出简易的小会场,搬出了音响、幕布、投影仪等,同时摆上一应瓜果零食。

能在这么短的时间内,组织出一场像模像样的集体派对,周班长的办事能力可圈可点。

赵慕正和黄浩宇一起挪桌子,抬眼见卫星从外面回来,嗅到她身上隐隐有一丝烟味,便知她去见陆一宸了,凑上去涎着脸笑:"星星姐,你给宸哥送了什么惊喜?"

不等她说话,他又道:"先别说,让我猜一猜。"

眼珠一转,笑得颇不正经:"亲了他一下?"

你们能不能想点纯洁的?

场地布置好时,陆一宸也抽完烟,从小花园回到一楼的客厅。

周扬见人已到齐,拿起话筒,清了清嗓子,示意大家安静。

周班长打了个手势,守在音响旁边的同学按下键,开始播放轻音乐。周扬在抒情的音乐中对此次活动进行讲话。

无非是周班长代表一班首先感谢白璐提供大别墅场地,其次,对本月过生日的同学们表示庆贺,要大家吃好玩好,最后还不失时宜地夸赞高二(1)班团结向上前途大好,引得大家一片哄笑。

宁采薇拉着卫星的手,一边对着中间的多层美味蛋糕流哈喇子,一边连连点头:"周扬说得对,我们班近些日子是团结了不少,成绩也有了提升。论起来,你和陆一宸可是大功臣。"

季茵茵跟着笑:"亏得陆一宸能镇住。陆纪委那张阎王脸可没少在大家的噩梦里出现,活脱脱的别人欠了他八辈子钱似的。"

赵慕在旁边听到,翻过来一个白眼:"这话说得可不地道。如果不是给卫星面子,你以为宸哥乐意管这摊子事?"

宁采薇喜滋滋地站卫星的队:"说得对,我们小星星才是最大的功臣。"

说话间,流程已进行到唱生日歌,接着是许愿与吹蜡烛。

每个人的生活都不是完美的,纵使富如白家大小姐,也有渴望而未得之事。白公主一改往常的冷傲态度,双手握起,郑重地闭上眼睛,默许下愿望。陆一宸则靠在桌边,一手插兜,一手握起,也闭上眼睛默默许了心愿。赵慕乐呵呵:"星星姐,你说宸哥会许什么愿望?"

"我,我怎么知道?"

"嘿嘿我知道,一定是明年和星星姐生生生。"

"生什么啊,小星星还未成年好吗?"

"成年就能生了吗?这是星星姐的意思吗?我的天,必须传达给宸哥。"

"你再胡扯就撕烂你的嘴!"

"上次聚会明明是星星姐自己说的生,怪我了?"

赵慕和宁采薇你一言我一语斗嘴斗得欢。卫星听得面颊发烫,捂着半边脸默默地挪到远一点的地方。那边厢,寿星们已许完愿,吹熄了蜡烛。一声欢呼,大家开始切蛋糕,抢点心,好不热闹。周末上午一放学便坐车过来,同学们午饭还没来得及吃,早就饿得饥肠辘辘。

乱哄哄中,季茵茵吃了一口蛋糕垫肚子,抱着吉他走上前方临时搭建的小舞台,在中间的一把椅子上坐下来,手一拨弦,悠扬的吉他声荡漾而出。

场下的喧闹停了,大家纷纷转身看过来。

季茵茵又拨了两下,抬头看向白璐,在吉他的绵延余音中道:"418寝室为白璐同学献上生日礼物——原创歌曲《恋上白公主》。卫星作词,宁采薇演唱,季茵茵伴奏,特别鸣谢周扬班长谱曲,祝白璐生日快乐。"

舒缓的吉他声起,宁采薇灌了口清水漱嗓子,走上去拿起话筒,轻轻地唱:

"白公主,我第一眼见到的小公主。那么骄傲,那么疏离,让人不敢靠近。

白公主,每天都漂亮的小公主。你画的眼影,你涂的妆容,从来都精致美丽。

白公主,故作冷漠的小公主。好像总在生气,又像是在期许,眼里隐着一抹关心。

白公主,从不看试卷的小公主。分数是什么,试题是什么,谁又有心情来理会。

白公主,最骄傲的小公主。你的王子从远方而来,要把你沉寂的心吻醒。

白公主,最迷人的小公主。我该说些什么,我该明了什么,愿你一辈子做个快乐的公主。"

宁采薇平时嗓门大，总是咋咋呼呼，如今认真起来，唱高难度的女子中低音竟拿捏得住，声音浑圆又温柔，深情无限。白璐愣怔许久，眼圈不由红了。她没想到她们会写一首这样的曲子，在全班同学面前唱给她听。她以为大家是不喜欢她的，因为她总是那么冷漠，不跟大家靠近，自顾自地画着那张假面妆容。她以为大家是不喜欢她的，因为她从来不知委婉，说话总是那么刻薄让人不爱听。她以为大家是不喜欢她的，因为她考不出优异的成绩，能炫耀的只有父母而已。

曾经，她也尝遍了流言蜚语。

"那位是白家大小姐，金贵得很，都不要跟她玩，万一磕着碰着，我们可赔不起。"

"我们别跟她吵，吵得她不高兴，下馆子谁来付钱呀。"

眼前雾气起了又散，白璐走上前面的小舞台，对着大家深深鞠了一躬："谢谢小星，谢谢采薇和茵茵，谢谢同学们，是你们一直以来包容我的任性和坏脾气……"

季茵茵抱着吉他捏着腔调道："哎呀呀，白公主你可以感动，但千万别哭。万一妆花了，可就成了猫脸公主，那叫一个美呀。"

白璐气得要撕她的嘴："季茵茵！"

季茵茵一声笑，抱起吉他跑下舞台，一溜烟儿混入人群中。

伴奏跑了，宁采薇也不唱了，跳下来拿吃了一半的蛋糕："闪开闪开，饿死我了。"

卫星正在旁边忙着给大家送蛋糕，陆一宸走过来，接了一块，笑着看她："歌词写得不错，什么时候也给我写一首。名字就叫……"

心愿许了，蜡烛吹了，蛋糕切了，下面该是送生日礼物了。

今天的寿星主要是白璐和陆一宸。

白璐所在的418寝室先声夺人，送了白璐一份颇有创意颇费心思的原创抒情歌曲。陆一宸所在的408寝室自然不甘落后，凑出当月的生活费，也送了价值不菲的礼物。

刚才只吃了些蛋糕和点心,大家尚未用正经的午饭。

白璐打电话叫了几桌酒菜,吩咐对方尽快送过来。

酒店那边立刻给了回应,不多时,酒菜在餐厅中一顺儿摆开,是上次在怀特国际酒店的相似菜式。

赵慕仔细瞧了两眼,不由叹道:"白公主,你叫怀特酒店的饭菜怎么不提前说一声?我有高级VIP卡,能打八折。"

帮忙一起摆饭菜的中年管家奇怪地看了他一眼。

赵慕炸毛了:"你不信?"

管家不说话,只将账单推到他面前。

赵慕低头一瞧,上面敲着两个大字"免单"。

怀特国际酒店的英文原名好像是White Hotels and Resorts。

White译成中文好像是白。

那么……

这家酒店是白家的产业?

想到上次在酒店里花得流水一样的钱,以及为订包厢和房间与对方三番两次商量费的许多口舌,赵慕突然有种想跟白大小姐撕的冲动。

饭后,同学们在经白璐允许之后,去往楼房的内外,体验一把庄园级别墅的顶级配置,有的跑去巨大的泳池游泳,有的到茶室里看看,有的参观私人收藏室,有的去打台球,还有一些人结伴去家庭影院看电影……

唯有卫星和陆一宸是例外,一个辛勤地帮忙收拾大厅中的一片狼藉,以及给同学们端茶送水,一个靠在阳台上一根接一根地抽烟。

陆一宸不间断地抽烟,其中意味只有卫星能懂。

她将手里的一应活计放下,洗了手,走向阳台。

这处阳台颇高,能将远近景色尽收眼底。

此时正是午后,日头徐徐西落,金灿灿的阳光收敛,边缘晕出一圈橙红。左边是绕着烟云的高树,右边是茂密葱葱的竹林。前方有一潭被草木三面环绕着的湖水。阳光投射其中，映出满目粼粼。

陆一宸看着这等美景，一根接一根地抽。

旁边的烟灰缸里已经堆了半边烟头。

卫星犹豫着停在门旁，望着他轮廓分明的侧脸，微微发怔。

浓烈的烟草味飘过来，她被呛得轻轻咳嗽了一下。

陆一宸有所觉察，抽烟的动作顿了一顿，但终究没有回头看她，也没有掐灭烟，挺着笔直的脊背眼望前方，一根一根抽得很凶。

卫星有些担心，掩着口鼻走过去，探头望他。待见到他的状态时，不由吓了一跳。

他面颊苍白，满头是汗，额角青筋轻轻跳动，目光颤抖得厉害，正是狂躁症发作的前兆。

卫星挨过去，小心翼翼道："陆一宸，要不我们先回去？"

他几乎将烟草咬碎在齿间，好一会儿方压抑着声音道："撑得……住。你出去，对……身体不好。"

卫星没有出去，反而慢慢又走近了，与他并肩站在一起。

"陆一宸，我给你唱首歌吧。小时候听别人唱过几次，可能有些跑调，你别嫌弃。"

他拿烟的手捏得更紧了："小星……"

卫星按着阳台上的围栏，忍着呛嗓子的烟味，已开始轻轻地唱。她的声音很软很糯，像个长不大的孩子。此刻轻声低哼，愈发温软轻柔，像夕阳下的和风，像泻入心田的暖流。

陆一宸目光的颤抖幅度慢慢地小了，面颊紧绷的肌肉也一点点松缓下来。

宁采薇等人在别墅里转了大半圈，新奇地看看这、摸摸那，正和季茵茵两人你一言我一语一边赞叹着一边交流心得。

经过大阳台时，隐约瞥见一道熟悉的身影。

两人又悄悄地退回去，悄悄地挤到落地窗后，悄悄地听卫星在阳台上为陆一宸唱歌,捂着嘴不让自己笑出声。

其他女同学见她们鬼鬼祟祟,于是也跟着过来围观,先是好奇,接着惊讶,最后跟着一起捂嘴笑。

落地窗后围了好几层的女生,侧着耳朵好像在偷听什么。

男生们远远见到,心觉奇怪,于是也跑了过来,注意到外面单独"幽会"的那两位,没能忍住,不由哈哈笑出声。

卫星听到后面的笑声,知有人注意到了,羞得耳朵尖都红起来,不敢再唱下去,也不好意思向后扭头。

有她陪在身边,听着她的轻声哼唱,一颗如火般煎熬的心慢慢平静下来,那阵几欲涌出的狂躁消退了。

陆一宸深深吐出一口烟,将烟头掐灭,扔在快要满溢的烟灰缸内,抬手拭净额头的汗水:"小星,我们回去吧。"

见他们要转身,围在玻璃窗后的同学们怕被抓包,忙哄笑散开。仅有几个相熟的等着揶揄他们:"哎哟,这可是班级集体活动,你们两个倒过起了二人世界。"

"小星,今天我和陆一宸过生日,你只唱给他听不好吧。"

"星星姐,你这样就太偏心了,我们抗议。"

"再来一遍,小星星再唱一遍。"

卫星羞得不敢抬头,抿紧唇,直往陆一宸身后躲。

陆一宸护着她:"好了,柿子别老拣软的捏,有什么要求冲我提。"

"那好啊,小星星不唱了,你来给大家唱一首。"

"唱歌就算了吧,我不太熟练。"

"看吧看吧,你这柿子我们根本捏不动。"

"我可以给大家弹一首钢琴曲。"

"我的天,宸哥你连钢琴也会弹?兄弟我一直以为你只是打架在行,呃,学习可能也在行……宸哥,我觉得有必要对你进行一次摸底大调查。"

"呵呵，滚！"

陆老大将亲自上阵演出，要弹奏一首钢琴奏鸣曲。别墅内外的同学们得知此事，匆匆从各个场地赶回，聚到大厅围观。

弹钢琴与学跆拳道不同。

跆拳道注重的是动作和力量，要求动作快，力量大，击打准确，除了强健的体魄外，需要的是极为冷静与理智的头脑，是内敛的，心要刚硬。

钢琴除了严格的动作控制外，还需要直率而充沛的情感表露，是外放的，心要柔软。

这两个项目在某种程度上来说，是背道而驰的。

陆老大在跆拳道方面有相当不错的造诣，竟然还能弹得一手优美的钢琴曲？

高二（1）班的同学们也是目瞪口呆了。

不过，同学们马上就清楚了其中缘故。

因为陆一宸坐到钢琴前面的一刹那，整个人变得柔和了，眼尾挑起一抹温情，就像冷硬的冰川融化成淙淙流水，是与往日全然不同的形象，如同一个顶天立地的冷硬男人眨眼间变成了文艺青年。

一众男生内心一群神兽奔腾而过，天啊，这么温柔的男生一定不是那个有张阎王脸的陆老大。

陆一宸眼里含着柔柔的笑，连说话声都变得轻而温润："这支曲子本来是只弹给一个人的，既然大家有兴趣，那就一起听吧。"

同学们中间起了哄笑声。

这支曲子是弹给谁的不言而喻。

赵慕等人不由分说地将卫星推上台，哈哈地笑："星星姐，宸哥这是向你表白呢，你可得认真听着。"

卫星又羞又窘，局促地站在他身边。

陆一宸没有看她，指尖按上黑白键的一瞬间，神情变得无比专注，仿佛身心全在钢琴内,在琴音里。

稍向前倾身,十指依次按下。

如风轻盈、如水温柔的钢琴曲潺潺而出。

他的唇畔轻扬着,眼神很深邃很温柔,像夜空一般几乎能将人吸引进去,一向冷硬的轮廓变得柔和而迷人,犹如镀了层宁静的光。

全然不一样的陆一宸。

卫星的目光移不开,呼吸有点紧张。

陆一宸弹的是一首高难度的世界抒情名曲,很多人弹,却很少有人能弹得好。它需要极为精准的分寸,极为严密的指法控制,极为柔和的感情,来演绎极为均匀的音流和透明清澈的音质,从而达到一种极为典雅的意趣。

他弹得很好,几乎找不到瑕疵。卫星跟着何修远学过一两次钢琴,知道控制一种均匀中有起伏的音流,同时用音流勾勒出连绵的画面有多么不容易。

这种程度,就连何修远也做不到。

曲子很美,台下的同学们全都怔住了,听得入迷。

但卫星很难全身心沉浸其中,因为陆一宸的弹琴指法很是奇怪,吸引了她的注意力。

他弹琴的动作在变化,一会儿用指腹,一会儿用指尖。

卫星不由盯着他的手看,跟着节奏,默打着拍子,循环往复,像是故意做给她看的一般。

真是奇怪。

白家豪宅中,陆一宸以一支高难度的钢琴奏鸣曲赢得全班同学经久不散的掌声。以前高二(1)班的同学是慑于他那双快狠准的拳头,现在则是心服口服。

自从转入六中以来,陆一宸给大家的印象在不断刷新,就像洋葱一样,剥了一层还有一层,让人摸不清他的底细。

他到底是谁？

陆一宸，还是陆宸天？

曾经是怎样的一个人？

阳光开朗的，明媚温和的，还是严肃冷硬的？

又经历过哪些起伏的往事？

一个天才却甘愿跌在尘埃中任人践踏，一个能做超级好学生的人如今却是全校有名的问题学生，上课从来不听，试卷从来不做，经常旷课，抽烟又打架。

他还有一位莫须有的漂亮"女朋友"。

关心她，照顾她，却从来不表白，不送多值钱的礼物，不与她走得过近，表现得像只是关系不错的男女同学。

她在前方光彩夺目，他则在背后远远地注视着她。

陆大公子这是一心当备胎的节奏？

真是个奇怪的人。

关于陆一宸，高二（1）班私下里议论许久，却终究没议论出什么结果。

毕竟B市与C市距离颇远，陆一宸在B市时究竟是何等模样，C市的同学难以打听清楚。而且B市只有陆宸天，并没有陆一宸。

大家一度对他是否真的来自B市也持怀疑态度。

从白家回校之后，陆老大又变成了原来的样子，单手插兜，冷心冷面，沉默少言，虽然与卫星和好了，但也不见跟她多么亲近，在路上遇见偶尔打声招呼，吃饭时两人仍是分坐两处，各自吃各自的。

大佬的心思我们不懂。

转眼间又过了一个月，月考之后，照常是放两天的假。

同学们纷纷收拾东西回家。

六中校门外又堵了一长溜儿的汽车，家长们正耐着性子等孩子出来。

为了省来回的路费,卫星已有两个多月没有回家了。

她有点想家。她毕竟还是个未成年的孩子,对家有着强烈的依赖感,虽然家里没有爸爸和妈妈,虽然舅妈看她的眼神满是嫌弃,虽然表弟表姐都不跟她亲近,她还是想回去一趟,见见他们。

然而囊中羞涩却是现实,她躺在被窝里,把所有的钱掏出来数了一遍,还差十块。

十块钱,白璐掉了都不愿弯腰捡起的数目。

一班的学生个个是富二代,她当然可以向同学借。

可是她要如何还呢?

她这个月很穷,下个月仍旧很穷,根本没有余钱能腾出来。

如果不能还给人家,她怎么能开口借呢?

算了,这趟就不回去了,在学校里再多做几页习题吧。

卫星最后还是回了家。

因为放假的前一天,陆一宸找她计算代做物理作业的钱。那次出校医室时,她虽然坐地起价喊了一页五块,但不过是玩笑之语,她一直是在免费帮他做。

陆一宸说:"一页五块太贵了,市场价一页三块,因为你是批量帮我做,所以要用优惠价——一页两块。"

这段时间,她一共帮他做了一百九十七页的作业,计三百九十四块钱。

陆一宸付给她四百块钱,然后单手插兜等她找零。

宁采薇在一旁气得吐血:"陆同学,能不能大方点?你这种有钱人竟然跟一颗穷星星砍价,还等着找六块零钱,要不要脸?"

陆一宸敲了敲桌沿催道:"不要脸,只要找零。"

卫星本来不好意思收他的钱,毕竟她一直把帮他写作业当成义务,没想过跟他算工价。不过眼下见他这般计较,也懒得跟他仁义,接了四张百元钞,然后数了六枚硬币递给他。

陆一宸放入兜中,这才走了。

陆老大简直是葛朗台。

卫星学着舅妈之前的"手艺",将自己打扮得灰头土脸,跟小叫花子似的,换上一件极旧的衣服,背了破书包,这才出校门挤回家的大巴车。

她出来时,陆一宸恰在门口,见她这副模样,那张冰块脸一时没绷住,不由笑出声。

卫星瞪了他一眼。

学校距离大巴车站有点远,需要过好几条街。

陆一宸跟着她一块走过去。

卫星试图拒绝他的好意:"陆一宸,你别过去了,路挺远的,待会儿你还要再走回来。"

他慢悠悠道:"谁说我要走回来?"

"那你怎么回来?"

陆一宸指了指跟过来的灰黑色轿车:"我有专车,为什么要走路?"

富人不可恨,可恨的是他还在穷人面前赤裸裸地炫富。

陆一宸送她坐上大巴,站在刺眼的大太阳下,一直等到大巴开动。他向窗户边的她招了招手:"小星,路上小心。"

车子开向前,他们距离得越来越远。

脸贴着开出一条缝的玻璃窗,卫星向后张望,见他犹站在那里,注视着大巴车驶离的方向,像炙热阳光下的一具雕像。

这一刻,卫星鼻子骤酸,突然有点想哭。

她家距离C市颇远,又在偏僻的地方,公共大巴不到,所以她现在乘坐的是私人开的大巴车,费用比公共的要贵上一些。

下了这辆车,还需要再沿着崎岖的路走上四五千米才能到家。

她早上出发,待隐约望见村子时,已经是下午了。

走在家乡的土地上,心情不由雀跃起来,她有了小时候的调皮样子,蹦蹦跳跳地走了几步,还顺手摘下两朵红盈盈的牵牛花夹在书包的侧兜上。

乡间的空气比城里的要清新，草木香混着将熟麦子的味道，有一种别样的芬芳。

卫星轻轻地哼起唯一会唱的那首小曲：

"好一朵美丽的茉莉花

好一朵美丽的茉莉花

芬芳美丽满枝桠

又香又白人人夸

让我来将你摘下

送给别人家

茉莉花呀茉莉花

……"

因为思家心切，一路走下来倒也没觉得太累，只在途中歇了两次。

不过正值炎炎夏日，头顶的阳光有点烈，将那张白里透红的脸蛋晒成了红里透白。

卫星擦一把额头的汗，舔了舔发干的唇，很是渴了。

目测了一下路程，大约还有一千米。

她正在为自己打气时，背后传来一阵"哐当哐当"的声音，是车轮轧在坑洼不平的道路上颠出的响动。

一个络腮胡子的中年男人开着一辆三轮车赶了上来，扬起一路的尘土。

卫星回头望见来人，忙摇着手招呼："李叔叔好。"

中年男人猛刹车，在她跟前停下，擦了一下被尘土迷了大半的眼睛，笑呵呵道："哎呀，是大学生回来了。"

卫星虽然还在读高中，但村里人都知道她成绩好，早晚能考上大学，便提前用了这种亲切又有些奉承的称呼。

她纠正过几次，奈何村里人仍旧这么叫，卫星只得随他们。就像六中的学生老叫她星星姐，她纠正不过来，也只好作罢。

卫星抿唇，冲他羞涩地笑了一下。

中年男人拍了拍后面的车架子："小星，来坐上车，我载你回去。"

卫星道了谢，将书包先放到车厢里，又踩着车蹬爬上去，坐在了后面的座位上。

中年男人重新启动车子，一边"哐当哐当"地往回开，一边有一句没一句地问她话："在市里的高中读书怎么样，有没有压力？听说市高中的尖子生多，读书一个比一个有天分。"

卫星扶着来回摇动的车架子，弯着眼睛笑了一笑："还好啦，不算太有压力。市高中的尖子生是比我们这里的多一些，但也不是多了不起。"

中年男人哈哈大笑："那是，还是我们小星最有天分，次次都能考全市第一。"

尘土飞扬中，卫星跟着一阵笑。

虽然是日头大盛的时间，但田间路头已有零星的人，他们用手拨着金黄的麦子，盘算着接下来的收割计划。

一个村里，全都认识。

中年男人"哐当哐当"地开着车，一路打招呼而过。

卫星的家在村东边，中年男人家在村西边，所以他在村口停了车。卫星抱着书包爬下来，又一次道了谢。

中年男人指了指坑洼洼的一路，笑着道："小星，你要是真想谢我，就好好读书，将来有出息了把我们村里的路修一修，颠死个人了。"

卫星不敢轻易应，抿嘴又是一阵笑。

中年男人开着车"哐当哐当"地向西，卫星背上书包向东。

夏日，天热，家家都开着门通风。

门外，坐着许多闲唠嗑的村里女人，一边用扇子赶着蚊蝇，一边时不时扇两下风。有嘴快的人说一段外庄上的趣事，引得周围人一阵笑。

因为卫星从小就成绩好，又长得极漂亮，所以村里无论男女大都认得她。见她走过来，她们纷纷笑着打趣："大学生回来了。你舅舅又要到小卖部买鸡蛋了，煮好偷塞给你。"

从上高中住校起，每一次回家，舅舅都会在她离家的那个早晨偷偷塞给她一包煮好的鸡蛋。一次两次尚能瞒得过去，次数多了便不免被邻居们瞧见，成了村里人取乐子的谈资。

卫星也不好说什么，摸着脑袋笑了笑，从路中间走过去。

她的出现引出了女人们的新话题。

压低了的议论声挨着她的背嗡嗡传来，让人堵耳朵都堵不及。

"这小妮子跟她死去的妈长得真是越来越像了，一个模子刻出来似的。"

"听说城里的那位何先生上次来我们村资助，一眼就看中了她，要她到城里读书，不仅不收钱还每月给一千块。前不久，又给了他们家几万块。啧啧，卫亮可把这外甥女养对了，就是一棵摇钱树。"

"想当年卫亮他媳妇还哭闹着不让养，前几天得了钱，出门时又夸'我家小星可有本事，门门考第一，何先生很看重她，发了几万块的奖金呢。'真是猪油蒙了心，也不想一想哪个学校考试有这么多的奖金，不知道这小妮子在外面做了什么见不得人的事？"

"模样长得好，还真羡慕不来。想一想她妈妈斗大的字不识一筐，出去打工半年不到就被大官家的儿子看上了，当时是坐着军绿色的越野汽车穿着绸缎裙子回来的，可风光了呢。"

"那又怎么样？还不是被人抛弃了，怀着一个多月的肚子回家，听说天天哭，哭得眼睛都快瞎了，生生作践死了自己。"

"这丫头可比她不长命的妈有本事。你瞧瞧那眉眼，带着电跟狐媚子一样，又很会读书，勾搭城里的公子哥儿还不是顺手就来？"

"呸，当人家城里的有钱人真稀罕她？不过是像对她妈妈一样，玩过就扔了。"

卫星擦一把湿了的眼睛,背着书包不紧不慢地向前走。

她不想逃,也懒得逃。

这种流言蜚语自她懂事起就听了不下千遍,早就麻木了。

第 8 章
小星星

卫星还没走到家门口，旁边邻居正踩着梯子搭棚，从高处一眼望见，向里面的院子喊道："卫亮，你家小星从学校里回来了。"

院子里，卫亮擦一把沾着肥皂沫的手，顾不得解围裙，迎了出去："小星……"

看见舅舅的那一刻，卫星忍了许久的泪"哗"地涌出来，跑快两步，扑到他的怀里哭了："舅舅——"

这个世界上，舅舅是她最亲的人，也是最疼她的人。

卫家人丁萧条，传到卫亮这一代，就只他和妹妹卫宁两人。父母去世早，他这个当哥哥的一手把妹妹带大，当兄长又当爹妈。

谁料刚带大妹妹，妹妹便出了事，扔给他一个襁褓中的婴孩撒手去了，卫亮只得再拉扯卫星长大。

卫家基因好，男的帅气女的漂亮。

卫亮当年可是十里八村有名的大帅哥，也是依着这副好相貌才娶到媳妇。

不然以卫家穷困潦倒、家徒四壁的境况，怎么可能有姑娘愿意嫁过来？

因为家里太穷，娶亲时连一件彩礼都没抬，反而让人家姑娘陪了不少嫁妆，卫亮对媳妇心中有愧，所以处处让着她，不多计较一些事情，对卫星好也藏在私下里，尽量不让媳妇看见。

何钧来卫家那天，卫亮在地里干活，所以送卫星到六中读书一事，他是后来才知道的。

虽然卫亮舍不得，怕卫星到外面受欺负，但媳妇已经答应了人家，而且到市里读书的确比在乡下读有前途，长吁短叹一整晚便也允了这事。

家里穷得叮当响，他买不起车票送卫星，只能让她一个女孩儿自己去市里报到，心中着实挂念，不知是否一路平安。

不久后收到卫星的一封信，说她已经到了六中，一切都好。

卫亮这才将悬着的心落入肚中，回了一封信说"小星好好读书不要想家，舅舅等农闲了就去看你"。

卫星回来了，他有点出乎意料。

毕竟她拿的钱只够生活费，不够回家的路费。

卫亮等她哭得泪收了，将外甥女引到旁边，压着声音质问："小星，你从哪里来的钱？"

她支支吾吾说不出来。

卫亮瞪起眼，严厉道："坦白说，不然家法伺候。"

她只得将帮同学写作业赚到回家路费的事一五一十地说出来。

卫亮这才松了一口气："原来是写作业得来的。"他又教训道："代人写作业不好，以后别再这样了。"

卫星忙点头应下。

卫亮正要转回家中，突然想起一事，又道："上次何先生给的五万块真是期中考试奖金？"

卫星早知道舅舅会问到这个，有心理准备，所以倒没表现出异常，点了点头，按着编好的话回答："真的是期中考试的奖金。六中是有钱人读的学校，同学们家境大都很好，所以奖金设得也高。"

卫亮狐疑地看她两眼。这个外甥女一向不擅长撒谎，只要仔细观察她的表情与下意识的小动作便能辨出她话里的真假。

不过这次卫星做足了准备，所以没露出破绽。

卫亮没看出有假，终于放了心。他擦着她脸上的泪痕，轻轻地叹："丫头，有些话舅舅要你必须明白。别人有钱，那是他们祖辈父辈辛苦赚到的，不是天上掉下来的，所以不要羡慕他们，更不要想着飞上枝头变凤凰。"

"小星，穷人有穷人的骨气，要自己努力，一步步去变成真正的凤凰，而不是依赖别人的施舍。这样无论将来那个人对你是否真心，你都能踏踏实实地过下去，懂吗？"

她听得不太懂，但还是点了点头。

卫亮也看出她没真正听懂，摸了摸她的脑袋："不懂也没关系，简单地说就一句话,'要自己努力,不要攀附任何人'。"

她这一次听懂了,忙点头:"舅舅,我知道的。"

"小星,我不会让你成为第二个卫宁的。"

两人说话间,舅妈王氏已从院子里出来,面上挂了一丝罕见的笑:"小星回来了,怎么还背着书包?快放到屋里去。"

毕竟,那五万块的"奖金"对卫家而言可不是小数目,以后可能还会有,她当然要对卫星好一点儿。

卫星挤出笑,低着头喊了一声:"舅妈。"

王氏笑道:"回来得正好。明天你表姐定亲办酒席,一家人热闹热闹。"

表姐卫珍从堂屋里出来,面颊染着两朵红云,大眼睛扑闪,羞涩而兴奋。她也一改常态,亲亲热热地接过卫星的书包:"小星的房间还没收拾,今晚就跟我一起睡吧。"

卫星不过住一夜就走,王氏正不想收拾,当即道:"也行。你们姐妹俩晚上多说说话。"

卫亮因为家穷娶妻晚,差点让妹妹抢了先,两儿两女中只卫珍比卫星大半岁,才刚成年,其余三个孩子比卫星还要小。

卫珍遗传了父亲的部分好基因,身材高挑,浓眉大眼,长得也算漂亮,只是跟卫星比就差了许多火候。

对于这位寄养在自己家的表妹,卫珍一向不喜欢,因为妈妈每次说到这位表妹时都要夹着许多坏话,把卫星和卫宁一起贬得一文不值,说卫宁贱,说卫星白白吃喝他们家的。

卫珍那时年纪小,不懂事,自然妈妈说什么就是什么。

后来慢慢长大,卫珍懂了其中的利害关系,对妈妈诋毁卫星的话有了怀疑,对卫星倒没之前那么刻薄了。

何况她今天高兴,愈发看这位同龄的表妹顺眼。

卫亮夫妇在收拾院子。明天的定亲酒席就摆在这大院子里,亲戚邻居以及男方的家长等都过来，所以要提前拾掇干净。

卫星本来要帮忙，但卫珍把她强扯入屋中，眼底发着光，从枕头旁的小盒子里拿出一部崭新的手机向她展示与炫耀："小星，那个人送我的，漂不漂亮？"

那个人，自然就是将成为她未婚夫的男人。

卫珍按亮屏幕，输入解锁密码，翻到图库一栏，兴冲冲地点开里面的图片："小星，这个就是他。你看着帅不帅？"

卫星靠过头仔细打量。

这是一张在雪地里的照片，上面的男生穿一袭黑风衣，个子也高，倒是有几分帅气。

她点了点头。

卫珍两颊又红了，眼中泛出层层的秋波，将那张照片按在心口，咬唇笑两下又道："不仅长得帅，家里还很有钱呢。县城买了两套房子，开着一家大饭店，连媒人都说我是走了运才摊上他。"

"他叫朱沛望，沛公的沛，名望的望。"她张开卫星的手，在掌心划着，"是这么写的……"

卫珍跟朱沛望是相亲认识的。

对方家境比卫家好太多，媒人来说时，卫亮夫妇本没放在心上，抱着试一试的心态让两人见了一见。

谁知竟然成了，可不是乐坏王氏和卫珍？

卫亮因为妹妹的前例，对这门贫富悬殊的亲事倒没多热心，不过见女儿喜欢，也就没说什么。

卫珍挽着卫星坐在床沿，晃着修长的腿，乐得合不拢嘴，一对大眼睛里全是对未来的期待："小星，我结婚时你就给我当伴娘吧。"

表姐如此温柔如此看重她，这还是破天荒第一次。卫星受宠若惊地忙点头。

卫珍扭头看她，咬唇又是一阵笑："小星，你有喜欢的男生吗？"

迟疑一下，卫星忙摇头："没有。学校里不许谈恋爱。"
卫珍沉浸在自己的爱情世界中，又乐着道："小星，喜欢一个人真是件好神奇的事。你没有谈过恋爱，绝对想不到的。见到他时，哪怕只对上一眼，心也会怦怦直跳，每天早晨一想到他，就高兴得睡不着……"

卫星有点走神，脑海中浮现出一个高挺的身影和那张轮廓分明的脸。

卫珍说喜欢一个人，哪怕只对上一眼，心也会怦怦直跳……

卫星心上猛跳，忙摇头将他的形象甩出去，不敢再往下想。

当天晚上，卫珍和她躺在一个被窝里，拉着她絮絮叨叨说了许多话，说朱沛望，说朱沛望家里的人，说跟朱沛望的聊天与相处，说朱沛望当初被多少女孩看上……

若不是朱沛望发来微信聊天，卫珍怕是要扯着她说上一整夜的朱沛望。

这就是恋爱的滋味吗？能不厌其烦地谈一个人谈上一夜而不停顿不重复。

卫星想，如果跟人说陆一宸，她好像也能……

算了，拉被子蒙头睡觉吧。

她是学生，最该想的是学习。

想陆一宸做什么。

翌日，天还未亮。卫珍早早起来，摆开一溜儿的化妆品，对着镜子有模有样地梳妆打扮，中间还推醒卫星，让她帮忙看眉画得好不好看，口红涂得是不是艳了以及妆够不够贴合。

恋爱中的女人就是这么狂热而盲目。

卫星眉眼干涩，一边打瞌睡一边偶尔给出一两点建议。在宿舍时，她常见白璐化妆，倒也懂得一点这方面的审美。

上午十点，朱家载着活鸡、活鱼、活羊、半头猪肉、糕点、烟酒、瓜子水果等满满一车的定亲礼，开着四辆小汽车浩浩荡荡地到卫家。

卫家的亲戚邻居纷纷前来喝酒帮衬。

来的人很多，满满一院子，熙熙攘攘。

朱家开饭店，又考虑到卫家经济不宽裕，所以酒菜也是他们自己带过来的，卫家只租借了要用到的十几张圆桌子。

双方亲戚全至，对两位将订婚的新人品头论足，议论着男方多帅多富以及女方多漂亮之类的。

卫星则一直窝在厨房中，忙着烧开水、泡茶叶等，一会儿还要拎着茶壶给各桌子的客人倒茶水。

定亲仪式很简单，在媒人的主持下，男方给女方聘金，女方给男方一双手工缝制的布鞋和腰带，意味着此次仪式之后男女双方将牢牢地系在一起。

朱家有些家产且出手大方，给卫家的是当时小村庄里最高的礼金规格——八万元。八百张红钞票装在一个贴着"喜"字的红袋子中，鼓鼓的，煞是显眼。

当着一院子亲戚朋友的面，媒人说了数句祝福的话。

接下来该是双方交换礼物。

交换了礼物，这门亲事就算定下了，然后双方亲戚朋友落座吃酒。

卫星算着时间差不多了，拎着茶壶从厨房中出来，要给各个桌子倒茶水。

她走得很安静，准备绕过人群从后面桌子开始一一添上。

但太阳一出，纵使再安静低调，其万丈光芒也将为世人瞩目。

正要递去礼金的朱沛望怔住了，朱家一众跟来的亲戚也怔住了。未等儿子开口，朱家父母就先问了："老兄弟，这位也是你家女儿吗？"

卫亮心中"咯噔"一声。

有邻居抢着替他答了："这是卫家的外甥女卫星，在市里读高中，成绩全市第一名呢。"

朱家父母听得两眼发亮："老兄弟，你们这位女孩儿聘不聘？"

卫亮有些生气："她还在读书，不聘！"

朱家父母陪着笑又道:"先定下来,等晚两年再结婚也行,想读书的话我家可以供她。"

媒人听出不对:"你家?你们不就一个儿子吗,聘了卫珍还怎么聘卫星?"

朱家父母向媒人笑道:"我们老两口改主意了,想聘刚才的那女孩儿。聘金方面好商量。"

"啪"的一声,手里的布鞋和腰带坠在地上,卫珍气得吼出来:"你们怎么能这样?"她转向对面几乎成为她未婚夫的男人,"朱沛望,你说话呀,你爸妈怎么这样!你来说你要哪一个?"

朱沛望看着人群中吓得无处可躲的卫星,犹犹豫豫道:"小珍,我们当儿女的自然要孝顺,要顺着父母的意思。既是我爸妈看中了……"

不等他说完,卫珍已啐了他一口,哭着跑回屋中,将房门"砰"地关上。

好好的定亲礼却弄成这样子,卫家的亲戚邻居不由气愤。卫亮更是气得差点连桌子都掀了。

朱家父母还在跟媒人商量:"你跟卫家家长说一下,聘这二丫头,我们愿意出双倍的聘金。她想读大学也成,我家供她,大学期间结婚也一样的。"

媒人很为难:"老哥哥,哪有临场换对象的道理?"

朱家父母又道:"卫家二丫头我们夫妻俩看中了。如果他家觉得聘金少了,我们还可以再加。"

媒人连连摆手:"不是钱的问题。"

朱家一位穿得甚是光鲜的小叔走过来,将抽了一半的烟踩在地上:"一个穷酸丫头而已,能被我们朱家看中是她的福气。想要多少钱,让卫亮尽管开口。"

朱家在当地算是财大气粗的富户,不仅有钱,还人丁兴旺,张狂惯了,一眼看中卫星便认定卫星是他们的人,围着她问三问四,吓得小姑娘几乎哭出来。

卫亮气冲头顶，推开一众朱家亲戚，将卫星护在怀里，怒道："滚，我家哪个丫头都不聘。你们给我滚出去！"

朱家父母还想再商量："老兄弟，你别生气，有话咱们好好说。"

卫亮愤怒之下，抄起长凳砸出去："全部给我滚！"

朱家人没料到对方这么有骨气有脾气，被吓了一跳，只得退出院子。

朱家父母拉着媒人说："你跟他们商量商量，聘哪个不是聘？我们沛望还能配不上他家的穷丫头？"

朱家人坐上车开走了，卫家的亲戚邻居劝了几句，也相继离开。

原本喜庆满满的院子此刻只剩一地狼藉。

王氏剜向卫星的目光跟刀子一样锋利，指着她大声骂道："该死的丫头，早不回来晚不回来偏偏这周回来，是不是想搅黄小珍的好事自己嫁过去？别痴心妄想了，小珍嫁不了，你也别想嫁！该死不死的贱人，母女都是一样的贱货！"

前面几句尚能忍，最后一句实在说得重了，卫亮扬手给了王氏响亮的一巴掌："你才贱！你再骂她们一句试试？"

王氏被打懵了。

这些年，卫亮一直忍让着她，从没动过她一根手指头，如今为了卫星竟然打她！

王氏大哭，用头往丈夫身上撞去："对，我自己犯贱才嫁给你。过了这么多年的穷日子，现在轮到你打我了……"

卫星吓哭了，忙向前去拉："舅舅、舅妈，全是我不好，你们别打架。"

卫亮夫妻俩扭作一团时，卫珍打开门，满脸是泪。她抄起线筐里的一把剪刀跑向卫星，歇斯底里地喊道："卫星，是你害我的，是你害我的！"

举起剪刀，愤恨地划向她的脸。卫星疼得一声大叫，捂着脸倒了下去。

只有两天假期。

当天下午,卫星草草包扎了脸上的伤,背起书包徒步走四五千米的路坐大巴,再回学校。卫亮多给了她一百块钱,让她在城里买好点的伤药搽一搽。

卫珍当时气得发疯,下手很重。幸得卫星本能地抬胳膊挡了一下,剪刀大半划在胳膊上,这才没让事情太严重。

胳膊上一道很深的口子,脸上一道不深的口子,小村庄没有多少的医疗条件,用酒精草草消毒之后便缠上了纱布。

乡村医生说胳膊上肯定留疤,脸上多半要留疤。

卫星抬起缠着纱布的胳膊,摸了摸包着纱布的脸,没有哭。

卫亮送她到路口时却红着眼睛哭了:"小星,舅舅对不起你。"

卫星咧了咧嘴,还能笑得出来,轻轻道:"没事的舅舅,这张脸留着也是招摇。它没有了我挺高兴的,以后就能踏踏实实地读书了。"

卫亮抱住她,难过得身子都在颤抖。

卫星倒像个小大人一样安慰他:"舅舅,我从来没有想过靠这张脸飞上枝头变凤凰。妈妈的事我一直都记得,我会自己努力,不依靠那些有钱人。"

卫亮听得又哭了:"丫头……"

最引人注目的漂亮脸蛋没了,这下不用刻意掩饰也能放心地独自去坐大巴。

卫星透过沾了一层灰尘的玻璃窗向外张望,看着道旁郁郁葱葱的树木,两侧黄澄澄的无边无际的麦田,还有越来越远的小村庄。

她摸着脸上的纱布,想,这张脸毁了,不会再跟他厌恶的那个女人相像,陆一宸再见到她时,是不是会高兴一点儿呢?

她马上就能知道答案了。

因为陆一宸正单手插兜,像座雕像般一动不动地站在车站外等她,一如送她离开时。见这辆大巴车驶过来,他才仿佛梦醒一样有了动作,目光追上来,长腿迈起,人跟在大巴车的后面一同进了站。

卫星躲在最后一排，低头捂着脸，不敢下车。

如今是看脸的世界，有几个男人能真的不在乎长相？

况且这次跟上次不同，不是吃几天药就能好的过敏症状，是永久的伤疤与丑陋。

他长得那么帅，成绩又好，会跆拳道，弹得一手好钢琴，还懂许多别人不懂的知识……他这么优秀，身边就该站着一位漂亮又大方的女生，而不是又穷又土还变丑的她。

大巴车上的旅客陆续拿了行李走下去。

陆一宸等着，一个挨一个地看过去。

旅客中纷纷有人偷偷看他。

两位学生模样的女生更是交头接耳，偷看了一次又一次。个子稍高的女生捂着嘴，惊叹道："哇噻，好有型的帅哥。"

个子矮一点儿的女生推了她一把："喜欢就去要联系方式。"

高个子女生缩了缩扎着马尾的脑袋："气质太冷硬，不像好惹的角色。"

矮个子女生一阵笑："就这点出息。"

"你行你上啊。"

"我才不上。"

车上空了，就连司机都下来到对面的候客厅喝口水，歇一歇。

没有她。

陆一宸深而沉的目光轻动，探身向车里望了一望。

卫星吓得忙弯下身子，紧抱着书包，让前面的座椅将自己挡住。

她怕被他看见，屏气凝息，不敢抬头。

"小星，你在躲我吗？"一道低沉而又富有磁性的声音从头顶斜前方传来。

卫星吓了一跳。

不知何时，他已悄无声息地上车走了过来。

她抬头看他间，脸上犹渗着血色的纱布便露出来。

陆一宸怔住，怔了之后，眼底迸出愤怒的光。他倾身，忍着怒气，指尖碰了碰上面若隐若现的血色，沉声道："谁弄伤你的？"

他发怒的样子有点怕人。

卫星抬起胳膊挡住自己的脸，躲躲闪闪："没，没有谁……"

陆一宸一拳头砸上座椅扶手，怒道："说！"

卫星吓得一声叫。

陆一宸意识到自己失态，轻捶了捶脑袋："对不起，小星。我不是凶你，我情绪有点激动……"

何修远曾说，陆一宸患有严重的精神偏执症，也就是精神分裂症的一种，一旦被刺激，发作起来根本控制不住自己，易暴易怒，还会有攻击行为。

卫星想起何修远的嘱咐，不敢再触他的怒气，忙将事情轻轻地说了一遍，末了，又强笑道："没事的。你也说过长相并不重要，一张脸而已，好不好看又有什么关系？"

陆一宸紧按着椅背，手背上青筋突出，将她圈在座位上，一对眼瞳渐渐变得红通通，压抑着情绪道："不一样的，小星。我说过没有人再能伤害你，我没做到……"

卫星忙摇头："这件事跟你没关系。"

陆一宸已听不进去，那双眼睛已变成猩红，连目光都似染着血，强忍的怒气突然爆发，精神瞬间崩溃了。他一拳砸碎了玻璃窗，指间淌下殷红的血："我承诺的，我没有做到，我没有做到！"

他嘶吼一声，转身跑向前，用带血带伤的拳头砸向周围的一切东西。

卫星忙跳出座位，跟过去喊道："陆一宸——"

车里的响动声引来了司机和车站的安保人员。

他们冲上来，试图制止他。

然而陆一宸已完全失控，不断地打砸着车里的东西，甚至用拳头捶自己的脑袋，对欲制止他的司机又踢又打，不许人近他的身。

司机挨了一脚，摔倒向车外，又气又怒："遇上了一个疯子，打110报警！"

"不要打110，不要叫警察。"卫星在一片狼藉与凌乱中冲过去，将他拉扯住，"陆一宸，你醒一醒。"

唤醒一个精神处于崩溃边缘的人并非易事。

卫星未能阻止住，反而被他拖得差点摔倒。

外面的安保人员急得直喊："小姑娘，太危险了，你快离开他。"

陆一宸甩开她，又要打砸前面的车辆控制台和挡风玻璃。

他的拳头、脸上和额角都流了血，样子甚是狰狞。

不能让他再自残下去。

卫星没听外面人的劝，更不放他走，大喊一声："陆一宸！"

他的动作缓了一下。

就这么一瞬，她伸手紧紧抱住他的腰，脸贴上他心口。

时间突然停止了，世界炸裂了，天地间的一切喧嚣都消失了。唯有他，唯有她，唯有心口狂跳不已的跃动。

他有些恍惚，本能地掐住她的腰，不许她动弹。然后……

然后该做什么？

她不懂，他也不太懂。两人大睁眼睛，望向对方，一个目光低沉而迷茫，一个目光高仰而纯粹。

这个场面并未持续太久。

陆一宸精神松下来，力气早已透支，眼睛一闭，晕倒在了她身上。

他个子高，骨架大，身子很重。

卫星被他压得坐入一旁的座位。

茫茫然。

安保人员走上来将人抬出去时，卫星仍发着呆，脑中闪着星星点点的白光,将思维切割得零碎,串不成一条线。

她抬手摸向自己的脸颊,犹自烫得像发高烧一样。

心,狂跳。

天呐,天呐,她做了什么?

卫星将滚烫的脸埋在手掌中,久久不敢抬头。

"小姑娘,你朋友要被送医院了,你不跟着?"安保大叔拍了拍前车门,吼着嗓子喊。

卫星这才回神,红着脸抓起书包,忙不迭下车追过去。

人还没送到医院,何钧那边便已得知消息,匆匆赶过来。安顿好陆一宸的事情,何钧转眼看见胳膊和脸上缠着纱布的卫星:"丫头,你这是怎么了?"

卫星正犹豫着要如何解释。

何钧没等着她回答,招手叫住一位白衣天使:"护士小姐,我家丫头被伤到了,有劳你带她去看一看。"

护士应了一声,把卫星带到一位白大褂医生面前,简单说几句之后,又特意加了一点:"这位是何家的姑娘。"

本来正在低头看病历本的医生立刻抬起头,脸上一瞬间堆满笑容,热情地招呼:"小姑娘,坐过来我给你瞧一瞧。"

纱布解下,胳膊上一道皮肉翻开的伤口露出来,深且长,颇为骇人。脸上的伤口也不轻。

医生用镊子小心地取下已被血水染透的纱布,直皱眉头:"这处理也太草率了,消毒都没做好就包纱布上去。女孩子的形象那么重要,万一留了疤,岂不是被耽搁一辈子?"

卫星坐在凳子上,双手按在膝头,忍着疼问:"医生,会留疤是吗?"

医生笑了笑:"如果按你刚才的处理,两处都肯定会留疤。不过别担心,我们医院是市里最好的医院,治这伤还不在话下。"

卫星低下眼睛咬着唇,咬出一排细密的齿痕,半晌,小声道:"医生,能不能让它留疤?"

医生虽然惊讶,但见过各种各样的病人,知道应该是有隐情,也不多问,笑着道:"小姑娘,你可想好了。你是女孩子,要是留了疤对你以后影响很大,尤其是找老公嫁人。别为了一时置气,就把这么漂亮的脸蛋给弄没了。"

卫星沉默许久,仿佛下定决心一般抬起头:"医生,让脸上的那道伤留疤,算我求你。"

医生道:"要不要再考虑一下?"

"不用,我考虑过了。"

"那……随你吧。"

重新处理一遍伤口,又缠上纱布,卫星道了谢,转回病房探望陆一宸。

之前是她躺在病床上,他守着她。

如今角色调换,他躺在病床上,她要来守着他。

中间,何钧来过一趟,询问陆一宸当时病情发作的情况,还有起因。

卫星怕耽误治疗,不敢隐瞒,吞吞吐吐地将事情经过全部说了出来。

何钧也没多过问,叹了口气:"这孩子从小就这样,往好听里说是专注执着,往难听里说就是固执一根筋。丫头,你再守一会儿,我还有些情况需要向医生了解。"

傍晚时刻,陆一宸醒了过来。

卫星坐在床边椅子上,低着头不敢看他。脸颊上的滚烫感尚未完全消失,一想到当时的亲密情景,她就不由一颗心要从胸腔跳出来。

她从没想过自己能如此大胆。若让舅舅知道,她肯定少不了挨一顿打。

他已经醒了,她一直低头坐着也不是办法。于是起身,局促着道:"陆一宸,你要不要喝点水?"

"要。"

她只是找个话题搭讪,不用答应得这么干脆吧。

他的两只手都受了伤,缠着绷带。

她只能喂他喝水。

卫星端着盛水的纸杯,还未挨近,脸就先红了,停在床畔,看他一眼,又看他一眼,小声问:"你,你能自己喝吧。"

陆一宸没回答,只垂下眼睛,望向自己缠着绷带的双手。

卫星调高病床前头,让他半靠着坐起,低着头将水杯慢慢送到他唇边。

他的唇很薄,淡粉色,跟面部轮廓一样的犀利冷硬,如同刀削出一般。唇瓣轻动,他咬着纸杯吸了两口水。

卫星不经意间瞥见,许多念想、回想顿起,刚放下的一颗心,不由又跳跃如小鹿了。心跳得太厉害,胸口有点疼,卫星不敢再放任自己胡思乱想。她觉得要说点什么,要解释点什么。

当时情况紧急,她慌乱之下失态,所以才做了逾矩的举动。

对,就这么说。

这个解释合情又合理。

我只是碰了一下你,还是为了制止你发病时伤害到自己,别的什么都没做,我向你道歉,希望你不要多想。

对,就这么说。

他一定能理解。

我们以后还是同学,是好朋友。

态度恳切一点。

他一定会同意。

将几段话在心里过了一遍又一遍,能熟背下来时,她才慢慢抬起头,吞吞吐吐着:"陆一宸,大巴车上的事……"

陆一宸张口,松开咬着的纸杯:"大巴车上有什么事吗?"

卫星心上猛地一跳,愣了愣:"你不记得了?"

他比她更愣:"记得什么?"

原来他不记得。说的也是,当时他正处于精神崩溃边缘,难以控制自己的行为,怕是根本不知道自己做了什么。

既然他不知道,那么事情就能当没发生过。卫星松一口气,笑了起来:"没,没什么事。"

一杯水饮尽。

她转身再去倒水时,陆一宸平静的眉眼有了动静,慢慢展开,眼梢轻挑,于冷硬中扬起一抹极浅的笑。他轻轻闭上眼睛,抿了抿唇。

这几日,何钧发现外甥变了,目光不再像往常那样冷,就算一个人独处病房也能眉梢含着一丝柔软。

何钧也是从年轻时候走过来的,谈过恋爱,隐约从外甥的神情变化与小动作中读出不寻常的意味,踱步进来,微掀眼皮看他,沉吟道:"一宸,你们是不是……"

陆一宸倒也不惧,抿了抿唇,轻轻地笑:"舅舅,我既然承诺了就不会越界线一步。"他微微垂头,眉眼里全是笑,"就是……无意中碰到了一下。"

何钧哭笑不得:"至于这么高兴?"

陆一宸跟这位舅舅一向亲近,也不多遮掩,咬着唇又笑了一下:"挺高兴的。"

何钧卷起手里的报纸,敲上他的脑袋,正要多唠叨几句。

这时,走廊上传来一阵轻轻的脚步声。

卫星这几天申请了走读,中午以及下午吃饭时间能出去。

这家医院距离学校不算远,坐公交三站路就能到,所以每天中午或下午吃了饭,她都会过来看望他。

陆一宸听出来人,忙用胳膊肘将何钧推起来:"舅舅,小星来了。你出去避一避,别打扰我们过二人世界。"

何钧气得吹胡子瞪眼,但最终还是出去了。

房门口。

卫星恰好遇见他,恭敬地打招呼:"何董好,是要出去吗?"

何钧含糊地答道:"公司有点急事需要处理。小星你来得正好,帮忙照顾下一宸。"

卫星忙答应了,让开路等何钧先走,然后她再到病房中探望陆一宸。

时值中午,正是饭点。

护士送了两份盒饭:一份陆一宸的,一份何钧的。

陆一宸伤到的是手,缠着纱布和绷带,自然拿不了筷子。

何钧不在,卫星只得坐到床沿耐心地喂他。

陆一宸心中自然无比高兴,却又怕她瞧出端倪,只得尽量绷着脸,装出全不在意的模样。

她心思浅,直白,什么想法都挂在脸上。他则不同,擅于掩藏自己的心思,将一颗心沉入深底,让她寻不着看不见。

卫星照顾着他吃完这顿饭,又倒了杯水递到他唇畔。

陆一宸叼着纸杯喝了水。

常言道,温饱思他欲。

陆公子吃饱喝足之后,便开始盯着她看,目光甚是温柔、甚是灼灼。

卫星扛不住,慢慢地低下头,小声嘟囔:"你,在看什么?"

陆一宸抬手,用缠着绷带的手轻触她胳膊和脸上的纱布:"还疼不疼?"

卫星摇了摇头。

陆一宸将她面颊旁散下来的几根头发分别向耳后,颇为苦涩:"小星,我没有保护好你,我食言了。"

卫星忙道:"跟你没关系。"

他很想将她抱入怀中,但终究将这冲动按捺下,把手从她面颊旁收回来:"小星,一定要好好的。"

"陆一宸,你也要好好的。"她将手伸出来,"我们不如拉钩吧。"

小拇指勾在一起,大拇指轻轻相碰。

卫星冲他笑了笑:"你要好起来,我也要好起来。既是拉了钩,一百年都不许变。"

陆一宸不说话,只目光更温柔了。

一百年,人生能有几个百年?这颗笨星星,可是许了他一辈子?

中午课间还算长,毕竟带着午休。

卫星因为要陪他,便在医院午休。她在床沿趴下来,迷糊着眼道:"陆一宸,我睡一会儿,十五分钟后喊我呀。"

他"嗯"了一声。

她伏在床边,伏在他身前睡过去。

陆一宸听她呼吸均匀了,一只手按在床上,一点点地挨过去,指尖触上她侧露出来的小半边面颊,唇角勾起,慢慢地笑了。

年少的爱慕,纵使只是轻轻一碰,也觉怦然心动,无限欢喜。

卫星陪了大半个午间,又坐公交回学校上课。

陆一宸闲着无事,翻了两本军事杂志之后叫来护士,让她传话给外科的陈医生,说有空过来一趟。

陈医生便是为卫星治脸上划伤的那位。

何家公子传唤,陈医生很快就过来了。

何家在C市的产业虽然铺排不算大,但占据的都是高精端领域,而且何钧的声望很高,又因为筹办了六中,接纳许多富家弟子在里面读书,C市但凡有些名头的富豪与何钧都有所来往。

某种程度上说,何家是C市的人脉中心,何家人说话极有分量。

陆一宸叫陈医生来,是要问卫星脸上和手上的伤。陆公子养病不赶时间,大大小小各方面问了许多问题。

"伤得重不重?"

"要不要缝合?"

"多久能好?"

"换药时疼得厉害吗?"

"现在多久换一次药?"

"对了,会留疤吗?"

陈医生本来正滔滔不绝地回答,听到这个问题不由一顿。

半秒不到的迟疑,陆一宸已觉察到异常,又道:"不要留疤。"

陈医生讪讪地笑着,应了声"好"。

眸光微沉,陆一宸冷着一张脸道:"贵院的医疗水准全市有目共睹,我和舅舅都信得过。脸上一道划伤而已,不至于留疤。"

陈医生笑得愈发勉强:"那是。如果这点伤都治不好,我也不用在这医院干了。"这句话算是以自己的前途做了保证。

"劳烦陈医生了。"

陈医生从病房出来,摸一把后颈,触手一片汗水。他啐了一口,对方不过是个尚未长大的孩子,气场却是十足,说话也极有分寸,压得他一个成年人几乎抬不起头。

留疤吗?

那小姑娘说要留疤,何家二公子说不要留疤。

陈医生擅于钻营取巧,早从旁人的谈话中得知卫星不过是一个跟何家有点关系的乡下丫头,不是有分量的人。

得罪一个乡下丫头,还是得罪何家公子?选择起来并不难。

三周后。

卫星到医院拆下纱布的那天,对着镜子映照,发觉那张脸非但没有留疤,反而比之前更白皙光滑有神采。

她到外科去问:"陈医生,这,这怎么回事?"

陈医生想了想,半天,憋出一句文艺的话:"大概是天生丽质难自弃。"

一张脸又长回了原来的样子,卫星隐隐生出一股对陆一宸的内疚,以后他怕是还要继续对着这张不喜欢的脸。

她摸了摸自己的脸,郁闷地想,留道疤就这么难吗?

陆一宸也在这一天拆了纱布与绷带。他体质好，恢复很快，其实早就愈合了，只是不舍得放弃能与她独处的机会，硬是拖到现在才出院。

班里的同学受伤住院，按理说高二（1）班的学生们应该有所表示，过来慰问探望，在他出院时象征性地接一接以及喊两句"欢迎回校"，等等。

毕竟，市医院距离六中并不远。

然而一班同学全都装聋作哑，像压根不知道有这回事一样。

卫星只得每天一个人探望，一个人接他出院。

何钧见她过来，又抛下一句"公司有点急事我得马上回去，小星你来得正好……"

她好像每次都来得正好，有些出院手续需要本人或家属签字。

卫星是同学，自然不能代劳，便在楼下等着。

夏季日头盛，晒得很热。卫星拎着一包陆一宸的东西，移到树下的阴凉处等候。挪过去后，才发现水杉树旁倚着一个很帅气但有点痞里痞气的男生。

他穿的是宽松乞丐裤和绿格子T恤，跟水杉树差不多的颜色。

卫星正一心等着陆一宸，没有注意到他。

男生夹着快燃到尽头的烟，见她过来，便将烟头丢在地上，用脚踩熄了，双臂抱胸，笑哈哈地道："美女，我赌赢了。"

卫星莫名其妙："什么赌赢了？"

男生指了指地上的烟头："我赌你在我抽完这支烟之前，会走过来乘凉，可不是赌赢了？"

让人难以理解的搭讪方式。

卫星没有理他，拎着包向陆一宸所在的办事厅张望。

男生痞痞地笑着又搭讪："美女，是等男朋友出院吗？"

卫星对他很没有好感，往旁边挪了一挪，说话也带了刺："你怎么知道我不是在等我家亲戚？"

男生又是哈哈地笑："你提着的是KC男式学生款双肩包，适用于

16 至 20 岁的学生；左边的拉链没拉全，露出的是男式深蓝色衬衫领子；网状侧兜装的是 SL 青春款保温杯，300 元一个；外兜鼓得很平整，而且有四角，装的大约是书本。所以，你等的应该是一个正在读高中的家境很富裕的男同学。

"美女你穿的是校服，脸上很素净，没什么打扮，扎头发的皮筋很廉价，地摊上一块钱能买一打。所以你们肯定来自两个不同的家庭。

"这么大热天，你拎着书包等了好一会儿才想起来往树荫下躲，可见你对他很关心，一时没想到顾自己。

"这个年龄段，能让一个女生这么在意的男生，八成是她男朋友。"

卫星惊住了。

她实在没想到一个混混般的男生能有这么毒辣的眼光，虽然最终结果有所偏差。

男生依旧是双臂抱胸，痞痞地笑着："美女，有兴趣认识一下吗？"不等卫星回话，他又道："我叫卓小利，卓越的卓，蝇头小利的小利，A 大附中高二年级学生，微信号是名字的汉语拼音首字母 zxl×23，手机号码是 151×××6589。"

卓小利踢了一下地上的烟头："美女，我都介绍了这么多，来而不往非礼也，你也留个联系方式可好？"

卫星没说话。

卓小利又道："说一说是哪个中学的总没问题吧。"

卫星只得道："六中的。"

"高几？看着你很像高一学生。"

"……是高二。"

"几班？你是七班的吗？听说七班是重点班，一本上线率百分之百，前二十名全能考入名牌大学。"

卫星有意为自己班级争一口气："我不是七班的，我是一班的。"这话刚说完，她恍然发觉自己的信息已被对方套了个底朝天。

卓小利亦知她觉察到上当，不由哈哈大笑。

卫星气得拎包就要从这片阴凉地出去。

这时，陆一宸已办好手续，从办事厅中走出来，左右一扫便看见水杉树下的卫星，以及笑声尚未落尽的那个痞里痞气的男生。

陆一宸的脚步顿住了，目光也顿住了，顿在那个男生身上。

卓小利追着卫星的视线，也看到出来的人，目光同样顿住，半晌，嚷出声："我的天，是陆宸天！"

陆一宸脚步只顿了一下，目光也只顿了一顿，便从卓小利身上移开。他走过来，接了卫星手中的书包，单手甩在肩上："小星，走了。"

卓小利回过神，快走两步到前面，倒退着跟他们搭话："陆宸天，原来你转到了C市。我说怎么打听不到你的消息。"

陆一宸没搭理。

卓小利斜眼看了看卫星："这位是……？我懂了，长得不赖啊。"

陆一宸仍是没理。

卓小利又道："小雅如果知道你和别的女生交好，一定很伤心。她可是一直对你念念不忘，到处打听你的消息，有次还跑到你家去问，在外面等了大半天，结果连门也没进去，路上给我打电话哭得稀里哗啦……"

陆一宸脚步停下来，冷漠道："这位同学，我不认识你，请你走开。"

细长的眉毛一挑，卓小利嚷了起来："我的天，陆宸天你够能耐啊。就算我们关系再不好，那也是三年同班同学，你竟翻脸不认人？"

陆一宸一张脸冷得几乎结冰，转身要从旁边的侧门出去。

卓小利跟上去，两手一拍，嘻嘻哈哈地笑："我知道了，你是怕我抖出之前的事惹这位女生不高兴。你不想我说，我就偏要说。小美女，我给你说陆宸天在B市读初中时和一个女生很要好，叫孙和雅，长得可漂亮了，是文渊中学的校花，他们当众……"

他的话没有说下去。

因为陆一宸飞起一脚将他踹得翻了两个跟头。

陆公子的专车早等在外面。

西装革履的司机见他们出来,早就打开了车门。

陆一宸攥上她的手腕,大踏步走到车前,将她按入车中,自己也紧跟着坐过来,冷道:"开车。"

司机见气氛不对,不敢怠慢,立刻发动车子开出去。

卓小利爬起来,追着跑了一小段路,喘着气大声骂道:"陆宸天,你这个浑蛋敢踹我,你等着吧……"

车子飞快地驶离,他的声音听不到了。

两人沉默地坐在后排座位上。

半晌,陆一宸按上额头,低且沙哑道:"小星,不是他说的那样。"

卫星心口闷闷的,但仍挤出一丝笑:"其实……没关系的。"他们只是同学而已,他是否曾经对其他女生很好,跟她有什么关系呢?

沉默,长久的沉默。

六中距离市医院不远,又是大中午,道路畅通,开车片刻便到了。

车子停在六中门口。

以往两人同坐一辆车时,陆一宸都会先下车,然后很绅士地绕到她的一侧打开车门,再一手按着车门上方免得她不小心碰到头,一手递向车内让她扶着下车。

这一番动作很熟练。

卫星现在有点明白过来,应该是之前为另一个女生做过多次,所以才能这么自然而流畅,心口愈发闷了,这一次她没等他,自己动手推开车门,走了下去。

陆一宸连书包都没拿,从车子另一侧转来,大踏步跟上:"小星……"

卫星没有回头:"没关系的,真的……没什么关系。"说着,竟一路小跑回了学校。

陆一宸停在门口,望着她跑入宿舍楼再看不见。

他倚上门卫室外侧的墙,只觉心烦气躁,从兜里掏了支烟点上,狠狠抽了两口,垂着眼睑,眼底又浮现出浓重的阴影。

司机拎了他的书包送过来,陆一宸也不接,只一口一口地抽烟。

司机叹了口气:"大公子,女孩子心眼小,你多哄两句,跟她解释一下。"

额发散下来,遮了半边脸部轮廓,陆一宸目光垂地,掩在阴影中:"怎么解释?"

"就说没有啊,不是真的。"

"如果是真的呢?"

司机不再多说,将他的书包放在旁边的石阶上,拍了拍他的肩膀,半晌憋出一句:"想开点儿。"

尚是午休时间。

宁采薇三人各自在床上午睡。

以往,卫星是不回宿舍的,她学习向来努力,午休时间也在看书做题,困了就趴在课桌上眯一会儿。

打开宿舍门,脱了鞋袜和外套躺上床,侧身面对着墙闭了眼睛。

一颗心闷闷地疼。

泪水从闭着的眼睛缝中渗出来,流了满脸,她怕室友觉察,拉被子蒙上头吞着声音哭。

为什么要哭?

她也不知道,就是很想哭,想大哭一场。

一想到他为她做过的那些事也曾经为别的女生做过,卫星就忍不住要哭,就想再也不理他了。

陆一宸……是谁?

她其实对他一点都不了解。

是好学生,还是坏学生?是天才,还是吊车尾?是只对她一人温柔,还是对其他女生也同样温柔？

她真的一点都不知道。

如果不是今天恰好碰到他之前的同学，那么他是不是打算将那些事情一直瞒着她？

可是，她又以什么立场责备他呢？

他们只是关系好一点的同学而已，他没有义务向她坦白过去。

卫星一边哭，一边又觉得自己哭得毫无理由。

她早该想到的。

他之前那么优秀，家境又好，怎么可能没有女孩子喜欢，怎么可能一直是一个人呢？

纵使他现在成绩不好了，门门考零分，不是还有许多女生赶着给他写情书，堵在食堂向他表白？

他现在是一个人，因为他沉默了，不愿说话，不愿与人交往。

然而之前他不是这种性格，B市报纸报道中，还有那本相册中，他都是阳光开朗的，是爱笑的。

陆一宸笑起来有多么好看，多么迷人，别人或许不知道，她却是亲眼见过的。

一颗心仿佛被捏来捏去，捏得生疼，卫星咬唇强忍，蒙着头断断续续地哭。

午休时间毕竟有限。

不多时，闹铃响了，该起床回教室了。

宁采薇等人下了床，见卫星竟然回了宿舍，不由小小吃了一惊。宁采薇是个神经大条的，走过来轻轻推她："小星，起床啦，该回教室上课了。"

满脸是泪，卫星不敢抬头，闷闷地应了一声。

其他三人穿好衣裳，扎起头发将出门，见卫星还是蒙头捂在被子中。

宁采薇怕她迟到，抬手便要掀她的被子。

季茵茵拦下了她:"走了走了。"

宁采薇还没抗议出口,便被推搡出门。

白璐紧接着一脚踢上宿舍门,将两人关在门外。

宁采薇在门外喊了一声"别迟到",只得跟着季茵茵一起下楼。

卫星以为三人都走了,慢慢掀开被子,挂着满脸的泪坐起来,抬头间却见白璐倚着宿舍门,正一脸冷淡地看着她。

她下意识地要蒙头躲起来,却又慢慢地将拉起的被子放下。

反正都被看见了,再掩盖有意义吗?

卫星也不多解释,木着一张脸,趿拉着拖鞋到洗手间洗脸。

白璐等在外面,蹙了蹙精致的眉:"跟陆一宸闹别扭了?"

乍听到这个名字,一腔怒气倏然发作,卫星忽地提高声音:"跟他有什么关系,不要提他。"

白璐动了动唇角,似乎想笑,但又忍住了:"洗脸吧,待会儿一起回教室上课。"

脸上的泪痕可以洗掉,但眼睛的红肿却难以消除。

卫星对着镜子,按了又按,却毫无效果。她很郁闷,她才不要让他看见她哭肿的双眼,她才不会为他哭。

白璐见此,走回自己的位子,用毛巾包了冰袋拿来,覆上她的眼睛:"等五分钟就能消了。"

卫星接过来捂着,闷着声音道:"谢谢你。"

白璐在床沿坐下,双手扣起放在膝头,淡淡道:"有什么事别憋在心里,说出来大家也能帮忙出一出主意。"

卫星嘴硬:"我没事。"

没事能哭成这样?白璐忍不住又想笑,半响,揣测着个中缘由,说了一句:"陆一宸还是不错的。"

卫星气得跺脚:"不要提他!"

白璐不再多说,小情侣闹别扭常有的事,过几天将这页翻过去,两人又能和好了。只是不知陆一宸哪里惹到卫星了，让这只小乖猫也炸了毛。

敷完眼睛，卫星拿下冰袋，换了衣服准备回教室上课。

卫星很生气，连带着对他的手机也生了气，从兜里掏出来，直接扔到床上。又觉得扔得不够远，索性打开衣橱，扔到最里面，接着"砰"地关门。

白璐在一旁围观得直笑。

卫星转眼见她闷笑模样，愈发气愤："我跟他绝交了，再也不要跟他说话。以后你们都别在我面前提他。"

白璐尽量板起脸："他怎么惹到你了？"

"他没有惹到我，我就是看他不顺眼。"

"够任性，我支持你。"

男神和女神又掰了。

现在，围观男女神的恋情进展已成为高二（1）班全体同学的共同爱好，看他们分分合合闹别扭，只觉得比自己谈恋爱还要刺激。

每当学习累了，做题做得头疼了，同学们就三三五五聚在一起，窃窃地八卦起陆男神和卫女神的那点儿事。

这次与以往诸次皆不相同，是女神果断甩了男神。女神再不向后看一眼，而且一边做作业，一边还能在男神经过时伸脚绊他。

有次男神走得不太留心，竟真的被绊倒了。"扑通"一声摔在地上，胳膊肘都擦伤了。

不仅如此，女神还趁替他做作业之机，将他的物理作业做得十个错了九个。

严厉的郑老头便将男神叫到办公室，不留情面地批评一顿："找代做都找不到业务熟练的，你还能有什么出息？"

男神心里苦，但是男神不能说。

又是一节物理课。

郑老头按着讲桌上的一沓周测卷子，板着一张脸道："陆一宸，你的卷子为什么没交？"

陆老大虽然门门挂零门门白卷，但卷子每次都会按时交。

陆一宸站起来回答："老师，我的卷子交了。"

上周四测试，物理课代表收的卷子。

于是，郑老头转向卫星："周四测试，陆一宸的卷子交了吗？"

"没有。"

未等郑老头出声训斥，陆一宸已拉开椅子，叹息般道："老师，我没交卷子还撒谎，我自己站出去。"

经过卫星座位时，他脚步顿了一顿，转眼看她。

卫星做了亏心事，多少有些忐忑，但转念想起他曾对其他女生也像对她一样好，立刻将这点忐忑扔到九霄云外，抬起头瞪他。

郑老头早等得不耐烦："看什么看，出去。"

高二（1）班的同学们乐得瞧热闹，于是陆老大继物理测试卷没交还撒谎之后，又依次出现了语文测试卷没交还撒谎，数学测试卷没交还撒谎，化学测试卷没交还撒谎……到了最后，陆老大索性不再反抗。

生物老师："陆一宸，你上周的测试卷为什么不交？"

陆一宸按着桌子站起来："我有错，我自己出去。"

生物老师一愣，倒是没想到他会这样。生物老师是个和蔼的中年女教师，见对方认错态度良好，不打算过多追究："算了，别出去了，在位子上站一会儿就行。"

这时，卫星站了起来："老师，他会挡到最后一排的同学看白板。"

最后一排从不看白板的赵慕等人顿时诧异不已。

赵慕作为陆一宸的第一小弟，私下里提醒他："宸哥，我摸着良心给你一句忠告，趁还没有表白，赶快换个星星姐吧。之前是兄弟我眼瞎，以为这是个能随意拿捏的小绵羊，现在才知道星星姐她厉害着呢。将来结了婚，宸哥你就算练到黑带九段，也不一定镇得住她。"

陆一宸垂着眼睛，不说话。

张铭凑过去："慕哥你这话提醒得太晚了。有句话怎么说的来着，上了贼船还想下来吗？这时让宸哥换星星姐，信不信现在的星星姐能整死宸哥。"

这种情况持续了三天。

三天之后，卫星消停了。

熄灯之后，宿舍四人卧谈。季茵茵抿着嘴儿笑："小星，不整他了？明天我们还可以匿名举报他抄作业，让各科老师再对他批评一遍。"

宁采薇道："对对，还可以举报他抽烟打架，私下里拉帮结派，败坏六中的学风，必须得处分。"

白璐半倚在床头，玩着手机漫不经心道："不如周末趁他出门时，找两个社会混混堵他。然后我们打110，说他们斗殴打群架，让警察把他抓到局子里教育一周。"

卫星趴在床头，单手托腮，闷了好一会儿方道："算了，感觉也没什么意思。他只是不跟我计较罢了，我知道的。"

宁采薇探出头："话说我们为什么要整他？"

卫星捂心口："你们不知道原因还跟着出主意？"

季茵茵掩口笑："痛打落水狗嘛。"

白璐扔开手机："小星，你来说说为什么。"

卫星想了想，正色道："整他还需要理由吗？"

这跟你上一句说的好像不一样。

四人翻身躺好，又各自想了一会儿。

宁采薇没憋住，第一个开口："到底还整不整？能让班级大佬抬不起头，见了我们就想绕道走，这感觉还真有点爽。"

卫星拉被子蒙头："别爽啦，快点睡。我们是来学习的，大家还是把心思用在正经道上吧。"

季茵茵笑："其实他表现还算可以，被整得那么惨，全程没辩解过一句。想一想人家可是两个年级都要叫敬称'宸哥'的大佬，冷起脸来跟阎王似的,如今被我们按在地上打……对了小星,你们究竟闹了什么别扭,他欺负你了?不像啊。"

更像你欺负他。

卫星在被子底下瓮声瓮气道:"没什么事,以后也不用再提他,快来睡觉。"

时间已经不早。

四人又说了几句话,相继躺好准备睡觉。

宿舍安静下来。

这时,一阵极轻的震动声传来。

"谁的手机在响?"

卫星这次第一个回答:"不是我的,我没手机了。"

宁采薇大咧咧地躺着:"我早关机了。"

白璐看一眼床头:"不是我的。"

季茵茵拿来枕边的手机,还特意点开检查了:"也不是我的。"

"声音好像是从衣橱里传来的。"

这句话提醒了卫星。两天前,她生气之下把那部黑色手机扔到了衣橱里,就再没有管过。她慌忙爬起来,打开衣橱:"抱歉,应该是我的。"

把手机从角落里翻出来。黑黢黢的夜里,屏幕显得极亮,是一个来电,上面显示"陆一宸"。她向上扫了一眼,见最上面未接来电的图标已经密密麻麻排满,不知有多少个。她怕打扰到别人,手机一向调成振动模式,又把它扔在了堆着衣服的衣橱角落,所以到现在才听到它的响动。

白璐翻身向外:"是不是陆一宸给你打电话了?接一下,听听他怎么说。"

听他说?听他说当初是怎么跟那个女生好的?卫星又是一阵气闷,按下关机键,又扔回衣橱中,关上橱门:"没什么好说的。"

重新躺上床,她似对室友解释,又似自言自语:"真的没什么好说的了。"

男生宿舍，408寝室。

夜已经深了，舍友们相继上床睡觉。

唯有陆一宸站在阳台上，拿着手机一遍遍打电话，然而等来的是清一色的女声回复："您拨打的电话无人接听，请稍后再拨。"

打到最后，甚至成了"对不起，您拨打的电话已关机"。

把手机扔在阳台的洗衣机上，他倚着护栏，从兜里掏了一盒烟，点燃，一根接一根地抽。

不知不觉间，竟将剩下的半盒烟抽空了。

他上下摸了一遍衣兜，没找到新的，于是踢了踢隔开阳台和寝室的落地窗："赵慕，你的烟借我一盒。"

老大传唤，赵慕自然不敢怠慢，摸出那包藏了许久的从老爸那里顺来的境界玉溪，下了床送过去："宸哥，您抽。"

赵慕却没有急着走，也倚着护栏站着，迟疑半晌，方问道："宸哥，你和星星姐到底是怎么回事？"他其实只是问一问，没想过陆一宸会回答，毕竟让陆老大开口说心事，比撬开保险箱还难。

然而陆一宸却回答了。他望向下面空荡安寂的校园，缓声道："之前的一些事情。"

之前？陆一宸从不主动提起之前。赵慕也曾问过几次，但每回都被陆老大一个眼神冻翻，一而再，再而三，三次之后就没有问的勇气了。

不过，今晚陆老大似乎很伤情，说不定能套出点东西。

赵慕在心里过了一番套路，小心陪着笑："之前能有什么事情让星星姐介怀？宸哥你该不是有跟其他女生很亲近过吧？"

赵慕笑得有点僵："还真有啊。"停了片晌，他又嘟嘟囔囔道："其实这也没什么，像我之前追了那么多女生，小美不是也没抱怨？"

"只是星星姐和小美不一样，而且你也没跟她说过这事。她乍一知道，心里肯定不舒服。"赵慕挠了挠头，"不过你为什么要跟她说这事？你连表白的话都没说过，没道理坦白过去。宸哥，我觉得这事不能怪你。"

陆一宸抽烟不说话。

阎王脸一样的陆老大之前竟然亲近过其他女生，看他那副不沾女色的模样还以为是个百分之一百的纯情种呢。赵慕心中起了好奇与八卦，暗暗地凑过去："宸哥，之前的星星姐长啥样？和现在的星星姐比，哪个更漂亮更有味道？"

陆一宸沉默着，沉默到赵慕以为这话白问了时，他慢慢开了口："叫孙和雅，是B市文渊中学的校花，成绩好，长得也好看。"

赵慕眼睛瞪大了，陆老大果然出手不凡，喜欢的女生都是颜值与成绩双高。

张铭和黄浩宇听得有八卦可扒，也一溜烟儿挤过来，猫着腰躲在窗帘后面偷听。

陆一宸抽了两口烟，接着道："文渊中学在B市名气很大，差不多相当于六中在C市吧，里面的能人美女很多。孙和雅是当时全校公认的校花，相貌气质都很出众，性格还特别高冷，平日都不跟男生说话的那种。当时我和班里的一位卓姓同学不对盘，明里暗里争过许多次。卓同学有点喜欢孙和雅，然而孙和雅……却给我递了情书。"

赵慕震惊了老半天，竖起大拇指："宸哥魅力已无人能敌。"

陆一宸没理他，抽了好一会儿烟，又道："女生啊，你懂的，有时挺麻烦的。"

赵慕忙点头，感同身受："对对，屁大的事在她们那里都能成惊天大事，一时没顾到就说你不考虑她的感受，一有空还得出去买买买。换了件新衣服，你说好看她说你没眼光，你说不好看她能给你一耳刮子，还不能多看其他女生，更不许跟其他漂亮女生说话……总之，一个走得近的女性朋友能顶一双随身跟着的唠叨爸妈加爷爷奶奶。"

夜幕深，夜气凉。

香烟缓缓燃着，红光一闪一闪，如同星子一般。

陆一宸两指夹烟，凭着护栏望向暗沉沉的远方，仿佛在回忆："孙和雅其实还好，不算粘人，就是有点钻牛角尖。她不知从哪里得来的消息，说我只是跟卓同学争闲气，不是真的喜欢她。她当着全班同学的面质问我是不是这样。然后……说着说着就哭了。"

"我有些懵神，冲动之下……亲近了她，让她别多想。"

赵慕猛地拍上护栏，激动道："我的天，想我赵慕追过十多个女生，还没有一次敢这样。论魄力，兄弟我只服你！"

陆一宸很是尴尬，别过脸去："不久之后，这件事被她爸妈知道了。她家家教很严，禁止早恋，她爸妈以为我们已经在一起了，于是那周就办了转学手续，送她到其他中学。"

"之后就断了联系，也没有再见过。"

陆一宸将燃尽的烟头按灭在烟灰缸中，抽了一支新的点上，叹道："事情就是这样。你说，小星会原谅我吗？"

赵慕皱眉考虑良久："那要看星星姐信不信你的解释。如果全信，或许还有商量的余地；如果只信你们亲近，事情可就难办了；如果全不相信，那……要不你重新再编个故事？"

陆一宸气得抬脚踹他："滚！"

第 9 章
分歧与冷暴力

如果一个女生肯跟你怄气，那说明她多少还有点在乎你。

如果一个女生连怄气都懒得怄了，那么你在她心目中的分量已经直线下滑。

卫星不再联合小姐妹打压陆一宸，赵慕从旁分析，这可不是好现象。

赵大爷殷勤出主意："宸哥，今天下晚自习之后，等教室人走光了，你过来跟星星姐解释吧。事情越拖越难办。"

陆一宸以手支着额头，半边脸庞笼罩在阴影中："她如果不原谅我，该怎么办？"

赵慕道："早说早了事，你不说怎么知道她原不原谅？退一万步讲，就算不原谅那也有个结果了，兄弟们再一起帮你想办法。"

陆一宸不说话了。

此时的不说话便是默许。

卫星学习用功，晚自习之后，一向是班级里最后一个离开教室的。然而这两天她却转了性情，宁愿把练习册带回宿舍做，也不多留在教室一分钟。

所以，陆一宸堵了个空。

卫星和宁采薇回寝室的路上，经过操场外时，一个穿绿格子T恤黑色哈伦裤的男生从旁边走过来，拦下了她们，痞里痞气地笑着招呼："卫星同学，好久不见啊。"

宁采薇见是个陌生的男生，有些警惕："你们认识？"

男生笑眯眯道："当然认识。卫星，你说是不是？"

卫星一阵烦闷，但也没有拆穿他："什么事？"

男生指了指人来人往的操场："到那边去说吧。我想跟你聊一聊。"

卫星抱着练习册要走："对不起，我没兴趣。"

男生不慌不忙，在后面笑嘻嘻道："你真的不想知道吗？你这样不知彼可是很危险的。万一他服软了，用花言巧语哄你，你又什么都不知道，岂不是要被他哄过去？"

卫星的脚步停下来，好一会儿，将练习册交给宁采薇："采薇，你帮我把东西先带回去。"

宁采薇虽然是粗神经，但也听出这男生话里有话："小星，你真的认识他吗？他看起来不像好学生，要不要我留下来跟你一起？"

卫星不愿将事情闹得人尽皆知，便道："我的确认识他。采薇，你放心回去吧，不会有事的。"

宁采薇走了，卫星随着他一同到了操场，冷哼道："你怎么进来的？怎么知道我叫卫星？"她对他没什么好脸色，上次水杉树下他套她信息一事，她可记得清楚呢。

卓小利一边踢踏着走，一边双手抱向脑后，嘻嘻哈哈地笑："一道校门而已，还难不倒我。至于知道你的名字，就更简单了。只要向学生打听一下，'高二（1）班极漂亮的一位女生，穿校服，有人叫她小星'，想不知道你是谁都难。"

卫星气得无话可说。

卓小利慢悠悠地走着："小星，我可以叫你小星吧。我跟陆宸天是初中同学，三年都在同一个班级，对他的过去可是了解得很。关于他的事，我可以全告诉你。"稍顿了一下，"不过呢，这些信息我不能白告诉，你要答应我一件事。"

就知道他没安什么好心。卫星道："什么事？"

"一件小事而已，肯定不让你为难。不过，现在还不能说，等你问完了我再说。"

卫星不上当："那不行，到时我如果做不到呢？"

卓小利放下手，插入兜中："如果你做不到，交易便作废，以上信息当我白送给你。"他见她露出怀疑的神色，哈哈地笑，"放心吧，我提的条件你一定能答应。这里是C六，不是A附，我再大的胆子也不敢在别人地盘上耍花招。"

卫星半信半疑，上次被他坑怕了。

卓小利又道:"再不济你还可以告诉陆宸天,让他收拾我。三个卓小利也打不过一个陆宸天。"

卫星想了想,认为他说得有些道理,而且她真的不想再面对一个未知的陆一宸,让人很没有安全感。

卓小利是个健谈的人,说起话来幽默风趣,讲起事情娓娓道来,且能夹叙夹议,还时不时掺些笑料,将人逗乐。

卫星从卓小利这里了解到陆一宸的过去,那时他还是陆宸天。

文渊中学是B市最好的公立初中,生源最好,口碑最好,同时重点高中的上线率也最高。

陆宸天和卓小利同一年进入文渊中学,同被分到了重点班,开始了两人三年的相爱相杀(卓小利语)。

为什么这样说呢?

因为卓小利成绩十分优异,但陆宸天成绩更优异。每次考试对于两人而言,都是一场没有硝烟的战争,为夺第一名争得几乎能打起来。

然而,三年来他俩一次也没有打过。

原因不外乎卓小利有自知之明。谁要和从小练功夫的陆宸天动手。

在陆卓为第一名争得头破血流之时,文渊中学的校花孙和雅则置身事外,稳坐第三把交椅。卓小利虽然拼命相争,但始终争不过陆宸天,只能坐第二把交椅。

陆宸天则三年稳坐第一。

于是,文渊中学如是合称三人:天时(陆宸天)、地利(卓小利)、人和(孙和雅)。

卓小利对这样的排位很不服气,但考试又真的考不过陆宸天,便曲线找碴儿,暗地里给陆宸天使绊子。

陆宸天又不是软柿子,用各种方式回击。

纵使去食堂吃饭这等小事,两人都要争个先后,坐座位都要争谁在前面。

关系一度势同水火。

卓小利和陆宸天争了三年，一直争到入学 A 大附中。卓小利本想继续跟他争，谁知入高中不久，陆宸天开始经常请假或缺课，接着便转校了。

没了竞争对手，卓小利一时有种难言的寂寞感，还私下里打听陆宸天的去向，但一无所获。直到那天在 C 市中心医院撞见，他才知道陆宸天转到了 C 市六中。

"我和陆宸天争了将近三年，却没有一次能赢他，心里有些倦怠，便将注意力转移了。"卓小利边走边道，"这一转移便注意到了孙和雅。校花嘛，脸蛋漂亮，个子高挑有气质，学习成绩又是女生中最好的，无可挑剔。"

"不过，孙和雅太高冷了，平时如果不是必要，从不跟男生讲一句话，也不正眼看我们。所以当时喜欢她的男生很多，却很少有人敢真正追她。"

卓小利东扯西扯扯得太多，故事讲得虽然生动，却也耗时颇多。

操场上的学生渐渐少了，到最后只剩零星几个跑夜步的。

"陆宸天又不瞎，瞧出我对孙和雅有点意思，故意给我添堵，于是先下手为强，不要脸地追了孙和雅。说起来真要跌破眼镜，孙和雅竟然也喜欢这个浑蛋。"

你真的不需要注意用词吗？

"后来两人混一块儿了，陆宸天有几次还带着孙和雅故意从我面前经过，好不耀武扬威。"卓小利摸着鼻子直笑，"那副嘴脸你是没瞧到，得意得像挖了我家祖坟一样。"

卓小利扬了扬眉："庆幸的是他也没能得意多久。孙和雅的爸妈知道这件事，很是生气，马上就办了转校手续，将她送出 B 市。接着便是为中考做准备，学习紧张起来，后来便是入学 A 附，再后来就是陆宸天突然转校。下面的事情我就不说了，你应该比我更清楚。"

操场上已空无一人，地埋灯也相继熄灭。只有昏黄的路灯仍亮着，在黑夜中照出一条通往宿舍的路。

卫星四下环顾，见操场上已空，猜着时间不早了，担心被关在宿舍外面，催道："卓同学，你要我答应你一件什么事？"

卓小利转身要离开，扬了扬手："你已经做到了。"

卫星喊道："喂，是什么事？"

卓小利背对着她，潇洒地打了个响指："听我说完这些话。"

卓小利翻墙出学校，卫星一个人从操场上回去，心口闷闷的，卓小利为什么要她听完这些话，实在想不明白。

这厢，卫星和卓小利道别时，陆一宸正从教学楼下来。他本想等教室走得只剩她一人时，跟她解释清楚。谁知下了晚自习，她却不声不响地先走了。

陆一宸没堵到人，心情低落，便靠在教室门外，一根又一根地抽烟。直到门卫提着手电筒前来检查各班级锁门情况，他才按熄了烟，在一片黑暗中踩着楼梯离开。

上次这么晚回去时，是跟她一起。

如今，只剩他一个人。

人这一辈子，运气来时踩狗屎都能踩到金子。运气背时，喝凉水都能塞到牙。

十五岁之前，他一直在走运，被各种赞美声捧得无限高。

十五岁之后，他从天才的神坛摔下来，跌在尘埃之中。

一瞬间，大大小小的报应都来了，重重地压到他肩上，不允他站起来。

小星，会原谅他吗？

他本来就配不上她，如今又被翻出这些事，更觉心中愧疚，无颜面对她。

陆一宸慢慢地往回走，经过操场时，下意识地望过去一眼。

曾经，她也陪他一圈一圈地走过。

这一望不打紧,他在沉沉夜色中认出她的身影,生怕是她出事,忙快步赶过去:"小星?"

卫星想起卓小利说过的话:"陆宸天喜欢过其他女生,还当着全班同学的面和人家表现得很亲近……",心中愈发烦闷不想理他,于是没搭话。

陆一宸试图拦下她:"小星,这件事情不是你想象的那样,你听我解释。"

卫星推开他:"不用说了,我都知道了。"

这几日,卫星吃饭时对面坐着的男生又变了,变成来六中暂读的A附学霸卓小利。

卓小利是在和她操场谈话之后的第二天入学六中的。

由班主任李老师带入高二(1)班。

上穿绿格子T恤,下着黑色哈伦裤,双手插兜,头发微蓬,很帅很痞的男生踢着步子走上讲台,清了清嗓子,用一种玩世不恭的腔调道:"我叫卓小利,桌子缺两腿儿的卓,贪图小利的小利。"

"我爷爷生病,我这当孙子的得尽点儿孝心,所以就请假过来探望。但已经是高二了嘛,马上就要高三,不能耽误学习,于是申请到六中来暂读一周。"他鞠了一躬,"很高兴认识大家,也希望大家多多指教。"

卓小利不同于陆一宸的高冷,不同于何修远的温雅,不同于周扬的细心周到,他属于痞贱话痨型,整个人散发着一股贱贱的气息(赵慕语),很能哄女孩子开心,也很能招蜂引蝶。

自从他到了一班,本班以及外班女生们到最后一排来观光的频率明显提高,毕竟能说会道能逗人笑长得帅还成绩好,这种优质男生可不多见。

虽然不一定要勾搭,但能聊上两句也是一种别样的愉悦。

一片喧嚣中,倒数第二排过道边却是生人勿近的真空地带,因为那里坐着浑身低气压的高冷陆老大。

大佬同样很帅,却没几个女生敢撩他。毕竟撩一把开了锋的锐利的刀,得先掂量掂量有没有不惧划破手的勇气。

卓小利陪其他女生唠完嗑之后,常会到卫星旁边坐一坐,跟她搭上两句话,并曲线示好。

比如,买一大包零食,分给周围女生时佯作顺便一般也分给她。

比如,替其他女生打热水时,也佯作顺手一般把她的水杯一同带去。

比如,坐在她旁边位子上,给其他学生讲解错题时,将答案先递给她过目,趁机跟她搭一句话:"小星,这道题你们六中也是这样的解法吧?"

曲线得颇为用心良苦。

卓学霸此举,虽然不知是否赢得卫星对他的好感,但确确实实揽住了一班女生的欢心,迅速升级为女生之友。

每当他流露出想坐到卫星旁边的倾向时,立刻有前排女生以各种匪夷所思的借口主动跟他调换座位。

比如,"这里电场太强,与我体内的磁场产生共鸣,必须要换一下。卓同学你方便调换吗?"

大概都被郑老头的物理洗脑了。

卓小利对卫星有点意思,每个人都能看出来。

当然,卫星除外,原因大概为:这是位……女神。

卓小利因为日常帮女生们打热水、送爱心零食以及帮做笔记等,成功地将高二(1)班同学口中原来的卫女神与陆男神的官配风向转成了卫女神和卓学霸。

毕竟陆老大那张阎王脸,以及不接地气的高冷性格很不得一众女同学的心。

赵慕将双方条件列举出来一一对比,惊然发现,陆老大几乎全是减分项,而对方全是加分项,那么陆老大减分、卓学霸加分,这么一来一回,巨大的落差立刻显现出来。

果然没有对比,就没有伤害。

就连赵慕都忍不住要站队到星星姐和卓学霸那一边,只是顾及和陆老大的男生友情,仍艰难地支持着自家老大和卫星。

陆一宸却恍如未知,仍是冷着一张脸我行我素,只说话更少了,旷课更多了,眉眼间的阴影更重了。

赵慕小心翼翼地提醒:"宸哥,你再没有危机感,星星姐就要成为别人的星星姐了。"

陆一宸剑眉一竖:"滚!"

高二(1)班的风向转了。

就连周扬都开始撮合卫星和卓小利:"卫星,新到的习题册差了十本,五本物理、三本数学、两本生物。你中午去附近那家新华书店买齐吧。"

这次的习题册还挺厚的,十本摞在一起颇重。

新华书店虽说就在附近,但也隔着两条街。

依卫星弱不禁风的小身板,买齐带回来有点难度。

不过卫星没有拒绝,也没多说什么,点点头应了。

"十本挺重的,我叫个同学跟你一起过去吧。"周扬招手向卓小利,"卓同学,你中午有时间吗?跟卫星出去一趟帮她拿练习册回来。"

卓小利自然一口答应。

午饭后,他等在校门口,不知从哪里借来一辆脚踏车,轻轻拍了拍后座:"小星,上来,我载你过去。"

卫星迟疑一下,便也坐了上去。暖风和煦、阳光明媚的午后,校门外行人的街道上,一位痞帅的格子衫男生载着一位天然不加雕饰的漂亮女生,蹬着脚踏车晃悠悠地沿街而过。

男生一怔,随即大笑起来。女生则生了气,握起拳头捶了一下,不解气,又捶了一下。男生边蹬车,边扭头笑:"小星,你这力气拿捏得不轻不重刚刚好,蛮舒服的,不如多捶几下。"

女生气得小脸涨红,啐了一口:"要点脸皮好不好?"

男生哈哈直笑:"我才不要脸皮,我只要……"

最后一个字有明显的口型却没有声音。

卫星坐在后面,被他的背挡着,自然没有看见。

从天台上俯视,他将街道上的一幕看得一清二楚。卫星没有看到,他却看到了。卓小利没有说出声的最后一个字是——"你"。

陆一宸靠着护栏,暗自寻思,当年他带着孙和雅招摇而过时,卓小利在一边看着,心上是不是也如他此刻一般疼得如针刺刀戳。

曾经他给卓小利的痛苦,如今卓小利已完完整整地还给他。陆一宸只是陆一宸,不是当初能把所有人比下去的陆宸天。地利仍是当年的地利,然而他再也不是当初那个高高在上的天时。

天,早就塌了。

物理练习册还差五本,分发到陆一宸位置时恰巧没有了。现在买回来,卫星便抱着一摞练习册,到后排及时分下去。

此时正值中午课间。

一班学生大多回宿舍午休。教室里学生寥寥。

自从跟陆一宸闹了别扭,她已不怎么到后排。分了练习册,经过陆一宸桌边时,见桌脚落着一个揉起来的纸团。

身为班委之一,要比普通同学更有责任心。卫星蹲下身,捡了纸团要扔到前面的纸篓中,不料捡起时隐约瞧见里面好像写有"星"字。

她心下好奇,将纸团打开,不由怔住。

那是一张A4稿纸,中央画着一只未完成的船舰图样,整张纸上密密麻麻写满了"星"字,有的飘逸,有的工整,有的潦草……笔迹很深,几乎要从稿纸上透出来。

是陆一宸的字迹。

卓小利分了数学和生物练习册,拖拖拉拉地回位置,见她对着一张揉皱了的纸发呆,便嘻嘻哈哈地凑过来:"看什么呢,这么认真。"

卫星忙不迭将纸揉起,扔到纸篓中:"没什么,废纸罢了。"

卓小利倒不多问，又嘻嘻哈哈地伸手："垃圾要不要倒？"

纸篓中，废纸堆积，已经要满出来。

卫星点了点头："那……麻烦了。"

卓小利拎着垃圾桶出去，待离开教室踩着楼梯往下走时，他将那纸团翻出来，单手拆开。他跟陆宸天是三年的死对头，明争暗斗不计其数，自然认得出那字迹。

扬手，将一兜废纸倒入教学楼一角的大垃圾桶中。

卓小利将纸篓扔在脚边，接着揉起那纸团抛入一堆零碎中。

夏天，蚊蝇滋生。

六中虽然很讲究环境与卫生，但一排大垃圾桶中间，各种垃圾堆在一起，气味难闻，难免会有一两只苍蝇嗡嗡地绕着。

卓小利倚着墙，在这股难闻的气味中，以及一只绿头苍蝇的飞来绕去前，摸出一支烟点了，慢慢地抽起来。

他抽烟没什么特别的意义，只是为了摆酷。

不过，对着一堆垃圾和一只绿头苍蝇，实在不知卓学霸摆得哪门子的酷。

对于陆宸天的事，卓小利这些日子打听到一点儿内情，也隐约猜到了什么。

他和陆宸天做了三年的死对头，在彼此恨得咬牙切齿之余，也生出惺惺相惜之意，两人像对手，亦像朋友。

如今，高高在上的天时掉在泥沼中，成了微不足道的挣扎在人世边缘的一粒尘埃。他这个地利，少不得有兔死狐悲之伤。

这些天他不遗余力地靠近卫星，一来是给陆宸天添堵，二来是怨他当年抢了孙和雅，心中憋着一口气要报回来。

不过事情的发展有点出乎他的掌控。

自行车上，他做了个小小的恶作剧。卫星被惊到，惯性伸手抱向他，那一刻，他胸腔中的一颗心突然跳得……很快。

这不是个好兆头。

下午时，第一堂课课间。

"卓同学，下节是数学课，我想到后排睡觉，你要不要跟我换位子？"卫星后面的一位同学见他愁眉不展，以为是卓小利因没能挨近女神而苦恼，于是自动提出要求。

卓小利抬眼看了一下前排的人，正犹豫着。

这时，他的手机铃声响了，里面传来卓家老管家慌慌张张的一句话："卓董进了急救室，少爷快到医院来。"

卓小利的脸色瞬间惨白，拎起书包就往外跑，跑得太急，在前方过道间绊倒了，惊慌之下手脚发软，爬了两次都没能爬起来。

卫星见了，忙伸手扶他。

卓小利又慌又怕："小星，我爷爷他……"

卫星猜着应该是出了事，也为他担心："你别慌，我和你一起去医院。"

C 市中心医院。

急救室外，候着一群心急火燎的人。

人老了，身体的生理机能日渐衰老，像秋风中的枯黄叶子，即使极细微的风一吹，也能让它摇摇欲坠。

卓老爷子早晨散步时不小心滑跌摔了一跤，进了急救室。卓老爷子是白手起家，年轻时候吃了不少苦，风里来雨里去，闯出一片天地时也累出一身的病。如今步入晚年，再多的钱也买不来当初的健康。

卓小利父亲承袭老爷子敢拼敢闯的精神，不断拓展新领域，进入新市场，一心扑在事业上，几乎没有时间顾及儿子。

卓小利的母亲是当仁不让的女强人，有一番自己的作为和成绩，也没有时间照顾儿子。

所以，卓小利由老爷子一手带大，和爷爷的关系格外亲厚。听说爷爷身体不适住院，他忙放下学业，请假来C市探望爷爷。

前两天，卓小利父母见老爷子病情稳定，安排好护工之后，相继回了公司与单位。谁知他们前脚刚走，后脚老爷子就进了急救室。

眼下的局面只得卓小利一个人撑着。这里是C市，不是他熟悉的B市。卓小利忙里忙外，撑得很是艰难。卫星虽然帮不上多少忙，但也不好就此撒手回校，便一路跟着他，偶尔安慰两句。不知不觉间，一上午过去，急救室的红灯仍然亮着。手术不知要进行多久，也不知最终结果如何。卓小利坐在门外的等候椅上，双手抱着头，望着膝上展开的病危通知书，一动也不动。卫星倒了杯温开水，在他面前蹲下，轻轻递过去："卓同学，喝点水吧。"

卓小利慢慢抬起头，一双眼睛通红，瞳子轻颤着。他动了动发干的唇："小星……"

卫星轻声安慰："会好起来的。"

压抑了一上午的担心与害怕突然爆发出来，卓小利伸手将她抱住，头枕在她肩窝，放声哭了。

卫星不敢动，僵硬地端着那杯水。卓小利是在一周之后离开的C市。卓老爷子的病情已稳住，不过毕竟年纪太大，仍是不乐观。卓小利父亲做主，将老爷子从家乡C市转到现在的落脚点B市，方便平时照顾。

C市中心火车站，国内人流量最大的车站。

人头攒动，熙熙攘攘。卓小利将离开，卫星扛不住对方的软磨硬泡，只得答应前去送行。卓小利拖着行李箱走向候车大厅，将过安检通道。将车票与身份证一起拿出来给检票人员，他微侧身，手按着护栏，向不远处的美丽文静女孩道："小星，有件事我要向你解释一下。"

"啊？什么事？"

"在操场上我撒了一句谎，是孙和雅喜欢陆宸天，不是陆宸天追的孙和雅。"食指和中指并起，按上额头，接着向前方轻轻一挥，做了个潇洒的巴顿式军礼，正色道："小星，对不起！"

卫星怔在那里。

卓小利冲她笑了一下，接过检票人员递回来的身份证和火车票，也顺着人流入了候车厅，转眼便不见了。

安静的车厢，干净的白纱窗，深蓝色的软式座椅。

卓小利坐入靠窗的座位，抱着书包趴在面前的小桌子上，望着越来越快飞驶向后的C市风光，眼中的玩世不恭一点点褪尽。

眼前划过那日午后的画面。

炎炎日头下，一个身着宽大校服的小巧女生，双手提着塞得鼓鼓的书包，望着前方的办事厅耐心地等待，汗意从额角渗出来，在阳光下泛着粼粼的光。

她抬手擦了一把，又擦了一把，转过了身，终于想到来旁边的树荫下避一避。

转身的一刹那。

他看清了她的相貌，白里透红的玉质面庞，五官玲珑立体，鼻挺目俏，眉若远山，气质文文静静，像一幅岁月安好的画卷。

于是，在她躲入树荫下时，他从树后转出来，将快燃到尽头的烟丢在地上，踩熄了，双臂抱胸，笑哈哈地搭讪："美女，我赌赢了。"

这一刻，A大附中痞里痞气的卓学霸抱着书包，趴在桌子上，哭得像个没长大的小孩子。

车站外。

卫星已送完人，怔了良久，准备坐公交回去。谁知转身却见陆一宸候在不远处。

陆一宸局促着，轻声叫她："小星……"

自从那次医院出来，他们开始闹别扭，已经两周多的时间没说过一句话了。卫星不知该说些什么，半晌道："你也来送人的吗？"

陆一宸更加局促："我……"

"……一起回去吧。"

公交车上人很多，格外拥挤，几乎是人贴着人。

乘车的人仍在继续往上挤。

司机半站起身，探头向车后厢，高声喊："都往后站一站，让下面的人上来。"

卫星和陆一宸随着拥挤的人流又向后挪动两步。

人太多，能有站的地方已经谢天谢地，别奢侈地想有位子坐。

卫星原本正抓着旁边的扶手，但向后挪了两步，离扶手远了，只能去够上方悬着的吊环扶手。

谁知吊环扶手也全被占了。她只得踮着脚去够最上方的横杠。她个子略矮，横杠位置却高得很，她拼命踮脚才勉强能碰到，抓得十分艰难。

车子启动，猛地向前。她没抓稳，身子惯性地倒向后，撞在了他的怀里。心上一阵跳，她忙稳住身子站直，小声说了句"对不起"，又踮起脚，伸手要够上面的横杠。

这时，一只有力的手臂伸了过来。

陆一宸在她头顶上方，轻轻道："别够了，抓着我吧。"

横杠确实太高了，以她的个子要抓住不是一般的困难。卫星只得向现实屈服，双手抓在他胳膊上稳住身子。因为是炎热的夏天，他今天穿的是短袖衬衫。这么一抓，便是她的手直接触碰到他的胳膊，连一层布料也没隔。掌心温度快速地升高，两相接触的地方仿佛有一团火，灼得人半个身子都要热起来，她不由脸红心跳。

他站得很稳，胳膊也强劲有力，横在她面前一动不动，跟扶手相差无几。但她不敢抓得太用力，只轻轻地握着。

到了下一站公交车停下，努力载上人之后，又猛地一个启动。卫星没抓牢，又撞在他怀中。前面，刚挤进来的人推搡着向后。于是她倒向后之际让出的那一丁点儿空间,立刻被旁边的人占了。

她只能靠在他怀里……不敢动弹。

他们挨得如此近,像他从后面环抱着她一样。她的脸碰着他的胸膛,甚至能感觉到里面的一颗心正在剧烈而有力地跳动着。

他的呼吸落在她头顶,温热热,酥麻麻,染得她的耳根都跟着热起来。

本来是拥挤、喧嚣而漫长的一路,然而靠在他怀中,呼吸间满是他的味道,她竟觉得这一路变得格外短暂。

想这样一直彼此挨着,到地老天荒。

走走停停许多站之后,陆续有人下车。周围没那么拥挤了,剩余空间也多了。但他没有动,她也没有动,一动不动地站着,浑身几乎僵硬。

报站声响起,下一站是六中,终究要到目的地。

车上的人已经下去许多。车厢中不拥挤了。她慢慢地,试着从他怀抱里挣开,每一寸的远离都像送别般让人不舍,却又不得不分开。

一个刹车,到站了。卫星浑身僵直,正一点点往外挪,一时没站稳,向前倾倒。

他揽在了她腰间,轻声道:"小心。"

他的声音是很好听的,低沉又含着一丝沙哑,听入耳朵有一种别样的磁性。卫星觉得心神一颤,浑身有点软。

她不知道究竟是怎么下车的,整个人都有些晕乎,仿佛被灌了迷魂汤一般。

陆一宸……

她在心底一遍遍地默念着他的名字。卫星不知道卓小利的哪一种说法是真的。不过,她已经想过了,陆一宸有没有追过孙和雅,真的重要吗?

那些过去是属于陆宸天的。他现在是陆一宸,只跟她说话、只对她温柔、只对她笑的陆一宸。两人沉默地从车站往六中走。他一向沉默寡言,她的话也不多。他们走在一起时,往往是谁也不说话,却偏偏不感觉尴尬，反而觉得很安静，很美好。仿佛商量好一般，两人都走得非常慢，隔着不远不近的距离，彼此也不看对方，一心地走路。

"叮铃铃"，一阵清脆的自行车铃响。

卫星浸在这安静中，没有抬头。

"叮铃铃、叮铃铃"……仿佛在故意引起她的注意。

卫星只得回神，循声望去。

街道另一侧，一位穿着酒红衬衫的阳光帅气男生缓慢蹬着自行车，正看着她笑："小美女，好久不见呀。"

卫星记起来了，是何修远班上的一位学长，在西食堂中见过几次，特别爱打趣她和何修远。听何修远提起他的名字，好像是叫秦誉。

后来何修远将近高考，学习紧张了，没有时间顾到她。她没再去西食堂，也就没再见过这位学长。

卫星冲他点了点头："秦学长好。"

她和陆一宸走在左边的人行道，秦誉极缓地蹬着车子，在右边的人行道上。

秦誉笑吟吟又道："小美女，你会跳舞吗？"

卫星忙摇头："不会。"

秦誉目光微微亮："那正好，我也不会。"

这有什么正好的？

秦誉又道："小美女，一个月后是高三毕业典礼，那天晚上有一场舞会，应该还没有人邀请过你吧？"

卫星一怔："啊？"

秦誉乐呵呵地笑了："这么惊讶，那就是还没人邀请喽。小美女，我邀请你那天做我的舞伴，好不好呀？"

卫星很窘迫，连忙摆手："秦学长，我不会跳舞。"

"我知道啊，正好我也不会，所以才邀请你了。"

两个不会的一起跳是要比着出洋相吗?

卫星正要再拒绝。

旁边,陆一宸开口了,眼睛望着前方,没有看任何人,淡淡道:"不会没关系,我教你。"

秦誉弯着眼睛笑起来:"那可说定了,不许放我鸽子哟。"说完扬了扬手,踩着脚踏板,一阵风般向前骑去。

卫星微微气恼,轻跺了跺脚:"陆一宸,你怎么能这样?"跳舞,她从来没有接触过,到时铁定出洋相。

陆一宸依然是目视前方慢慢走着:"人际交往用得上,早晚都要学的。"

卫星气闷中生出逆反心理:"我不要学。"

陆一宸向斜前踏出一步,转过身,挡在她面前,接着一手背向后,一手伸出,欠身致礼,做了个极为绅士的邀舞姿势,注视着她温柔一笑:"真的不学?"

卫星想,一个冷峻的人的杀手锏莫过于突然温柔,令人猝不及防,以至于稀里糊涂地答应他的要求。

就像上次他冲她一笑,她便落荒而逃,最后只能老老实实帮他做物理作业。

如今又应了他的邀请,决定学跳交谊舞,参加高三毕业典礼那天的六中盛大舞会。

跳舞……

她只在电视上见过寥寥几次,一直以为是遥不可及的美丽事物。她从没想过有天能亲自尝试,而且是跟他一起跳。

一颗心紧张得厉害。

时间尚早,天刚蒙蒙亮。六中体育馆华丽、空旷而安静的练舞房里,卫星不知道陆一宸为什么要定在早自习之前教她跳舞,她虽然没学过舞蹈，但也觉得早晨五点多爬起来练舞有点奇怪。

六中是七点开始上早自习，卫星一般是六点起床，六点二十分能到教室开始读书。喜欢赖床的同学能拖到六点五十分才起，比如宁采薇。

陆一宸说早自习前腾出一小时练舞。

那么她就要五点四十分爬起来，六点到练舞房。

六中，注重学生的德智体美劳全面发展，鼓励学生在学习之余开发兴趣爱好。所以，虽然是课业紧张的高中，但每天来练舞的人并不少，特别是晚上，偶尔还会出现人满为患的场面。

陆公子定在早上大概是想错开人流高峰期。

可是，为什么不选在早课间、中午课间呢，为啥一定要在早自习前？环顾整个练舞房，只他们两个早起的虫子好吗？

卫星匆匆赶到时，陆一宸已经单手插兜气定神闲地等在门口，见她过来，便把手提袋扔给她："去换衣服。"

六中校服实在大得离谱，练舞自然不能再穿它。

陆一宸带她去了一家装饰豪华的品牌店，挑了一件漂亮的大裙摆的连衣裙。

卫星偷偷看一眼牌子上的价格，开头数字后面跟着好几个零。她正无比惶恐间，陆一宸敲着专柜边沿说话了："好好学，别白瞎了这身裙子。"

对于这种人，她有什么好惶恐的。

买了裙子，又转去买舞蹈鞋。

要学的是交谊舞，女生穿高跟鞋更显气质。

不过，当他拎了一双十五厘米的细高跟鞋放在她脚前时，卫星只能露出一个表情——"呵呵"。

陆一宸将她按着坐下来，脱了原来的鞋子为她换上，一边调整着鞋扣，一边极为诚恳道："不是我要为难你，实在是你海拔太低了。"

你个子高你最帅，行了吧。

卫星进了更衣室，换上连衣裙和练舞鞋，慢慢推开门，一点点地挪出来。

她很紧张，以前从没有穿过这样华丽的衣裳，不知会有什么样的效果，感觉八成对不起上面的标价。

她最奢侈的衣裳就是宁采薇送她的那件荷叶袖粉色连衣裙，且只穿过一次，第二天便再不敢穿，怕同学们盯着她看。

卫星紧张兮兮地看他一眼，小声问："好看吗？"

他看着她，目光很深，却没回答。

卫星有些羞有些恼，就算穿得对不起衣裳的价格，你多少也得给点面子违心地夸一下吧。

他不说话，她只能自己照镜子。

里面是一个漂亮得简直不敢认的女孩。一袭火红的长礼服，裙摆宽大而层层叠叠，手腕处连着小披肩，飘逸而华贵，踩着金色的细高跟鞋，气质也跟着跃然而出，肌肤白里透红，眉眼文静，但眼尾微向上挑着，又有一股子魅人。

她呆了片刻，方才意识到镜子中的女孩是自己。

这样还不好看吗？他的要求该是有多高。卫星气闷，索性用十五厘米的高跟鞋踩上他的脚："陆一宸，到底好不好看？"

陆一宸终于有了反应，大踏步向前，将她迫得连退两步，接着一手撑上后面的墙壁，一手按住把杆，微微倾身，将她圈在身前。

他的目光很深，深得如明夜星空，几乎要将她整个人都吸入其中，喉头轻动几下，半晌，暗哑缓道："好看。"

练舞房，空旷而安静。

唯有突然加重加急的呼吸声，唯有胸腔中如擂鼓一般的心跳声。

他将身子又倾低一些，眼前如罩着层迷离的雾，薄唇微启，一点一点挨过来。

烫意直达到脖颈，卫星突然感到口干舌燥，下意识地闭上眼睛。

灼热的呼吸停在距她唇瓣一寸之处，终究没再向雷池靠近一步，良久，他又一点点撤身向后。

独有的男性味道远离了，压迫感减弱了。

好半天，卫星没有等到下一步的动作，不由又睁开眼。

他已站直身子，单手插兜，正含笑看着她，用一种极轻松的语调调侃："小星，你很困吗，闭眼睛做什么？"

近朱者赤，卫星在百般恼羞中，生出一丝他往日的淡定："起这么早，当然困了。"

因为她没有舞蹈基础，所以陆一宸选了最易入门的交谊舞——慢四步布鲁兹舞。这支舞步法简单，而且音乐节奏缓慢，能跳得平稳从容，很适合交谊舞入门。

很安静，没有放音乐。

他轻哼出拍子，一步一步地教她。

然而卫星学了几次之后，还是记不住舞步，一点都没记住！

能十分钟内将《逍遥游》倒背如流，能五分钟记下一大堆三角函数公式，能三分钟解出粒子衰变过程中释放的核能的卫星大学霸，用了半个小时竟然都记不住几种简单的舞步。

踩错，踩错，又踩错了……

大写的囧。

这事实若说出去，恐怕全校都不能相信。

陆一宸很有耐心，也不催，只一遍遍地舒开双臂，让她一手按上他的肩，一手搭在他的手掌中，轻哼节奏："慢—慢—快—快，退右脚、左脚、右脚、向右脚并拢；进右脚跟、左脚跟、右脚掌、脚掌并步……"

"小星，我不喊动作了，你自己试一次。"

"慢—慢—快—快，错了，踩错了，停。"

陆一宸以拳抵鼻咳了一声，忍俊不禁："小星，你之前的考试成绩都是假的吧。"

卫星羞得满脸通红，低着头不敢看他。

舞步很简单，却怎么都记不住。

因为一颗心全不在舞步上面，怎么可能记得住？

交谊舞本来就是拉近男女双方关系的一种舞蹈，动作之间颇为亲密，而且还要有眼神交汇。

他一个温柔又深情的眼神飘过来，她大脑卡壳三秒钟，连自己是谁都忘了，哪还记得住左右脚动作？

卫星羞得无地自容，却又偏偏说不得原因，只得低着头道："不学了，我不学了。"

陆一宸仍耐心十足，伸开手臂等着："小星，别灰心，再来一次。"

卫星忙摇头："我真的学不会。"

"一支舞蹈而已，有什么学不会的？"练舞房的门被推开，白公主一脸骄傲地走过来，睨了陆一宸一眼，"说不定是老师水平不行。"

陆一宸放下手臂，淡淡地问："你怎么来了？"

白公主微挑眉："打扰你们独处了？"

卫星学了半小时没有丝毫进步，正万分尴尬着，此刻见白公主过来如获救星，忙道："白璐，你跟陆一宸说说，我真的学不会，我不学了。"

白公主头微仰，像只漂亮的鹭鸟，手臂一高一平展开，接了男士的角色："来，我教你。"

陆一宸教，卫星死活学不会；白璐教，卫星听一遍练一遍也就会了。

白公主冷嘲着笑："还真是老师的水平问题。"

白璐之后，季茵茵和宁采薇也一边打呵欠，一边赶过来围观。卫女神学跳舞，听说陆一宸还专门给她买了一套高档礼服，那可得来瞧一瞧。

季茵茵两人推门进来，一眼望见练舞房中绕着场地翩翩起舞的两人，眼中困意一扫而空。

白璐一向喜欢穿白色，今天穿的也是一款白色，且是今夏最流行的

V领收腰不规则荷叶边下摆连衣裙,优雅典范。

卫星穿的是大红的礼服裙,裙摆层层叠叠,还有透视的性感小披肩,转起来摇曳生姿,妖媚迷人。

季茵茵拍手惊赞:"美美美,真般配!白公主,我支持你和小星在一起!"

杵在一旁的陆王子看得一时恍神了。

又练了十多分钟,该回教室上早自习了。卫星到更衣室换衣服,季茵茵和宁采薇两人挤在一起叽叽歪歪地咬耳朵。

白璐和陆一宸站在把杆旁等着。

陆一宸觉得要提醒点什么,手按上把杆,掌心力道重了又轻:"白璐,上次你能帮我在小星面前遮掩,我很感激。"

白公主冷漠如初:"哦。"

陆王子斟酌着言语:"虽说我和她不太合适,但你们……好像……更不……合适。"

白公主抬起头,用一种极为奇怪的目光望着他:"所以呢?"

"所以,适可……而止……比较……好。"

白公主万年不变的冷漠假脸轻度崩裂:"陆公子,你有一位漂亮又温柔、成绩还优异的女生喜欢你,是不是就把全世界的人都当成了情敌?"

早自习前一小时到体育馆练交谊舞成了卫星最近的日常。

前半小时,由陆一宸来教;后半小时,由白璐来教;最后十分钟,宁采薇和季茵茵前来围观和各种起哄。

卫星天资不笨,学了一周之后也大有成效,不仅练了慢四,还练了慢三与快三。

当然,这主要归功于白公主的教导。因为陆王子教的前半小时,卫星几乎没有过进步,简直是做无用功。

不过,卫星还是坚持五点多起床,六点准时到练舞房。陆王子每次都比她提前到,气定神闲地在门口等着她。

卫星到更衣室换了衣服和鞋子出来。

陆一宸目光微微亮,接着左手向前伸出,右手背向后,上身微弯,做了一个绅士的邀舞动作,轻眨一下眼睛:"这位美人,不知在下能否有幸邀你共舞?"

卫星"噗"地笑出来:"陆公子,太装会被雷劈的。"虽然嘴上调侃着,但手还是轻轻放在了他的掌心。

学了一周,她已能将一支舞蹈完整地跳下来。陆一宸打开手机,播放了一首轻音乐。右手轻放在他掌心,左手轻攀着他的肩头,卫星跟着音乐,跟着他的节奏,轻而缓地踏起舞步。

练舞房,空旷而安静,只有他和她两人。不得不承认,陆王子将这练舞时间点选得甚是恰当,早起的虫子能独处。虽然已这样练了一周,但被他握着手,轻扶着肩后时,卫星仍忍不住面红耳赤,心跳加速。

常步,旁步,转步……

揣着一颗跳如雷的心,踩着十五厘米的高跟鞋,做转步动作有些勉强,她没站稳,足下一滑便要跌跤。陆一宸反应极快,右手及时按向她的腰际,轻轻一揽将她拥入怀中。

轻而缓的音乐仍在继续。他没动,她也没动,就着刚才的舞姿靠着,聆听着双方"扑通扑通"的心跳声。他没说话,她也没说话,轻轻挨着彼此,都不愿打破此刻的安静与默契。

少女的小心思,是不难懂的。

白璐过来时正撞见这一幕,眉目动了一动,便没有推门进去。

一小段时间后,宁采薇和季茵茵也来了,眼见这喜大普奔的一幕,喜滋滋地掏出手机,"咔咔咔"连拍了数张。

手机自带音效,拍照前忘了关。练舞房中的两人如梦初醒一般,忙松开对方。

白公主有意解围,推开门进去:"小星,我们连起来练一遍。"

陆一宸让卫星答应秦誉的邀请十分正确。

因为此后不久,何修远有次在楼下遇见她,也提出了同样的要求:"小星,一个月之后是高三毕业典礼,那天晚上有一场舞会,我能邀请你做我的舞伴吗?"

卫星不敢看他的眼睛,小声道:"何学长,秦誉学长上周邀请过我了。所以,很抱歉。"

何修远不再强求,仍是和煦地笑了一笑:"那个秦誉,搞什么鬼。"稍顿一下,又道,"小星,你应该还不会跳吧,要不要我抽时间教你?"

卫星更加小声:"谢谢何学长,不过不用了,陆一宸和白璐有在教我。"

何修远眼中的笑意更浓了,轻吟吟道:"我这个表弟呀,就是想得周到。小星好好学,那场舞会如果能跳得出彩,以后可大有用处的。"

卫星忙摆手:"我只学了点皮毛而已,能不惹人笑话就谢天谢地了。"

何修远笑道:"一点皮毛就足够了,有秦誉带你,想不跳得出彩都难。"

卫星一怔,接着摇头:"秦学长说他也不会的,所以才邀请了我。"

何修远笑得眼睛都要眯起来:"小星,秦誉是上一届C市校园舞蹈大赛的冠军。"

"C市校园舞蹈大赛?"卫星眼睛瞪得大大的。

宁采薇终于能插上话,她开始得意地科普起来:"C市校园舞蹈大赛两年举办一次,C市三十多所高中都有参加,在全市影响挺大的。每届校园舞蹈大赛举行时,市里各家媒体还会跟踪报道。各所学校也很看重,对外输出学校形象嘛,有利于学校后期的招生工作。"

卫星听得一愣一愣的,在她的认识里,高中活动只有学科竞赛之类的,没想到市高中竟然还有这种花样。

宁采薇顿了顿,又道:"说起来这一届的校园舞蹈大赛差不多该举行了。"

卫星惊讶："怎么到现在还没有一点风声？"

宁采薇有些得意有些骄傲："六中学生不太关注啦。每届前三名全是我校包揽，看与不看一样的结果。"

卫星吐了吐舌头："六中有这么强？"

宁采薇笑道："比这还要强呢。小星你别老学习，有时也该关注一下校园新闻。最近听说何董要在东边再建一个校区，招普高生。市其他重点高中可给吓着了，说什么六中垄断，仗着财大气粗抢优秀生源。"

卫星想了想，摇着头："这样不大好吧。"

"哼，谁怕他们。达·芬奇不是说过吗？优胜劣汰，适者生存。"

"是达尔文。"

C市校园舞蹈大赛也在一个月之后举办，有初赛、预赛和决赛三环节，结果出炉时正赶着中考报名，所以校园舞蹈大赛的结果在一定程度上会影响学生和家长的志愿填报。

此次比试，每所高中都不敢怠慢。

提起校园舞蹈大赛，能有这么大的名声和影响力，追根溯源还是由六中带起来的呢。

当年六中创办之时，因为被市里的公立重点高中死死压着，迟迟打不响本校名气，招不到优秀的生源。

何钧便想了个法子，赞助当时名气寥寥的校园舞蹈大赛，并鼓励六中学生多参与，同时借助媒体资源进行全程跟踪报道，以及砸钱打广告宣传。

校园舞蹈大赛崛起的同时，六中也为更多的学生和家长认识。

那一年，六中学生闻双双夺得校园舞蹈大赛冠军的消息为C市所熟知，其后不久，闻双双参加全国舞蹈大赛，她也因此又荣获冠军，为全国所熟知。

闻双双从小热爱舞蹈，又很有天赋，但后来家道中落，只得忍痛放弃这个爱好。

何钧看中了这棵苗子,邀她来六中读书,免学杂费的同时还资助她继续练习舞蹈。

闻双双出名之后,自然对六中对何董极为感激,在获奖感言上流着泪说了许多掏心掏肺的话,并极力称赞六中的学习环境和学习模式。

自此,C市六中的名气一夜打响。

何钧之前是军人,后来弃军从商,既有着军人的扶贫助困热心,也有着商人的风险投资精神,且眼光极好,能被他看中的学生后来大多颇有出息。

学校培养优秀学子,学子成名之后又积极回馈母校,如此良性循环,不出几年,六中名声大噪,一时竟将市的公立重点学校压了下去。

说起来好笑,当时六中创办时,为各家重点高中瞧不上眼,暗地里带着蔑视意味地称之为"私六"。

后来C市第六私立中学品牌打响,大家又拿了称公立高中的叫法敬称为"六中",颇有私生子终于踏入大家庭中心的滑稽感觉。

六中名声越来越大,一度出现过C市学生和家长只认六中,不认一中、二中等公立重点高中的现象。

私立对公立,私有对国有,何钧斟酌再三,决定不与对方正面交锋,转而将六中改建得高大贵,招生目标人群也指向经济水平中上等家庭的学子,将六中办成了贵族式的中学。

六中独辟蹊径的教育模式日渐成效,很多家境一般的学子也开始凑钱来读六中。于是何钧盘算着是否要再建一个校区,在六中原来的模式上改良,降低学费与门槛进行普招。

市其他高中自然不干。

公立重点学校被六中压了这些年,早就闷着一股子气,如今六中还要普招,跟他们直接竞争生源,冲击公立中学的家生子地位。

市场竞争愈演愈烈,办学模式互相碰撞,公私双方矛盾激化……所有这些点最终必将导致以六中为首的私立中学与以一中、二中等为首的公立中学之间的一场对决。

最终结果也将影响C市未来教育模式的走向。

所谓教育，究竟该是以学生为主，学校围绕着学生转，还是以学校为主，让学子为争重点学校而挤破脑袋？

卫星翻着六中新闻的旧闻，看得直咋舌。不过一所高中而已，背后竟然还有这么多事情。

何钧要筹建新校区开始普招，这便是放弃之前的曲线办校策略，要与公立重点中学进行正面竞争。公立重点中学也不是吃素的，眼下将被抢走地盘，自然要做出反击。

卫星想着，怕是要有一场没有硝烟的厮杀。

"喂喂，你们都看新闻看校报了吗？今年的校园舞蹈大赛要改革了，市十一所重点高中联名提交意见书，认为'校舞赛'（校园舞蹈大赛简称）举办模式僵化，且为六中垄断，名义为C市全体高中学校参加，实际上却完全服务于六中一家。"

"不是吧，校园舞蹈大赛都要举办了却突然临时更改，那我们之前的准备工作岂不是全部打水漂了？"

"十一所市重点中学围击六中一家，啧啧，真是大手笔。"

"何董撑得住吗？感觉六中要倒，会不会砸到我们头上？"

"很有可能啊。高三学生将高考，不能分散精力应付，高一的小崽子们又不懂事。六中要是塌下来，恐怕得我们高二年级的顶住。"

"这怎么顶住？"

"个子高的顶，成绩好的顶呗。"

私立教育与公立教育在这个夏天上演了一场激烈的角逐。

即将举办的校舞赛成为双方交手的第一场战役。首战能否打好至关重要，关系着士气人心，关系着一些中立团体的态度，关系着接下来的媒体宣传风向。

白手起家的私立中学对背景深厚的公立中学，而且是一对十一，若是第一战输了，那么接下来大概就要变成公立重点中学群殴六中一家，再想翻身难之又难。

一周之后。

市十一所重点高中联名申请获得通过。今年校舞赛在开始前一个月时进行了大刀阔斧的"改革"。

六中没有抗议。

毕竟一对十一，就算六中抗议，到时投票决定少数服从多数，仍然是一样的结果。

不几日，校舞赛改革的结果出炉。

市重点中学认为，只一项舞蹈完全不能体现全方位的教学水准，于是在舞蹈之外又增添了两个项目，同时更名为C市校园素质能力大赛，简称"校能赛"。

增加的项目中一个是偏向于常规型的辩论赛。

添加理由是对于学到的知识要能融会贯通才是真正掌握，不仅要用笔杆子写出来，还要能说出来，才不是读死书。

另一项竟是极其冷门的击剑赛。

添加理由是六中第一校董何钧之前接受采访时曾提到：梁启超先生说过，"德育、智育、体育三者，为教育缺一不可之物"。校园体育不仅要普及大众化的项目，也要重视冷门运动，比如击剑，就能很好地锻炼学生的恒心与毅力，培养独立的见解与决断精神。

那么选何钧赞赏的击剑运动进行比赛，可不是对六中做了大的让步，充分显现出这些公立重点中学的容人之度么？

"击剑？有没有搞错，这年头举办校能赛还要拔剑？"赵慕叫嚷一阵，又耸耸肩道，"不过我们不会，对方也不一定能好到哪里去。"

见多识广的周扬大班长摇了摇头："你们有所不知。一年前，一中打着丰富学生课外活动、增加体育特色课程的名头组建了击剑队,领队的那个同学叫汪旭。这汪旭可不简单,八岁开始练习击剑,去年还参加了全国中学生击剑锦标赛,获得银牌。"

张铭等人围上去:"这么说市重点中学是有备而来了?"

周扬摊摊手:"一年前组建击剑队,现在又提出增设击剑赛一项。人家早有扳倒六中之心,只是等着时机罢了。"

赵慕十分气馁:"人家准备了一年,我们顶多有一个月的准备时间,还打什么打,直接认输得了。"

"好啊。到了比赛场上,你赵慕直接双膝一跪,举手高喊认输就行。"陆一宸右手插兜,左手拿着一张粉红色名单从后门走过来,接话道。

赵慕莫名其妙:"宸哥,为什么我要跪下来认输,跟我有什么关系?"

"因为你是六中击剑队的一员,不想打上台就认输好了。"

赵慕忙缩脑袋:"宸哥,我从没学过击剑,又没什么运动细胞,校方不可能选我进击剑队。"

陆一宸刚从何董办公室出来,将拿到的名单往桌子上一掷:"喏,自己看吧。"

赵慕等人凑上去,见是本届校能赛的参赛名单。

击剑团队一栏有四个人,第一个便是高二(1)班陆一宸,第二是高二(14)班乐正弘,第三个是高二(5)班任少杰,第四个是高二(1)班赵慕。

乐正弘是体育特长生,国家一级运动员,身体的协调性与灵敏度很高,爆发速度也可圈可点,适合练习击剑。

任少杰是校篮球队大队长,球场上转起来像风一样,而且之前学过一段时间的击剑。

然而,赵慕……如果非得为他找出些特长,那么可能是学校打架找碴儿次数最多的那个。不过自从陆一宸来六中之后,赵大爷连架也没得打了。

赵慕慌里慌张："宸哥，怎么有我？"

"我推荐的。"

赵大爷简直要哭："我真的什么都不会，上台就是给学校丢脸。"

"我说你行你就行，下午一起去看训练计划，明天开始上集训课。"

赵大爷一脸绝望："宸哥，你放过我吧，我就想混个日子。"

陆一宸按上他的肩头："可是我想提携你。"

可是我并不想被你提携。

斜前方第三排，卫星也拿到了那张名单，抬眼见自己的名字填在辩论组成员一栏，还排在第一个，惊得半晌合不上嘴："采薇，这个……是我？"

宁采薇来回瞧了几遍："全校好像就你叫卫星。"

"怎么有我？我考试还能凑合，辩论真的不行啊。"

她从小不善言辞，不经常与人说话，更不与人争论，说不上两句就会张口结舌面红耳赤。

陆一宸走了过来："公立重点中学认为六中培养的学生只会读死书，所以需要你这个全校第一名站出去向世人证明一下。"

她好像真的是有点读死书。

对方此次有备而来，挖了许多坑等着六中跳。

何钧是经过大风大浪的人，战略上挺蔑视的，笑着向面前的一双男女生道："一宸、卫星，你们不用怕，尽力而为就行。舞蹈一项六中有十足的把握，你们两队中只要辩论和击剑赢一项，这场比赛就稳赢了。"

陆一宸轻轻哼了一声："我有什么好怕的，顶多就是六中倒闭，我再换个地方读书。"私立对公立的这一仗迟早要打，何钧为什么偏偏选在今年扩建校区来引燃导火线呢？

当何钧点下他为击剑队队长以及卫星为辩论组组长时，陆一宸就明白了这位舅舅的小算盘。

何家的饭还真不是让白白吃的。

何钧对外甥的埋怨充耳不闻,又乐呵呵地鼓励两人一番,放他们回去准备。

卫星实在心里没底,开口跟人讲话一直是她的短板,于是拉了拉他的衣角:"陆一宸,我辩论真的不行啊,万一输了怎么办?"

陆一宸战略上也挺蔑视:"输了就输了,反正我能赢。"

虽然战略上极为蔑视,但陆老大在战术上却极为重视。

毕竟,只有一个月左右的准备时间。

要在一月内超过对方一年的精心筹划,赢得校能赛之难可以想象。

早晨六点的日常交谊舞学习就此取消,换成了他练习击剑,她在一旁大声背演讲与辩论的优秀文稿。

对方选择的是击剑赛中的花剑。花剑是三个剑种中最讲究技巧的一门击剑运动。不同于佩剑要求速度,不同于重剑要求攻击准确性,花剑更注重的是电光石火间的见招拆招,有大量的优雅且奇妙的近战技巧,是一种经验与智慧的较量。

所以,三个剑种中花剑在短时间内最难出成效。纵使有良好的体能基础,但若一时掌握不了技巧,又没有大量的实战经验,不能在一刹那间做出最准确的判断,那么便要落败。还有那身从脸遮到脚的赛服,又厚又重,新手穿上浑身不舒服,大大降低出剑水准。

天尚未亮,黑蒙蒙的,还挂着许多颗闪烁的星星。卫星四点四十五分起床,五点来到体育馆读背辩论文稿。

"沙沙沙",连续的剑击破空声与一阵清脆的踏地声从体育馆中传来。

卫星推开门,见他果然已经在了。

陆一宸每天都比她到得早。卫星六点来时,他已经在练剑了,拿下护面热得满头大汗。卫星五点来时,他仍是在练剑,拿下护面同样是一脸淋漓的汗。卫星从橱柜中拿了一瓶矿泉水给他送过去,好奇而又挫败地问:"陆一宸,你到底几点来的?"怎么每次都比我早?

他接过矿泉水,拧开灌了大半瓶,又递还给她:"你再早一小时就能第一个了。"

"所谓天才,不过是10%的天赋加上90%的努力。当年为了破格入奥赛集训队,连睡觉都泡在一堆器材和物理习题册中。"陆一宸转了转手腕,又提起剑,"你以为我能多聪明,不过比别人更努力罢了。"

说完,拿了护面罩上,手腕一转又开始新的练习。

卫星被学神"教训"了一通,不敢怠慢,忙到旁边翻开课本大声读背。

陆一宸停下向前冲刺的步伐,掀开护面又道:"小星,光读背是不行的。你的知识储备足够,你的短板在于开口时不知如何组织语言有效回击。你要练习的是开口说话的勇气以及辩论中的技巧,还有随机应变的能力。"

卫星愣住,这些要如何练?

陆一宸拭一把满脸的汗,想了想道:"对了,跟卓小利联系一下,让他远程指导你。他之前是辩论赛组长,带队参加过全国中学生英语辩论赛,还拿了当时的冠军。辩论方面我不如他。"

他一拍脑袋,懊恼着:"哎呀,上次走时忘记留他的联系方式了。"

上次在C市中心医院前,卓小利自报过家门,给了卫星微信号和手机号码,虽然只说了一遍,但她记性好,所以还没忘。卫星忙道:"我有。他的微信号是名字的汉语拼音首字母zxl×23,手机号码是151×××6589。"

陆一宸举剑的动作停下,转过头来,用一种极为奇怪的目光看着她。

卫星被看得心虚:"有,有什么问题吗?"

"你怎么有他的联系方式?"

"手机拿来我看一下。"

接下来是一个月的强训,训得校能赛诸位选手要死要活。

辩论组的作息安排尚勉强能接受,每天五点到体育馆,占据一方角落四人开始集中训练,由 A 大附中卓学霸远程视频指导。

白天正常上课。

晚自习之后,仍是来体育馆,训练到晚上十一点半离开。辩论组如此作息,卓小利作为实际的小组组长,也得跟着这样折腾。卫星最初担心卓小利嫌辛苦,很是过意不去。谁知卓小利却说了跟陆一宸相似的话:"小星,正常啦。要想成绩好,难免睡得比狗晚起得比鸡早。我是后来才知道的,陆宸天每次能比我考的分高,是因为他每天早上五点起床,我虽然调的也是五点的闹钟,但每次都磨蹭到五点十分。"

击剑队是陆一宸为队长,还跟着一个拖后腿的赵慕。

为了在最短时间内得到最好的成效,陆一宸让何钧在校外租下一个小型剑馆,专门用来集训。

他和赵慕考试成绩都是全校倒数,平时上课也不听讲,索性请了一个月的假,泡在剑馆中没日没夜地练习。

听有幸前去围观的人说,两人连睡觉都是就地一躺,抱着剑眯过去,睁眼之后二话不说继续挥汗如雨地练。

虽然不知道练剑成效如何,但赵大爷出剑馆时整整瘦了十二斤,瘦得气质都凌厉了,拿下护面的那一刻,高二(1)班同学晃眼间还以为见到了第二个陆一宸。

一个月时间,匆匆流尽。

C 市校园素质能力大赛拉开序幕。一共三个项目:舞蹈、辩论、击剑。三十二所市高中参赛,其中有十二所市重点,十所公立高中,两所私立。赛制为以学校为代表的团队赛,分为预赛、1/4 决赛、半决赛和决赛四个阶段。

两天比赛时间,C 市各大媒体争相报道,并将此誉为 C 市教育真正走向市场化的开端,各位即将中考的学生和学生家长更是全天候关注。

C 市各大论坛纷纷转帖置顶。

这个夏季,除了高考、中考之外,校能赛一跃成为第三个最受 C 市学生和家长关心的话题。

预赛打得毫无悬念。校舞赛举办前一个月匆匆大改革,更为校能赛,其他学校训练不及,根本不是市重点中学的对手,一场预赛下来,全市前八家重点中学顺利晋级。

七家公立重点中学和一家私立重点中学六中进入1/4决赛。

接着是1/4决赛和半决赛。

这两场比赛,七家公立重点中学,除了对上六中的两家,其余五家仍然打得相当轻松。

因为市重点中学已"精诚"抱团,秉承"友谊第一,比赛第二""保存实力第一,争名次先后第二"的原则,几乎是拱手送老大哥——市一中进入决赛。

六中则打得相当辛苦,每一场都遇到最激烈与顽强的相争。

击剑项目半决赛时,六中遇上市二中,差点被对方刷下去。幸得陆一宸打底,一口气将巨大的比分差追平,并反超,才有惊无险地进入决赛。

一整天高强度的比赛,六中参赛队员,特别是击剑一组,极为吃不消。五班的任少杰体能相对较弱,打了半决赛的最后一场,摘下护面回到休息室,连赛服都没力气脱了,直接四仰八叉地躺下去。赵慕作为替补一直等在后台,见此,忙要将他扶起来。

任少杰喘着粗气吼了一句:"都别碰我,让我歇口气。"

不多时,陆一宸和乐正弘也相继从赛场回来,两人都是累得够呛,倚着旁边的衣橱柜,半天只有喘息的份儿。

赵慕帮他们把厚重的赛服剥下来,又将准备好的矿泉水送过去,轻轻地问:"宸哥,撑得住吗?"

陆一宸满身大汗,闭着眼睛点了点头。

对手训练了一年,而六中击剑组仅突击练习一个月,差了对方好大一截。任少杰和乐正弘就算是超常发挥,也难以追上对方的得分。那个负责替补的赵慕更不用提了。于是,每场都要陆一宸垫底追平并反超,陆老大承受的压力非同小可。

三人歇了好一会儿,慢慢缓过气来。

赵慕又问:"明天决赛对战市一中,宸哥你有几分把握?"

陆一宸拧开一瓶矿泉水,直接从头上浇下去,一边拿毛巾擦着,一边疲惫道:"不好说。这几场的比赛一中击剑队队长汪旭一直没有出场,想必是保存实力,暗地里也可能在研究我们出剑的套路。明天场上变数可能会很大。"

顿了顿,他又道:"赵慕,你一定要打起精神。万一我们三人中谁倒下了,下面的担子可要你来挑。"

赵慕被强训一个月,训出些实力,也有了底气,点了点头。

陆一宸调出汪旭往年的比赛视频,与其余两人观摩着,又道:"小星那边怎么样?"

赵慕道:"虽然略有波折,不过整体进展还算顺利。我校是正方,星星姐是一辩,主要负责将准备的稿子认真地念好以及总结陈词,周扬是二辩,七班的两同学是三辩和四辩,四人配合得很好,应该问题不大。不过……"

"不过什么?"

"明天决赛使用了一些美式辩论制,赛前公布辩题,给出30分钟的准备时间。我觉得赛前给辩题莫名玄乎,说不好给的是个坑。"

陆一宸按着太阳穴揉了揉:"没事,只要我们能赢,这场比赛就稳住了。她那边不用太有压力。"

赵慕凑上去,围观着汪旭往届击剑赛中出剑的手法。能拿下全国中学生击剑锦标赛亚军,汪队长绝非平庸之辈。从视频上看,这位队长出剑霸道迅猛,动作硬朗刚烈,且多是快速主动出击,很是有手段。赵慕擦一把额头渗出的汗,寻思着,辩论组那边虽然不知压力多少,但击剑组这边真的是压力山大。

上午八点半时,最受瞩目的校能赛决赛开始。

C市电视台直播,各家媒体全程动态性报道。各校学生和家长密切关注。

这场比赛,与其说是C市高中全面参与的比赛,不如说是市一中和六中的对决。因为舞蹈、辩论和击剑三项,全是一中团队和六中团队进入决赛争冠军。舞蹈一项悬念不大,六中一直遥遥领先,高歌进决赛,冠军之位势在必得。辩论一项,双方持平,发挥都很稳定,花落谁家尚未可知。

击剑一项,则是一中遥遥领先,几乎不费力气地进决赛,冠军之位似乎唾手可得。击剑团队赛,是循环赛制,一共九局,每一位选手与对方的三位选手轮流比赛,先获得5分的选手为胜,然后选手交叉进行比赛,最先获得45分的团队为胜。

一中出场的是汪旭、陈锐、徐绍辉。

六中出场的是乐正弘、陆一宸、任少杰。

第一局比赛是汪旭VS乐正弘。

汪队长不愧是八岁时就练习击剑的好手,一上来便主动出击气势十足,将乐正弘打得几乎抬不起头,以5比1的悬殊差距结束了第一轮比赛。

一中气势大涨,下面一片摇旗呐喊声。

第二局是陈锐VS陆一宸。

陈锐水平虽然不差,奈何陆一宸打得极为出色,攻守兼具,出剑又狠又稳又准,2比9,一中被六中追平并反超3分。

六中气势大涨,高二(1)班在场学生全体起立,鼓掌欢呼。

第三局是徐绍辉VS任少杰。

两人发挥稳定,且任少杰之前练过击剑有基础,所以分数差额不大,5比4。虽然任少杰输了一分,但因为陆一宸将比分超了,所以六中仍占上风。

此时总分为12比14,一中落后于六中2分。

第四局是汪旭VS陆一宸。

双方剑队最强者相争，比赛相当有看头。两校学生屏气凝息，全程紧盯着台上两人。

汪队长昨天看了一整日的比赛，对陆一宸的出剑套路已熟知。然而并没有什么作用，因为陆队长出剑攻防兼备，打得非常之稳，不露破绽。

一阵的剑尖激烈交锋，汪旭得了3分，陆一宸得了4分。

双方比分再次拉大。

陆队长只要再拿一分这局就结束了。厚重的白色赛服下，印着六中校旗的花剑护面中，陆一宸已汗流浃背。汪旭是位极为难缠的对手，又从小练剑经验丰富，出剑时机和距离感都把握得很好，陆一宸能胜他一分，极为不易。

但毕竟是只多得了一分。

观众台上，市重点中学的学生们已开始窃窃私语，隐露不安。

舞蹈一项，六中夺冠无疑。击剑本来是一中最有把握的一项竞技，如果丢掉了，那么辩论一项压根不用看，比赛已成定局。

一中校长向一旁的击剑教练使了个眼色。教练会意，目光闪了两下，冲汪旭喊道："不要退，向前，主动出剑。"

得了指令，汪旭剑尖一抖，跃步向前直刺。陆一宸则及时防守，且守中有攻，剑身向后拉绕过对手剑尖交叉刺，双方交锋在一起。

眼见陆一宸将绕过他的剑尖刺中，这时，一股极淡的甜香味道从汪旭身上传来。陆一宸心神猛震，这一剑非但没有刺中，反而被汪旭钻了破绽一剑刺在胸口。

绿灯亮起。

汪旭得了一分。

此时比分已是4比4持平。

握剑的手在抖，身体轻轻抽搐，花剑面罩下，陆一宸目光晃起来，额角青筋突突直跳，汗落如雨。

这些人，简直卑鄙！

看来，对手们对他的情况了解得很清楚。

别说打比赛，他现在连站立的力气几乎都没有了。汪旭又漂亮地刺来一剑，陆一宸随着这剑倒了下去，重重地摔在剑道上，蜷缩着身子半晌没能爬起来。

何钧从座位上站起来，叫了声："一宸。"

校能赛医疗队伍及时跑过去，将他的护面摘了，放上担架，匆匆抬下来。六中师生一片哗然。任少杰、乐正弘穿着一身厚重的赛服，提着剑追上去。赵慕从后台跑出来，跳过护栏将担架拦下："宸哥——"

陆一宸如坠冰窟，浑身冷得发抖，强忍着身体被万蚁噬咬般的痛苦，微抬手，将握着的剑按在他掌中，咬牙道："赵慕，我信你。"

击剑比赛出问题之时，卫星所在的辩论组刚拿到本次决赛的题目。当辩题在屏幕上显示出来时，六中辩论小组成员心中"咯噔"一声，呆怔了。

决赛的辩题是——高中生应不应该早恋？

六中组是正方。

观众席上坐的是一众关心孩子学习成绩和未来发展的家长，评委席上坐的也是孩子在读初高中的C市知名人士。

尚未开始辩论，对手已站上舆论道德的制高点，已最大限度地争取到观众和评委的心理偏向。

果然……是个坑。

周扬试图安慰大家，打开电脑，一边查找着资料，一边点开了正在直播的击剑赛事，笑着道："算了，就当我们来打酱油的吧。舞蹈一项六中肯定能稳住，击剑项有陆一宸在，肯定也是有惊无险。我们若是三项全赢，多驳人家的……"

他的话没能说下去。

因为屏幕上播放着的画面正是陆一宸被汪旭一剑刺中，重重摔倒在剑道上，身子蜷缩再也站不起来。

卫星大惊,一步冲去,隔着电脑屏幕抚向他大汗淋漓的英俊面孔。

周扬咳嗽了一声。

卫星恍然回神,将手垂了下去。

气氛有点诡异,有点沉重。

作为小组组长,这等时刻必须要说两句稳住人心,卫星将击剑直播的页面关掉,转向三位组员:"这段时间大家都很辛苦,我们准备了很多,也付出了很多。这场比赛关乎的不是个人名誉,而是六中的存亡。"

由卓学霸亲自指导一个月,卫星已能不卑不亢地开口,能像模像样地挑起辩论组组长的担子。她正色道:"人生哪能一直有坦途,世上也不可能有绝对的公平。六中既然把希望寄托在我们四人身上,那么不论遇到何种艰难坎坷,我们都要想方设法克服。"

"办法总比问题多,我相信自己,更相信大家。"

"让我们,为六中而战!"

三十分钟的准备时间,很是不宽裕。

四人聚在一起先对辩题进行统一认识。他们是正方,那么观点是高中生应该早恋!

这个命题颇为嘲讽。因为辩论组四人全是一心学习的学生,没有一个早恋的。四个不早恋的学生却要去支持早恋,怪怪的。卫星想了想,道:"没什么,我们虽然不早恋,但誓死捍卫大家早恋的权利。"

周扬三人被这一本正经的话逗笑。

卫星严肃道:"不要笑,我们是认真的。"

周扬三人笑得更厉害了。

卫星不由瞪他们:"笑什么笑,这场如果打输了,回去让人揍个揍你们。"

"找陆一宸么?"

提到陆一宸,大家顿时笑不出来了。

陆一宸出意外中途退赛，没有陆一宸的六中击剑队，九成九要败。那么，赢得比赛的压力便落在了辩论组。四人坐在一起先是统一对辩题的认识，接着打定义与划分下前提，然后是头脑风暴，每个人快速讲解对该观点的正反论点。时间很紧迫，进行头脑风暴的同时，四人也分工做着其他的事情。卫星拿出笔记本，迅速整理出闪光的论点以及列逻辑树。周扬和其中一位同学分别抱着电脑，坐在卫星左右，根据她整理的论点查找各种相关资料。剩下的那位琢磨着立论大纲，以及对方可能给予的反击。

半小时的准备时间倏然而逝。

此次辩论环节主要有五个阶段。

一是陈词立论。正反双方一辩各有三分钟。

二是攻辩。正方二辩选反方二、三辩手中任意一位辩手回答问题；反方二辩选正方二、三辩手中任意一位辩手回答问题；正方三辩选反方二、三辩手中任意一位辩手回答问题；反方三辩选正方二、三辩手中任意一位辩手回答问题。

三是自由辩论。双方时间各三分钟；正方、反方任意辩手可以向对方提出问题、回答对方问题、提出观点或反驳对方观点。

四是总结陈述。正方、反方四辩总结陈述各三分钟。

四人小小商议一番，调换了辩手顺序，四平八稳读立论并总结的一辩和最后总结陈词的四辩由七班的两位同学接任，反应快、言辞锋利、攻击性十足的二辩、三辩则由周扬和卫星接手。

卫星平时不太爱讲话，更不与人争论，如今要来负责攻辩，质问对方并回答对方的质问，周扬有点担心，进场时低声问："卫星，你接三辩扛不扛得住？"

卫星笑了一下："他既然没能坚持到最后，那么我自然要扛得住。"

辩论会主席一番简单讲话，介绍双方辩论选手，并对各位评委与嘉宾表示欢迎之后，开始进入本轮比赛。

六中作为正方,一辩首先站起来发言:"法国启蒙思想家伏尔泰曾说,'爱情之中高尚的成分不亚于温柔的成分,使人向上的力量不亚于使人萎靡的力量,有时还能激发别的美德。'真正的爱情没有地位高低之分,没有家境贫富之分,没有相貌美丑之分,它不分年龄、不分国界、不分种族。爱情是人类生活中最美好也最高尚的一部分,如果我们能拒绝美好与高尚,那么我们才应拒绝爱情的降临……"

三分钟洋洋洒洒的爱情美好论,从爱情本身至上的美,到爱情使双方变得更加完美,再到例证中学爱情是最纯洁最美好的精神恋爱,无关物质、无关利益权衡,层层深入递进式展开,论述高中生恋爱不当被视为洪水猛兽,只要正确引导,它就能成为促人向上的动力,是应该存在的,也是应当被支持的。

一中作为反方,一辩站起来发言:"爱情是好的,但这美好需要一个恰当的时机。不合时宜的早恋只会对男女生双方造成无可弥补的伤害。中学生心理不够成熟,分不清这种朦胧的感情到底是爱情,还是男女生之间的一层好感,抑或只是青少年时期的一种冲动。而且中学生自制力不强,社会阅历不足,容易偷食禁果,出现种种不良行为。爱情当有,但高中生的早恋不当有……"

三分钟铿锵字句将早恋驳斥得体无完肤。从早恋对学习成绩的影响,到男女生把握不好尺度过早食禁果对双方身体的损害,再到早恋时双方反复的分分合合等让人萎靡沉沦,最后举例说明早恋危害千千万,高中生不可触碰。

正反双方陈词立论已毕。

下面进入攻辩阶段。

周扬作为正方二辩,向反方二辩提出质问:"马克思主义哲学辩证法中提到,矛盾具有普遍性和特殊性,其特殊性就是要求我们做事情、看问题要具体问题具体分析,不能一刀切。难道能因为一些没被正常引导的负面案例就要否定爱情不当在高中生之间存在吗?"

反方二辩回答："人是处于不断的成长中，在合适的时间做合适的事情，才能事半功倍。而一旦错过这个时间段，再来做相同的事则会事倍功半。比如，从小学、中学，再到大学，这段时间用于学习与受教育，后面会受益无穷。而如果反过来，等一个人到了而立之年乃至不惑之年再来读书学习，岂不荒谬？高中本是当一心学习应对高考的关键时期，这个时间段谈恋爱根本不合适。"

周扬再问："恋爱与学习不是对立关系，而是一种并列，乃至互补的关系，就像唱歌时能跳舞，跳舞也可以唱歌，它们之间是可以相互促进的。将它们置对立面上并一意否定，难道不是武断吗？"

攻辩是辩论赛中最精彩的一阶段，来回调换质问者与回答者的地位，双方进行数番激烈的言辞交锋。本来周扬还担心平日寡言又温顺的卫星难以应付这种攻辩场面。然而当卫星站起来时，周扬一颗心落了回去。

因为这一刻，卫星一扫之前的温吞吞模样，变得沉稳而犀利。近朱者赤，近墨者黑。跟陆一宸在一起待久了，她连气场转变也能拿捏得很好，能不畏不惧，进退有度。她不再是初转到六中时畏畏怯怯的乡下穷丫头，她正在蜕变成一颗真正的星，冉冉升上天空。

够坚强，肩负得起维护六中的重任；够勇敢，在他倒下时毅然接过他肩上的担子；够自信，她终于在人前抬起了头，侃侃而谈。

周扬想，这颗卫星大概是真要上天。攻辩阶段之后，转入自由辩论阶段。反方三辩站了起来，掷地有声地提出问题："请问正方，你们有过恋爱经历吗？"

六中辩论组四人怔了一怔，真是越怕问什么越来什么。如果回答有，那么对方势必要求就自身的经历谈一谈。如果回答没有，那么对方定会抓住这一点攻击他们是纸上谈兵。

对于这个问题，六中四人早预料到了，也做了相关准备。思路就是绕过对方的问题，侧面论证没有经历过也有发言权。不过这种回答模式属于中规中矩,难以出彩。

六中四人对了一下目光,周扬正要根据之前的安排站起来回答。

谁料卫星突然站了起来,站在了他前面,平静着,眼含微笑回答:"我有过。我喜欢一个男生,他也喜欢我,我们彼此爱慕……"

观众席上,旁观此次辩论赛的六中师生震惊了,"唰"地站起来一片。医务室中,陆一宸为狂躁症的突然发作而备受折磨,挣扎着,嘶吼着,痛苦不堪。何钧等人按压不住,正要让医生再注射一支镇静剂稳住局面,然后带他回何家。

这时,斜上方悬挂着的液晶电视中直播出辩论赛的场面。屏幕上,她落落大方地站起来,微笑着说:"我喜欢一个男生,他也喜欢我,我们互相给彼此力量……"

只一句,却比千言万语更有力量。

身体仍是如同被上万只蚂蚁咬着,难受得阵阵抽搐,但他已能忍住,已从心底生出勇气,眼前有了光亮。陆一宸慢慢抬起头,望向斜上方的电视画面。

何钧忙吩咐:"把声音开到最大!"

剑馆中,击剑比赛仍在继续。

第四局,汪旭对阵陆一宸,5比4。

随后,陆一宸因为身体出现状况而不得不中途退赛,六中击剑队替补队员赵慕顶上。

汪旭 VS 赵慕。

2比0,极为漂亮地将比分追平并反超六中2分。

第五局,陈锐 VS 任少杰。

双方水平相差不多,5比4,一中又胜出1分。

第六局,徐绍辉 VS 乐正弘。

乐正弘超常发挥,4比6,六中追上2分。

第二轮结束,此时一中与六中的比分是28比27,一中占1分优势。

接下来是第三轮，也是最后一轮循环赛。

第七局，汪旭 VS 任少杰。

任少杰虽然击剑技巧不错，但体能耐性差，此时已经耗尽力气，正处强弩之末，却偏偏对上了一中的最强者。

于是，6 比 2，一中大胜。

第八局，陈锐 VS 乐正弘。

乐正弘艰难强撑，6 比 6，将这局打平。

还有最后一局，此时一中与六中的比分是 40 比 35，一中胜出 5 分，可谓已稳拿此次比赛冠军。

第九局，徐绍辉 VS 赵慕。

一中自然没有将这个学习不行、打架也不行的赵二代放在眼里。

就算他被陆一宸带着训练了一个月，但击剑不是寻常运动，需要极为扎实的基础、灵活的手上技巧、很好的距离感以及通过大量的实战经验习得的随机应变能力。

这些东西不是靠一个月的练习能一蹴而就的。

何况刚才对阵汪旭，他展露的出剑水平实在不入眼。

果然，上场没多久。

徐绍辉便刺中赵慕两剑，为一中再添 2 分优势，比分差距再一次被拉大。观众席上，有人陆续退场。有的记者甚至开始写一中夺冠的新闻稿。

比赛已经没有悬念，箍得头脸都不舒服的护面下，满头大汗中，那对眼睛愈发沉稳明亮，赵慕握紧手中的花剑，不断向后退，却退得极为有序，观察着对手的一举一动。

陆一宸的话又在耳畔响起："赵慕，我信你。"

剑馆中，一个月来的苦练慢慢浮现出来。

他被陆一宸拖着没日没夜地练习，先是无比乏味枯燥的基本功练习，握剑的姿势，挥剑刺的动作，数种移动的步法……

陆一宸无论对自己还是对别人，要求都极其苛刻，不容一丝情面，对他也不例外。

　　规定时间内，如果练不好要求的动作，那么接下来就真的没饭吃，还得挨揍。手腕肿了，脚踝肿了。浑身肌肉酸痛，骨头欲裂，体力严重透支，大脑绷得几乎断弦。

　　有次，他实在受不住，哭着向陆老大道："宸哥，你要是对我不满意，不想见到我，你说一声，我自己滚得远远的。求你放过我吧，我就是来学校混日子的。"

　　陆一宸那张阎王脸终于缓和一分，罕见地耐心道："赵慕，这些日子以来，你为我和卫星做的事帮的忙，我全都清楚。你叫我一声宸哥，那么我总得给你点东西。虽然，我希望你以后用不到。

　　"赵慕，你上次能考入班级前五十，这次也一定能带领六中赢得比赛。

　　"赵慕，这次击剑赛不会顺利，六中的杀手锏不是我，是你。

　　"赵慕，我信你！"

　　印着六中校旗的护面下，赵慕目光深邃了，沉稳而冷静，在对手跃步刺过来时，准确格挡下接着一个漂亮的甩剑刺，成功亮灯。

　　六中得分！

　　摸清对手的节奏和出剑套路之后，赵慕转守为攻，弓步直刺、转移刺、交叉进攻、击打转移进攻、二次转移进攻……得分，再得分，又得分！

　　惧怕一个人，服从一个人，仰望一个人，鞍前马后地追随一个人，他对陆一宸，始于畏惧，敬于才华，合于性情，忠于品格。

　　女生之间的友谊是亲密无间，无话不谈。男生之间的友谊是欣赏，是无言的钦佩。

　　4比10。

　　最后一局，六中击剑队替补队员赵慕将比分追平，并绝地反超，带领六中成功夺冠！六中师生全体起立，鼓掌如雷鸣。

第 10 章
有声告白

医务室中，斜上方的液晶屏中正直播会场中的辩论赛。

卫星今天换了一件合体的正装，将身材曲线勾勒得恰到好处，气质跃然而出，恬静而文雅如水一般，虽不争却无人能与之争。

"爱情之奇妙在于它的出现没有任何规律，不分时间与地点，无关年龄与地位。茫茫人海中，一眼望见怦然心动，便可许之一生。高中生应该恋爱吗？子曰：发乎情，止乎礼。只要学校和家长正确引导，只要双方把握好尺度，那么为什么要禁止能促进双方走向更完美的纯洁爱情呢？我喜欢他，所以我要变得更好来配得上他。他喜欢我，所以将从世上最难战胜的泥沼中站起来，重拾昔日荣光。我们都在为未来准备着，为守护彼此竭尽全力。不惧过去，不畏将来。不怕艰难，不怖阻碍。情之所在，他之所在。虽千万人，吾——往矣！"

说到最后一句时，她单手捂上眼睛，将泪光闪烁的双目掩住。

观众席上，六中师生带头鼓掌，接着全场响起热烈的掌声。

消毒水弥漫的病房中，悬挂的电视大屏幕前，陆一宸趴在病床上，笑得几乎要流泪。

这种告白方式，太隆重了吧。

三项夺冠，C市校园素质能力大赛以六中的全面胜利而告终。六中一时风头无两，连续一周登上C市各大新闻媒体的头版。C市教育开放化市场化被相关政府部门提上日程。

今年夏天，真是一个火热的季节，六中的掌门人何钧回顾完三场比赛之后，摊手笑着说了一句："六中的规定怕是要改一改了。"

赵慕和卫星更是因为此次比赛中出色的表现而为六中全校，乃至全市高中所熟知。赵大爷击剑场上的绝地反击，一跃成为本次比赛的最大黑马，获得鲜花和掌声无数。卫学霸对着电视台直播镜头的那一段夹叙夹议的深情剖白，用少年少女最纯洁的感情打动观众和评委们的心，在处于劣势的情况，成功扭转局面，赢得比赛冠军。

校能赛结束回校的那天。

高一的学弟学妹们一涌而来,一边争相递着鲜花,一边两眼闪光地问:"学姐,你喜欢的那个男生是哪位呀?也在六中吗?是你们班的吗?"

高三学长脸皮很厚,比如秦誉,分开一众人挤过去,挡在她的面前笑呵呵道:"小星喜欢的那个男生是我啦。"

高二同年级的同学则按兵不动,全程吃瓜围观,因为大家都知道那个男生是谁。校能赛之后,卫星拿课本挡着脸,几乎天天窝在宿舍,害怕出门见人,更怕见到陆一宸。毕竟,当着全市人民的面表白什么的,太……羞耻了。

而且,当时是情况危急,她担心六中落败,所以没顾得其他的,将一腔心思全部抖了出来,渲染得深情又煽情。

要是知道赵慕能打赢击剑赛,她死也不会那么做。

现在好了,全市都知道她心里有一个喜欢的男生,那个男生也喜欢她,他们彼此爱慕,却又保持着距离。

救命啊——

她其实不知道陆一宸是否喜欢她,她是为了赢比赛而用的权宜之计。

陆一宸心里怎么想的,是不是在笑话她?

没脸见人了,更没脸见他。幸得陆一宸因为身体状况请了一周的假,没有出现在班里,这才缓解了彼此的尴尬。

一周之后,当陆老大重新回校时,六中校园继男生全改口喊卫星"星星姐"之后,又出现了一个新风潮,即高一高二的女生们开始异口同声地称陆王子——"姐夫"。

陆一宸下了车,拎着书包走入校门。

迎面一位高一学妹走来,见到他忙将身子一挺,高声道:"姐夫回校了。姐夫身体好点了吗?"

他转到旁边的小超市,拿了一瓶矿泉水,走到收银台处要付款。这时,学生兼职的收银小妹笑得两眼眯起:"姐夫不用付了,这瓶算我请你。下次记得带学姐一块来哟,我还可以再多请一杯奶茶。"

就连高二(1)班的女生也起哄地跟着喊"姐夫"。

比如季茵茵,将练习册往他位子上一放,狡黠道:"今天作业太多了,姐夫,你帮我做两本吧。"

简直了。卫星又羞又愧,很想阻止。然而大家却振振有词:"我们只是喊一声姐夫,又不是喊卫姐夫,小星你为什么对号入座?难道你对陆一宸有意思,或者你心里的那个男生正是陆一宸?"

卫星用课本遮住了脸。

她算是发现了,她学的知识只能用在考试中,她学的辩论技巧也只会用在比赛中。一到生活中,她又变得嘴笨口笨,说不过人家了。

毕竟,总不能用一通的论点论证论据来反驳对方随口而来的一句话。

时近六月底,高三毕业舞会举办在即。

于是,每天早上六点到体育馆学交谊舞又恢复成日常活动。

一周多没敢见他,如今单独见面,还要被他带着跳动作亲密的舞蹈,实在羞人得很。卫星换了漂亮的礼服和十五厘米的高跟鞋出来,低着头,磨磨蹭蹭地走到他面前,尚未说话,已脸红到耳朵尖,嗫嗫嚅嚅着:"陆一宸,我已经学会了,不用……再练了吧。"

头顶上方,他的声音传来,微沙哑却充满磁性:"那来跳一支完整的,跳得下来就算过了。"

她按捺着心口的狂跳,慢慢抬起头,左手搭上他的肩膀,右手放在他掌心。

轻而缓的音乐在流淌,如同安静的水悄悄溢满心房。一颗心满满的,甜蜜又充实。卫星流畅地跳完一支慢四,忙低下头不敢再看他,小声道:"过了吧,明天我可不来练了。"

"过了,"陆一宸顿了顿,又道,"但我可没说过了就不用再练。"

他的话中带了闷闷的笑意:"是吧,小星。"

一周多来，卫星终于抬头正眼看向他，轻轻瞪了一下："你是故意的。"说到最后一个字，声音已经小得几乎听不到。

她的目光顿住，顿在他轮廓分明的脸上，再也移不开。明明不过一周没见而已，却如多年未见，满心满眼全是想念。她慢慢抬起手，指尖轻轻碰上他的面颊，这是她倾慕的男生，这是她最欢喜的一张脸，怎么看都看不够。两人对视着，目光交缠在一起，呼吸不由紧了，口干舌燥。

卫星轻轻咽了一下唾沫，小声地开口："陆一宸。"

"嗯。"

"以后别交白卷了，老考零分不好。

"陆一宸。

"我们一起读 A 大吧。

"你还考得上吧？

"等考上大学我们就……"

"嗯。"

突然，一阵轰然爆笑声。"哐当"一下，练舞房的门被撞开。高二（1）班的同学们挨挨挤挤地出现在门口。不知何时，大家竟然都来了。女生抱成一团，在欢呼："噢耶，我们赢啦，卫星女神霸气侧漏！"

男生抱成一团，在沮丧："宸哥，这不科学啊，你竟然是被推的那一个。唉，兄弟们输惨了。"

你们到底赌了什么？卫星羞得满面通红，双手捂脸无处可躲。手臂一伸，陆一宸将旁边的薄外套拿过来，罩在她的头上，一本淡定道："你脸挺大的，用这个遮吧。"卫星搞不清楚陆一宸心中到底是怎么想的。

练舞房中，她主动说喜欢他，这应该算是表白了吧，陆一宸却没给回应，没同样说喜欢，也没说不喜欢，没拒绝好像也没同意。与往常唯一的不同是他吃饭时开始与她在一张桌子，坐到了她面前。

他买了两份早餐，坐下来之后，很理所当然地将其中一份放在她手边。

卫星也不跟他客气,夹着便吃了。剥茶叶蛋时,她指尖沾上一点汁。陆一宸抽了张纸巾,捏住她的手,极其自然地为她轻轻擦掉。

卫星有点郁闷,他这是什么意思,他们之间到底是交往了,还是没交往?若说交往了,可他根本没有任何表示呀。没给回复,一般都是默认拒绝。然而,他又站在了男朋友的位置上,比之前更加照顾她,和她独处的时间也大幅度增加。比如每天下了晚自习,他会等她一起回去,带着她到操场慢慢地跑两圈,说是对她的身体有好处,然后送她到宿舍楼下。每天睡觉前都会用微信跟她聊两句,催她早点睡。而且周末时会问她想不想出去逛一逛,有没有想吃的想买的。这不是赵慕经常带小美做的吗?

卫星想得脑壳儿疼,却仍是没想通透陆老大这是玩的哪一出。他到底是接受了她的表白,还是拒绝了,他们之间究竟是交往了还是没有交往?

她想不明白,于是吞吞吐吐地问白璐。

白公主给了她一个白眼:"小星,何董虽然说了六中禁止恋爱这条规定要撤,但你要知道,目前还没有撤!"

听她一句话,胜自己想十天。

卫星这才懂了,陆一宸应该是不好违反学校规定,所以没给她一个明确的回复。不过,你私下里承认交往,学校哪里会知道?陆公子也太小心谨慎了吧。

早晨六点,日常到练舞房练习交谊舞。学了已有些日子,她现在能熟练地跳好几支舞。白璐大约是教得有些倦怠,之前的后半小时白公主教学,现在已缩短成十五分钟,有时甚至只十分钟。前四五十分钟,全是陆一宸带着她慢慢地跳。不过他俩跳真的很难出成效。

身高差本来就有点大,她不知怎么又总是走神,踩不准舞步。他便靠在她耳边揶揄地笑:"小星,你平时要多吃点。"她正以为他是关心她,谁料他又道,"你这样的海拔,我带你出去,感觉就像父亲拖着女儿。"

卫星轻轻踩了他一脚："你哪来的女儿？你跟谁生的……"话未说完，脸先红了，忙低头不敢看他。

他轻笑一阵，下巴抵着她的头顶，搂着她走了两个舞步，慢慢道："生个女儿挺好的。"

卫星羞得从面颊一路红到脖颈。

6月1日，高三毕业典礼如期举行。高三学长学姐们是主角，高一高二的学弟学妹们全程围观。上午主要是校领导讲话与寄语，预祝高三学子考出优异成绩，以及师生代表和家长代表发言，为即将走向高考走向社会的高三学生送出祝福和期望。

下午是热热闹闹的毕业照时间，各种拍照留影。晚上是欢腾雀跃的毕业舞会。这场舞会依然是高三为主角，高二配角，高一的小崽子们当"吃瓜"群众。因为是高中生涯的最后一个活动，所以高三的学长学姐都十分重视，往往提前一个月就选定了舞伴、买好礼服等做足种种准备，期待着在那一天绽放出最绚丽的青春。

六中男女比例不甚均匀，男多女少，所以一部分高三学长就要从高二学妹中挑选舞伴。

所以这次活动，对于高二学妹是表现自我的绝佳机会。

如果跳得十分出彩，在一众美女中脱颖而出，那么便能摘得六中校花之桂冠。

六中的校花，差不多也是C市全高中的校花，相当有分量，走到哪里都很受追捧与欢迎，能挣来不少资源。比如，六中第八届的校花夏安语，高考之后受C市一家影视公司之邀拍了一部校园青春片。片子竟然火了。夏安语一夜之间红遍全国，成功跻身影视圈，现在已是一线女星，事业如日中天。

下午，高三生们各种摆姿势拍照片时，陆一宸带着卫星早早出了校门，到一家高档化妆店化妆做头发以及试穿晚礼服等。

闪烁的霓虹灯前,卫星磨磨蹭蹭地不敢进去,拉他的袖子:"陆一宸,至于这么早吗?现在三点还不到,舞会晚上六点才开始呢。"

陆一宸迈着大长腿走入店中,叹道:"小星,你平时不打扮是不知道,女生化妆做头发最费时间。"

卫星停下脚步:"你怎么知道女生化妆做头发最费时间?你陪谁去过?"

"……我妈。"

卫星本来还对他的话半信半疑,然而当化妆师讲解一通什么先留出一个半小时做发型,半小时做美容补水,再一个多小时打粉底高光画眼影眼线涂唇彩……

救命啊,光听就觉得头都要大了。

她的肤质很好,又五官立体,化妆时节省了不少时间。

化妆师一边打着种种修饰,一边赞叹着人长得美,夸了她之后又去夸陆一宸英俊帅气,还劝他们将来多生几个以拉高全民的平均颜值。

五点时,秦誉打电话过来,询问她准备得如何,还表示要亲自来接她。

卫星没能拒绝,只得告诉了地点。

妆容与发型都已做好,接下来是换晚礼服。

从手提袋中拿出那件漂亮的大裙摆连衣裙换上,又踩上十五厘米的高跟鞋,她对着试衣间里的影子映照几番,决定先不出去。

她敲着门轻轻地喊:"陆一宸,衣服好像有点问题,你能进来帮我看一下吗?"

脚步声在外踌躇片刻。

他推开门进来,又反手带上门:"有什么问题……"尾音卡在喉咙,喉头轻动数下,他的目光骤然变得极亮极深。

卫星佯作不知,提着裙子左边转半圈右边转半圈,眨着眼睛问:"你来仔细看一看,真的没有问题吗?"

她从来没有化过妆,最好的打扮也不过换一身衣服而已。女孩子本来就是三分长相七分打扮。三分长相已能吸引眼球，再加上七分的打扮，可不是星星变太阳，光彩夺目！一头乌黑直发染成今夏最流行的亚麻色，烫出小卷，蓬松地扎至头顶，显得慵懒、俏皮又可爱。五官修饰过后更加丰盈立体，巴掌大的脸蛋白里透红，像是可口的果冻，让人忍不住想咬一口。

还画了漂亮的眼妆，双目显得愈发大而清澈，格外有神。眼尾修长上挑，明眸转动间温柔又妩媚，散发着一股子迷人魅力。再加上一身收腰显身材的华丽晚礼服和一双格外显腿长的细高跟鞋。这颗星美得魅力四射，女人味十足。陆一宸知道她打扮起来一定很漂亮，却不知可以漂亮到这种程度。他的呼吸有点重，目光挪移不开。

五点半。秦誉到化妆店来接她。推开门的那一刻，秦学长眼睛亮了，惊赞道："哇噻，这次捡到宝了，小美女变成了大美女。"

卫星红着脸，垂着眼睛不好接话。

秦誉走过来，上下左右打量一番，注视着她笑道："卫星，你这妆化得有点问题，怎么深一块浅一块的。"

旁边，陆一宸轻轻咳一声，替她回答了："大概是化妆师手抖没涂好。"说着招手叫来服务员，"你好，请刚才的化妆师来补一下妆。"

秦誉看了看不敢抬头的卫星，又看了看单手插兜假装没事的陆一宸，"噗"地笑出来。他将手臂一弯，让卫星轻轻挽了，向陆一宸笑道："借我用一下，回头还给你。"

距舞会还有半个小时。

秦誉带着她先到校外的一家舞蹈馆，简单地排练将跳的舞蹈。

不得不承认，校舞赛的冠军就是有水平，一出手就将陆一宸和白璐比下去了。

被陌生男生抓着手，卫星有些紧张，一不小心将左步踩成了右步。

然而秦誉反应极为迅捷，将原本要踩向前的右步立刻换成左步，完美地掩去她的失误，尔后带着她做一个漂亮的反身回旋，把舞姿修正回原来的节奏。

这下轮到卫星心生赞叹了。

秦誉并不自夸,反而笑着夸她:"小美女,跳得不错嘛。待会儿到场上你就按照这个节奏来,其他的交给我。"

秦誉是个很能察言观色、很懂如何说话的人,三言两句就能化解双方的距离感。

待节奏缓了,卫星轻轻地问:"秦学长,你明明跳得这么好,那天为什么却说自己不会跳?"

秦誉笑着道:"这就叫低调嘛。"

完全看不出你低调好吗?

看看时间差不多,秦誉领着她出了舞蹈馆,坐上车转到六中附属的一家大酒店。今晚的毕业舞会便在那里举办。

入场处,卫星撞见了何修远。

何修远的舞伴是一位高三学姐,高个子白皮肤,穿着长款白礼服,也是相当漂亮。

秦誉让卫星挽着臂弯,美滋滋向两人打招呼:"修远、初兰,你们也到了。"

叶初兰转头看见卫星,眼睛不由睁大,半晌,羡慕嫉妒恨道:"秦誉,你从哪儿找来这么个大美女?也是我们学校的吗?好像没有见过呢。"

"没认出来吧,刚才我去接时也差点没认出来。"秦誉以拳抵鼻直笑,"高二(1)班的卫星,连茶叶蛋都吃不起的那个全市第一名。"

叶初兰又打量一番,艳羡着道:"打扮起来原来这么漂亮,不敢认了。"

何修远倒没多说什么,只淡淡地看她两眼,含着笑额了额首。

六点钟,舞会准时开始。

秦誉因为是上一届的校舞赛冠军,在跳舞方面自然备受瞩目,一上来就被大家要求跳一支舞蹈带动气氛。

同学们瞩目秦誉的同时,也注意到了作为秦誉舞伴的卫星。

卫星之前从没有打扮过,这一打扮很多人没能认出来,纷纷打听是哪里空降的大美人。待得知是一班的卫星时,高三的学长学姐们不由震惊,震惊之余又啧啧地八卦:"陆一宸真是好眼光,我们何主席也是好眼光。"

跃动的舞池中,闪烁的灯光下,伴随着轻快的音乐,秦誉带着她跳了一支维也纳华尔兹。男俊女俏,身段优美,舞姿酣畅淋漓……

两人立刻成为全场焦点。

维也纳华尔兹属于快三步,舞步连绵起伏,节奏轻松明快,跳起来很能带热气氛。卫星临时抱佛脚学了些皮毛,原本只够应付出不了彩。奈何秦誉跳得太赞了,而交谊舞又是男士为主导,引导女生跟自己一起跳。秦誉不仅引导得极好,还将她无意中的动作失误流畅地改成不循常规的舞步亮点,赢得全场一阵阵的掌声。

舞池外,宁采薇等人喝着果汁笑着议论:"这次的六中校花要出在我们一班了。"

季茵茵叉了一块点心:"秦学长跟卫星不熟吧,为什么偏偏选小星当了舞伴,好奇怪呢。"

周扬笑着在旁边坐下:"秦学长和何学长关系很好,大概是看何学长面子上才来提携卫星的吧。"

一支舞毕,全场喝彩。

气氛已经被带动,音乐换成舒缓型,高三的学长学姐们陆续带着舞伴走入舞池,轻轻地踩起舞步。秦誉和卫星则走出舞池,到旁边分别要了一杯啤酒和一杯果汁。何修远陪着叶初兰也下了舞池,但跳得心不在焉,余光一直朝卫星那处看。

叶初兰看出端倪,缓下舞步,推了他一把笑道:"喜欢就邀她来跳。"

何修远笑了笑,没说话。

叶初兰又道:"你们兄弟俩可真有意思,全校这么多漂亮女生看不上,偏偏要争同一个。"

何修远依旧是笑。

叶初兰推搡着他出舞池:"想邀就去邀,我到一边调戏小学弟。"

何修远整了整心神，走过去正要开口邀请。

谁知未等他搭讪，秦誉已经挡下了他，举起酒杯笑道："修远，我们兄弟俩来喝一杯。"不待何修远回答，又将卫星轻轻一推，"小美女，你到那边尝些点心。六中专门请的知名西点师手工制作，味道可好了。"

成功地将人送开了。

何修远的脸色有点不太好，但没有说什么。他也点了一杯啤酒，与秦誉轻轻碰杯，各自饮了。

倚着吧台，秦誉晃了晃杯中的酒，觑一眼对方的脸色："修远，这次我邀请卫星，你不生气吧？"他和何修远高一时便是室友，关系极好，可谓能两肋插刀的铁哥们。

何修远轻轻地笑："你肯提携她，我有什么好生气的。"

秦誉对何修远的心思自是清楚，饮了口啤酒润嗓子，又道："不是我不支持你，是小美女心不在你身上，你又何必再争呢？陆一宸不是外人，你们别为了一个女生闹得手足不和。"

何修远看着杯中的酒，半晌，拳轻砸在吧台上叹道："有点……不甘心。"

秦誉拍上他的肩头："好啦，有什么不甘心的，不就是追一个女生没追上吗？你再换个追一追，说不定还是追不上。"

啤酒喝完，两人又分别要了杯红酒。

何修远道："觉得自己特别窝囊，从小到大一次都没争过他。就算他大不如从前了，我仍是争不过他。"他按了按胸口，"闷着一口气。"

秦誉端着酒笑看他："高考之后出去转转如何？全国大好山河跑一圈，多少的气都能散尽。"

何修远按上额头："再说吧。"

秦誉轻轻碰上他的酒杯，仰头饮了一口，意味深长道："修远，你可别钻牛角尖。"

卫星刚坐下，便有男生前来邀舞。只是那男生刚欠身，陆一宸已从旁边走过来，浑身冷气地坐下来。男生瞥一眼这位冷面阎王，把邀请的话硬生生咽了下去，讪讪地退走了。

陆阎王所在，周围三米全是真空地带。卫星端了块小蛋糕，低头咬了一口，有点想笑。吃得不小心，唇畔沾了一点奶油。陆一宸撕开湿纸巾，让她转过脸，轻轻帮她擦掉："明年这个时候，我们也就毕业了。"

卫星挪了挪位子，坐得挨近一些："毕业之后有什么打算？"

陆一宸笑了一笑："先把最重要的那件事办了，然后去读大学。"

卫星转了一圈眼珠："最重要的那件事是什么？"

"你猜。"

"我哪里猜得到你的心思。"

"猜不到？那我明年再告诉你。"

两人又说了一会儿话，接着秦誉回来了，带着她又到舞池里跳了两圈舞，在众人面前多露露脸，以及跟周围的人搭上两句话，刷一刷好感度。

卫星有今晚的一次精彩出演，再加上自身的漂亮资本和优异的学习成绩，接手六中校花之位已是板上钉钉。

她也看出秦誉是有意帮她："秦学长，谢谢你。"

秦誉带着她走出舞池，犹豫着笑道："卫星，有句话不知当说不当说。"

"秦学长请讲。"

"你们马上就要高三了，将面临高考这个人生的分水岭。有什么事记得往后推一推，学生嘛，始终要以学习为重。"

卫星听得有点懂，又不太懂，轻声道："秦学长是说我和陆一宸吗？"

秦誉哈哈笑两声："你明白就好。"

我并没有明白。

舞会晚上八点半结束。

卫星踩着十五厘米的高跟鞋，被秦誉带着跳了好几支舞，又跟在场的学长学姐们一一招呼，她身子骨弱，这么一番下来已露疲态。秦誉见状，很善解人意地提出送她先回去。他只将人送到酒店外，因为陆一宸早在外面等着了。秦誉将她推过去,玩笑着道:"陆学弟,人还给你了。你现场检查可有少了什么,出门我不认账的。"

陆一宸少见地露出和气之色:"秦学长说笑了。"

时间已经不早,天早黑透,街上人流不多,很空旷,只时不时驶过一两辆汽车。路灯两列,灯光昏黄。没有叫车,两人慢慢地往回走着,又是都没有说话。卫星穿着那么高的细跟鞋,走得实在累,不留神间脚崴了一下。

陆一宸忙将她扶住:"累不累?"

她点了点头。

陆一宸俯身,将她抄着腿弯抱起来。他个子高,力气足,抱一个瘦瘦弱弱的她绰绰有余。让她将头靠在肩膀处:"累了就睡会儿吧。"

卫星本来又累又困,但偎在他怀里却慢慢有了精神,搂着他的脖子一阵笑,轻轻地喊:"陆一宸。

"你记不记得转校来的那一天?

"你抱了我两次。上午一次,晚上一次。"

"是三次,中午你中暑晕倒了,还是我抱你去的校医室。"

竟然还有这么一回事,卫星板起脸,佯作不悦:"你怎么能随便抱不认识的女生呢?"

"好,我以后改掉。"

"陆一宸。"

"嗯。"

"你为什么要抱我呀?我们都还不认识。"

"大概是……因为你美。"

这一刻,卫星想起了第一天的自己。

这段时间,卫星每周末都到男生408寝室补课。这次补课与以往不太相同,之前只是她给赵慕三人补习,现在还有陆一宸帮她给赵慕三人补习,主要补物理课。

"小星,九月份开学时有一场省级物理奥赛,你要不要参加?省级奥赛夺得名次，接着能参加全国奥赛，后面再努力一把进入奥赛国家集训队，就能获得A大的保送资格了。"

卫星拿不定主意："我没参加过奥赛，恐怕应付不来。"

陆一宸按着她坐下："没关系，我帮你补课，我对你有信心。"

赵慕咬着笔杆子直笑："星星姐，宸哥这是等不及高考，想趁早把你们两人的事定下来。你就听他的话，好好参加吧。"

卫星一阵面红耳热，抽出物理课本和练习册慢慢坐到他旁边。

虽然陆一宸跟她比之前走得近了，但仍保持着一定的距离。每次亲近时她都能隐约感受到他很克制，仿佛压抑着自己的某种情感。

所以，他不主动抱她，也不主动吻她。

他们现在是高中生，面临着高考这一人生大事，有些事情的确需要向后推一推，她知道的，他也知道的。

如果她能加入奥赛国家集训队，能拿到A大的保送资格，就相当于提前参加了高考，肯定能进入大学了。

高中生是不好谈恋爱的，但大学生却全然不一样。

卫星将课本和练习册一一摊开，小声道："那，请多多指教。"

奥赛题跟高考题不一样，高考题有一定的套路与固定的几种模式，只要掌握了知识点，沉下心多练习慢慢做，久而久之便能摸到窍门。

奥赛题在基础知识点的掌握之上，更注重技巧，注重打开学生的思路，可谓每一道题都是新的，需要极为灵活的头脑和很好的创新探索能力才能解决。

卫星不太习惯，做得有些吃力。

陆一宸耐心十足，从旁指导她，还常带她到郑老头那里借用物理实验室，一边讲理论一边做实验，帮助她更好建立起系统的思维模式和创新探索能力。

于是继每天早上六点准时到练舞房练习舞蹈之后，又开始了每天早上六点准时到物理实验室补物理课。

卫星想了想，自从跟陆一宸沾边之后，她好像就没消停过，真正做到了起得比鸡早睡得比贼晚。果然天才出于勤奋，站在天才身边不勤奋也得勤奋。

不过，陆一宸也不是一味枯燥地要求勤奋，有时见她学习一天学得累了，晚自习课间会带她出去走一走，吹一吹夜晚的凉风。

陆一宸喜欢往天台上站，凭栏俯瞰C市高教园区。

卫星跟着他一块爬上去。

天台很高，又安静少人，很适合两人一起看星星看月亮。

倏忽间，一颗流星划过。

卫星忙提醒："陆一宸快许愿。"一边说着一边率先闭上眼睛，默念着许下心愿。

她睁开眼时，陆一宸正含笑看着她。

卫星问："喂，你到底许了没有？"

"许了。"

"许了什么愿望？"

"不可说。"

每次都问不出他的心里话，卫星有些不高兴，轻轻瞪他："是不是想换一个更漂亮的女生？"

陆一宸竟然点了点头，"想倒是想。"她气得要踹他，他笑着又道："不过，那也得有。"

卫星转了一下眼珠，挨到他面前问："是不是我最好看？"

陆一宸笑："那当然，六中才貌双全的校花，美得能上天。"

空气中溢出一层微薄的热，气氛变得有些暧昧。互相望着彼此，目光一点点变得幽且深。陆一宸没动，卫星也坚持着不动。她倒要看一看如果她不主动，他是不是就不向前一步？

事实是……还真这样。陆一宸按着栏杆慢慢站直身子，慢慢转开目光："小星，该回去上课了。"

她有些生气，有些赌气："不回去。"

他单手插入兜中，转身就要走："那我回去了。"

卫星心中涌起一股莫大的委屈，突然间想起很多事情。第一次来天台找他，他却变得冷漠，甚至用言语侮辱她。第二次来天台找他，他却远离她，故意说不干不净的话气她。还有上次酒店中，她过敏起了一脸红肿，在那么难过与害怕的时候，他却能转身就走。他们现在的亲密关系，也全是她一个人主动。

如今，她不开心了，他也不来哄一下却自顾自地要回去。他到底喜不喜欢她？他们之间的爱情真是平等的吗？小情侣吵架，主观性很强，感情色彩十分浓重。好的时候，就算对方有错那也是美丽的错误。不好的时候，就算他对了那也是对得不合时宜。

卫星此刻正不高兴，看陆一宸便觉怎么看怎么不顺眼，怎么想怎么都是他不在乎她。她闷着一口气，对着他的背影大声道："你走，走了就不要再回来！"

陆一宸这才意识到不对劲，慢慢地转过身，无奈道："小星，怎么就生气了？"

卫星气呼呼地瞪着他："只有你能生气，我就不能生气吗？"

陆一宸走过来，轻轻哄她："能，你当然能生气。只是生气对身子不好，咱还是别生气了。"

她倔脾气上来："我就要生气！"

陆一宸慢慢地笑了："你要跟谁生？"

"跟……"卫星的话突然说不下去，红了脸。

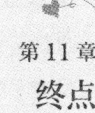

第 11 章
终点

这则帖子是在高考一周之后被放上来的,一个小时内成为热帖,当天点击量飙到十万以上,并被C市各大论坛置顶与大量转发。

帖子名很长,"六中校花的神秘男友现身,竟是患有精神分裂症和蹲过局子的瘾君子?是真爱,还是葬送青春的盲目?"

帖子先放了卫星在高三毕业舞会上令人惊艳的高清大图。

接着写了六中新任卫校花成绩优异,长相美丽清纯,虽然家境清贫却一直很努力,又性情温和善良,深得学生和老师们的喜爱。帖子上放了卫校花平时的成绩排名,以及一张张满分卷子图。又提到卫星在C市校园素质能力大赛的辩论赛中公开承认喜欢一位身陷泥沼的男生,并用八字排比式大胆表白:

"不惧过去,不畏将来。不怕艰难,不怖阻碍。情之所在,他之所在。虽千万人,吾——往矣!"

帖子上还放了卫校花辩论赛上对着C市电视台直播镜头深情告白图。

其后扒了卫校花的神秘男友,阐述了该男生是一个患有精神分裂症以及狂躁症、成绩极差、常常旷课、性情桀骜不驯的人。

帖子放了陆一宸倒在"有间酒吧"外狂躁症发作图,以及那天晚上跟社会混混打架还袭警的图。

全在夜晚,照片拍得不太清晰,更像是截图。虽然不能清晰认出图中人的面貌,但细看之下可辨出男生身形。

帖子最后还意味深长地留了一个悬念,说两人已越过那道线,并暗示有大尺度照片为证。此帖一出,C市各大校园论坛疯狂转发,乃至当天C市报纸在娱乐栏目中也辟出一小块地报道了这件事情。还有评论员对此事就中学生的教育与早恋现象进行了点评。

卫星在C市校园素质能力大赛的辩论赛中,坦言自己有喜欢的男生,并现场深情表白,用纯洁无瑕的少年恋情打动了现场的观众和评委,在身处劣势的情况下带小组成员击败一中,摘取桂冠。

尔后六中的高三毕业舞会，卫星又惊艳亮相，和上届校舞赛冠军秦誉共同演绎一出精彩舞蹈，带动全场气氛，一举超越高二年级众美女，接任六中校花之位，令人叹羡不已。

上周，高二年级全市统考成绩与排名出炉，卫星又是稳列全市第一名，甩了第二名将近二十分。

才貌双全的卫校花热度正足，风头正盛，处于C市校园舆论的中心。

然而站得有多高，摔下来时就能有多疼。

如果不是有以上众多闪闪发光的名头，那么她和陆一宸的事不可能有多少人关注。毕竟家长与学校虽然不同意早恋，但也不是遇到早恋现象就一棍子打死。

但人一旦加了名头就全然不一样，卫校花成了六中乃至高中校园的一个代表一方缩影，她和陆一宸的行为不再是自己的事，而是一种舆论导向，他们的对错也将被无限地放大。

众口铄金，积毁销骨。舆论之下，无形凌迟。卫星因为家庭缘故，一直谨小慎微，遇事以和为贵，尽量不去争什么，不与任何人有冲突。她只对着陆一宸任性了一次，然而这一次就足以将她未来的人生击垮。

一步地狱。

她甚至不敢去上课，不敢出门见人，害怕面对同学们异样的眼光。走在路上，感觉就像被剥光了衣服一般，无比耻辱却又怎么都遮不住。

而陆一宸的情况则更糟糕，旷课、打架、成绩差、狂躁症、精神分裂。

一夜之间所有的不堪全都被翻了出来。原来高冷又帅气的表面下掩藏着这么多的污浊。原来他除了这张脸外一无是处。狂躁症犯了六亲不认。听说上次击剑赛，他中途退出就是狂躁症犯了。

幸好当初递过去的情书被撕了，幸好没有跟他走得太近。关于两人的流言如同瘟疫一般越传越广，变异得面目全非。甚至有传言说，他们早就认识了，早就越过那道线滚到床上去了，连堕胎这种事都有的。不然卫星身体也不至于那么差，不然陆一宸不至于第一天就能当着全班同学的面抱她,还常送她到校医室。

事情传得没边没沿,还各种有图有真相。

卫星勉强支持到第四天,垮掉了。因为……卫亮来了。

婚事告吹,卫珍将账记在卫星头上,闷在家里不出门,日子过得浑浑噩噩,抱着朱沛望送她的那部手机点来点去。不知怎的就点到了那张帖子,看到了关于卫星的传闻。

她将此事愤然告诉卫亮,卫亮气炸了。卫亮这辈子最怕的就是卫星走上卫宁那条路。卫宁当年正是出去半年不到,便被富家公子看上了。富家公子最初表现得很体贴很绅士,不计较卫家的极度贫困,不计较卫宁大字不识一个,开着军用吉普车送卫宁回家,还在卫家住了两天,殷勤地帮着做饭洗碗下地干活,信誓旦旦地许承诺,说娶卫宁,一辈子对她好。

卫亮相信了,以为妹妹找到终身依靠,放心地让对方把人带走了。然而,三个月不到。卫宁孤身回来,没有结婚,却怀了一个多月的身孕。无论卫亮问什么,她都不肯说,只一个劲地哭。而那位富家公子从此再无音讯。

怀孕七个月时,卫宁出去提水,在井边摔了一跤。当晚孩子出世,卫宁给女儿取名叫"卫星"。

一个月后。

卫宁产后极度虚弱,家里没钱送医院,在大好的年华撒手离世。

卫宁的死成了卫亮心口一道永远无法愈合的伤,每当想起来就疼得撕心裂肺。

如果不是他当初轻信那个男人,轻信对方的许诺,他的妹妹又怎么可能落到那种下场?

十多年后的今天。

又一位富家公子说了同样的话:"我是真心喜欢小星的,等我们到了法定结婚年龄,我立刻娶她。叔叔,请你相信我。

"叔叔，我明天就带小星去见我爸，我们下周就订婚。"

"叔叔，如果您还信不过，我愿意签订财产分割协议，把将来我名下的资产分一半给小星。"

卫亮越听神色越冷，越怨恨："陆公子，你当我卫亮是来卖女儿的？有钱很了不起吗？有钱就能买走我家小星吗！"

"叔叔，我不是这个意思……"

"我卫亮再穷也不会让小星往火坑里跳。陆一宸，你别害小星了好不好？你自己的情况自己清楚，小小年纪就能得这种病，还打架进过警察局，你们陆家就算再有钱有势，我也不会让小星嫁过去。"

卫亮说着眼里闪了泪，"扑通"一声跪在陆一宸面前："陆公子，小星虽然不是我闺女，但我待她比闺女还亲。她没爹没妈，身子又不好，养到现在很不容易。你放过她吧，算我求你！"

陆一宸忙拉他："叔叔，你不要这样。"

卫亮不起来，将头磕在了地上，一个大男子汉当场落泪："你放过我家小星吧，算我求你了。"他跪着又转向何钧，"何先生，你给我家的钱，我全部还给你，明天、最迟后天，我全都给你，一分不会少。我什么都不要，你们把卫星还回来。"

何钧将人拉起来："卫老弟，你别太激动。事情不是你想的那样，我们慢慢说，慢慢商量。"

卫亮却已听不进去："小星呢？你们把她藏哪里去了？"

何钧只得道："叫卫星过来。"

等卫星到了，卫亮一把把小丫头抱起来，带着她不由分说往外走："小星，跟舅舅回家。我们不念书了，我们回村里去。"

何钧忙将人拦下："卫老弟，你再坐一坐。我还有话要跟你和卫星说。"

卫亮跟魔怔了一般，抱着卫星不撒手："不坐了，我们马上就回家，我们再也不来了。卫宁，哥哥带你走。"

何钧听得话语不对:"卫宁?"

卫亮忽地瞪起眼,凶狠道:"你们别想抢我妹妹,别再想骗我。"

卫星也吓住了,哭着喊了一声:"舅舅——"

卫亮目光直愣愣的,用手擦她脸上的泪:"小宁,你别哭,怀着孩子可不能多哭。他不要你没关系,哥哥养你。"

卫星吓呆了。

卫亮絮絮叨叨又道:"这件事全怪我,看着他文质彬彬就以为是个好人,就让他带你走了。也是我太心急着攀富,家里穷惯了,想着你终于找到个富裕人家,有终身依靠,就恨不得马上把你嫁过去。要是再等一等,多打听打听,跟着到他家里看一看,或许就没后来的事了。"

何钧拨通电话,压着声音道:"叫吴医生过来。"

卫亮说着回头瞪向陆一宸:"小宁,他不是好人,你别跟他走。"见卫星只哭不说话,又大声训道,"你听到了吗?爹妈不在了,你要听哥哥的。"

卫星隐约觉察到卫亮精神方面出了问题,哭着道:"舅舅,我哪里都不去。"

卫亮纠正:"你喊错了,你该喊我哥哥。"他抱着卫星又要向外走,"小宁,我们回家。哥哥再给你挑一个,穷没关系,只要对方一辈子对你好。"

卫星哭得不成声,卫亮又道:"你别哭,怀着孩子不能哭。"

何钧等人费了好一番劲才将卫亮送到医院。卫亮推推搡搡:"我又没病,你们送我到医院干啥?我们家穷,可没有钱住这样的大医院。"

最后还是卫星把他连说带哄拖了进去,诊断结果很快出来了,轻度精神障碍。病因是平时压力太大,情绪不得宣泄,又受到强烈的精神刺激,导致突然发病。需按时吃药,合理调整情绪,解除精神方面的负担,并引导他参加集体活动和工娱治疗。病不算重,耐心治疗有望康复。

卫星出去时,陆一宸等在医院外面。她没有看他,低着头走路。才四天时间，却仿佛经过了沧海桑田。卫星慢慢地走了两步，哑着嗓子道："那天晚上，是我不对，我太任性了。"

"小星……"

卫星想要抬起头，却觉得脖子如坠着千斤重量，压得人只能弯腰："陆一宸，我们的确不合适。所以，算了吧。"

陆一宸顿住脚步。

"我该听舅舅的话，该好好学习的，而不是想些有的没的。"卫星抬起手比画了一下，难过得几乎说不出话，"报应一下子就全来了。"

"这件事从始至终都是我的错，我先追的你，我太不懂事了。陆一宸，我已经想好了，等舅舅的病好转我就跟他回去。我们，以后就不见了。"

陆一宸没有再说话，他的话一向极少。卫星到外面买了几个苹果，准备带回医院削给卫亮吃。她低着头，只看脚尖，走到医院大门处，向身后如影子一般的男生道："你别跟着我了，你……很影响我。"

陆一宸停在那里，看着她走进医院大楼，那副瘦瘦弱弱的背影一点点地消失了。陆一宸靠着医院外围的墙壁，站了许久，从下午一直站到天黑。他拿出手机，拨了一个号码。

电话只响一下便被接通。

"一宸？"有点沉有点抖的男子声音从听筒处传出。

陆一宸默了片刻，慢慢道："爸，我有件事要跟你商量……"

三天后，早上九点左右。

卫星在市中心医院照顾卫亮吃了早饭，又陪他说了一会儿话，正准备回校上课。这时，宁采薇气喘吁吁地跑过来，一直冲到五楼精神科，不顾医院不许大声喧哗的规定，一边跑一边号起大嗓门："卫星，陆一宸要走了！"

卫星如五雷轰顶，怔在当场。宁采薇挨个病房找过来，见她呆立着，忙将人连扯带拉拖往楼下："听说是出国，他爸刚才来接他了。"

卫星有些发懵，心口突然疼起来，疼得很是厉害。宁采薇一直将她拖出医院大楼才注意到情况不太对，看她一脸惨白，忙停下："小星，你生病了吗？"

卫星摇了摇头，嗓子哑得几乎发不出声："带我过去。"

季茵茵早叫好出租车，坐在副驾驶的位置，等在医院门外。宁采薇将后面的车门拉开，将卫星一股脑儿按入车内，自己也不坐上车，"砰"地关上车门。

季茵茵无缝衔接，吩咐师傅道："回六中，要快！"

市中心医院距六中不远，也就三站路。但上午九点，正是上班高峰期，路上堵了一长溜儿的车。出租车师傅被催着按了好几次喇叭，前面车流却动也不动。季茵茵急得捶车门："这到底还走不走？"骂完之后，又忙扭头安慰卫星，"你别担心，学校里有白璐拖着他们，能赶得上。"

一分钟过得像半年。终于，车子往前动了，然而刚走上一站路，又堵住不动了。

季茵茵一脚踹上前面的汽车挡板，愤然道："我要是市长，回头就把这条路给端了。"

卫星捂着心口，一张脸越来越白，额头冷汗层层地冒出来，眼前有点晕晃。

季茵茵从后视镜中看见，惊道："小星，你没事吧？"

卫星忍着钻心的疼痛，摇了一下头。

不知过了多久，停滞的车流终于向前挪动。前面是高教园区，道路相较畅通一些，出租车司机在季茵茵的夺命咆哮下，连闯两个红灯一路赶过去。

季茵茵踢开车门，一边开后门拉卫星出来，一边向司机道谢："师傅，你的工牌号我记下了，回去给贵公司写感谢信。"

季茵茵来不及多说，一脚踢上车门，拉着卫星跑过去，六中门口停着一辆颇为霸气的加长版黑色汽车。

陆季泽带着陆一宸正从学校走出来，父子俩走在一起，一个气质沉稳一个气质凌厉，倒是好一道风景线。司机早打开车门候着，陆氏父子正要坐入车中。卫星被季茵茵拖着追过来，喘着气喊了一声："陆一宸。"

陆一宸身子僵了一僵，却没有回头，坐入车内。陆季泽倒是看过来一眼，冲她们轻点了点头，接着也坐到了车里。

车子发动，向前驶去。

卫星推开季茵茵，捂着心口追着汽车跑："陆一宸，陆一宸……"

然而汽车速度转眼提上来，未等她追上，便驶向道路前方，将她甩得远远的。卫星跑了一小段路，跑到惶急，被人行道上的一块翘起石砖绊倒了，磕得浑身生疼。心口憋闷得厉害，像要炸开一般，她抬起头，望着汽车驶离的方向想喊他的名字，然而张着口却发不出声音。

季茵茵追上来，见状不对，蹲下来拉她急得要哭："小星，你怎么了？你是不是心脏上的病犯了？"

眼前阵阵发黑，心脏抽搐般疼，卫星趴在地上，已不能回答她。

季茵茵吓得哭出来，一时连打电话求救都忘了，冲着街道上的行人大喊："来人呐，救命啊——"

通往机场的高速路上，加长版的黑色汽车内。陆一宸坐在后排位置，头抵着前面的座椅靠背，抱着书包，肩头耸动了两下。陆季泽在旁边，拍了拍儿子的肩膀："想哭就哭出来吧，这里没有外人。"

陆一宸低着头沉默，陆季泽不再多说，点了根烟，一口接一口地抽着，缓而沉道："人这一生，就算处处谨慎也难免走错几步。有时候错了就只能一路错下去，有时候错了还有机会回头。一宸，你们年纪小，路还长，将来也能再见到的。"

陆一宸不说话，垂着头，整张脸都埋在阴影中。眼泪从书包顶端滚下来，落在抱着书包的消瘦的五指上，浸得指尖水光粼粼。

陆一宸登上飞机时，卫星被送入了急救室。

急救室的门打开了，一位医生从中出来，高声问："谁是病人家属？"

李倩小跑着过去:"我是她的班主任,有什么情况跟我说也行。"

医生道:"小姑娘的心脏病已经很严重,不能再拖下去,建议动手术。"

李倩想了想,点头:"那就动手术吧。"顿了一顿,又道,"手术单上我来签字。"

心室间隔严重缺损,因为患者年龄接近成年,所以选用了介入治疗。市中心医院技术好,收费也高。手术费用、住院费用、医药费,再加上杂七杂八的检查费护理费等,加起来预计要二十多万。

卫家穷得家徒四壁,自然出不起这个钱,不然也不会任由卫星拖着这个病一直到现在。先天性心脏病,早发现早解决,一般婴孩时期就治疗掉了。

卫家出不起钱,卫星的手术又要做,那么就得想想办法了。

周扬得知这个消息,准备发动班里的同学募捐。十几万的医疗费用虽然不少,但对于土豪一班而言,也不算太多,大家每个人凑一些能凑得够。

周班长正打腹稿时,赵慕听说卫星要做手术,也连忙赶过来:"宸哥临走前在我桌子上留了一张银行卡,不知道是什么意思。"

周扬和赵慕两人拿着这张卡,插入医院外的取款机,跳出了输入密码页面。赵慕想了想,输入陆一宸的生日数字,密码错误。

赵慕又输入自己的生日数字,仍是密码错误。赵慕转头问周扬:"卫星的生日是几月几号?"

周扬报给了他,赵慕输入卫星的生日数字,页面跳转了。

两人凑上去数了一下,4后面跟着5个0,整40万。

去掉二十多万的治疗费,剩下的供她读完高中和大学绰绰有余。烈日之下,周扬和赵慕面面相觑。赵慕跟着陆一宸有一段时间,对陆老大的心思能摸到一些:"密码是卫星的生日数字,那么这笔钱便是宸哥留给卫星的。不过为什么不是直接给卫星,却给了我?"

周扬想了半晌，道："陆一宸的意思恐怕是不想让卫星知道这笔钱是他给的。他这一走不知什么时候才能回来，或者说不知道还能不能回来。他不想让卫星觉得对他有亏欠吧。毕竟……"

赵慕叹了一口气。

毕竟未来的事情很不好说，陆一宸走了，不知要走多久，哪能让卫星一直等着他？如果遇到合适的或者心仪的，卫星也要谈恋爱也要嫁人不是？

周扬道："陆一宸既然给了你，他的意思应该是要你接这个名头。等卫星问起来，你就说是你给的。"

赵慕摇头："四十万不是小数目，你以为卫星会信？"

"那你说是你借给她的，等她大学毕业挣了钱之后慢慢还。"

"到时难道要她还给我？"

"你傻啊，到时说不定卫星早就恋爱结婚了。你那时再说出来是陆一宸给的，她也不会有太过激的反应。隔了那么久，多少感情也淡了。"

"……好吧。"

C市中心医院的技术过关，手术很成功。

术后卫星住院半个月，其间，一班的同学和老师倒着班来照顾她。接着她回学校悉心调养了将近一个月。

六中放暑假，学生们纷纷回家。

何钧怕卫星再出差错，便没让她回去，接她来何家住着，慢慢地将养身子。

其间，卫亮的病症有所好转。

何钧跟他谈了大半天，说陆一宸已经被送出国，三年五载绝对不会回来，又签了协议书保证不会再有人打扰卫星。

卫亮这才勉强同意卫星继续留在六中就读。半个月的暑假倏然而过，开学便是高三了。

那封风靡C市的帖子随着陆一宸的离开而渐渐沉没,不过偶尔也会有一两句议论,说六中校花曾经跟一个年级倒数第一的男生好过。除开那男生的种种劣迹不谈,两人在相貌上还挺般配,男生高大英俊女生俏丽漂亮。

帖子把卫星夸成了一朵花,把陆一宸贬成一文不值的牛粪。

鲜花插到牛粪上,那么舆论肯定是一边倒地谴责牛粪。后来这坨占尽便宜的牛粪被大家劈头盖脸骂走了,众人心理终于平衡。

于是也不再有人提这事。偶有说起,也不过当成一则过气的校园花边新闻聊两句。没有陆一宸的日子,时间过得很快。

因为高二(1)班,哦不,高三(1)班的同学围观不到男神女神整日分分合合的那些事儿,平日里极缺谈资,于是只能闷头学习。听两节课打会儿盹开会儿小差,一上午就过去了。听两节课做一张卷子无聊地向窗外望会儿,一下午就过去了。做一张卷子琢磨几个错题抠抠脚,一晚上就过去了。

高三(1)班的纪律委员一直空缺,然而班级纪律却出奇地好起来,成绩也越来越好,其他班主任来取经。李倩斟酌良久,给了一句:"无为而无不为。"

其他班主任忙借鉴到自己班上,也同样把纪律委员一职空起来,可是班级纪律却越来越差,成绩也下滑了。

某些老师就是不厚道。

高三(1)班倒数第二排的过道边的位子也一直空缺。不过位子上却摆着课本、练习册和笔筒,桌面也擦得干干净净,好像它的主人从不曾离开过一样。

紧张而又充实的高三生活眨眼将尽。直到高考前夕,新一届高三毕业舞会举办。

一班自升入高三之后便越来越团结,团结到其他班级抗议说他们班在学校内搞小团体。一班师生得知之后,不约而同地摆出一脸高冷范儿,压根理也没理。

那晚的学校毕业舞会,他们借着场地在喧嚣的舞会中开办了班级聚会。五十九名学生加几位老师推杯换盏喝得不亦乐乎。

卫星被上次喝酒过敏的经历吓到,一口酒也不敢沾,负责给大家倒酒添酒送纸巾湿巾以及照顾喝醉的同学。

喝醉了就能得到女神的亲自照料。于是那天晚上,一班男生喝醉了一多半。然而喝倒的人数太多,卫星照顾不过来,只得叫了服务员。赵大爷是极少数的几个没有喝高的男生,甚至留到最后,还帮着卫星一起收拾与打扫了场地。赵大爷真是越来越贤惠了。

晚上快十点时,两人一同步行回学校。街上人烟稀少,路灯昏黄。进了六中校门,两人将分向一左一右。这时,卫星犹豫着叫住他:"赵慕,你能不能再……"

没等她说完,赵慕打断她的话,踢了一个正步,中气十足地喊道:"星星姐!"

自从陆一宸走后,自从升入高三,六中已经没有人再叫她星星姐了。新到六中的高一小崽子们连陆老大是谁都不知道。

九年之后。

又是一个夏日,无论C市还是A市,全一样的赤日炎炎。林荫道上,一位年轻女子慢慢走着。她身材高挑纤长,乌发垂至腰间,穿一身素雅的浅蓝色长裙,拎白格子手包,画着极淡的妆容,眉若远山,面似桃花,裸露在外的肌肤盈盈如凝玉,气质文雅而宁和,仿佛一幅岁月静好的山水画。

提包中,"嗡嗡"几声铃响。她拉开包链,拿出手机,屏幕上显示"×时报×副主编"。铃声响了一阵又一阵,她只得按下接听键,露出标准的微笑:"叶主编,你好。"

"卫大美女,今晚有时间吗?邀你一块共进晚餐。"一道颇有些撩拨意味的男子声音笑着传出来。

她笑了一笑:"不巧呢,今晚有篇稿子要翻译,需要加班。"

对方对这答案似乎并不意外,笑道:"中翻院有那么忙吗?每天都加班。"

她亦笑:"我手脚比较笨拙,只能用勤快来补了。"

对方不拆穿:"那注意身体,别太累着了。"

"知道的,谢谢叶主编。"

挂断电话,她轻轻松了一口气。大四那年她到时报实习,叶副主编带过她一段时间。从此之后,这位叶副主编便时常约她。她拒绝N次,他约N+1次,耐心好得出奇。大家都是文化人,作风斯文,他每次不强求,她也不好把事情做得过分。何况这位副主编带她时颇为用心,切实地帮过她好几次,就连她现在的这份中翻院工作还是叶副主编帮忙介绍的。

捋一把散下来的头发,她一手提包,一手翻着未读短信和微信,要么是邀她出去吃喝玩的,要么是以各种理由搭讪的。

指尖上下拨动一番,见没有工作上的事情,便佯作没看见,将手机塞回包中。

然而刚塞回去,铃声又响了,她连忙接听电话:"舅舅,打电话有事吗?最近身体还好吗?"

卫亮的声音从另一边传出来:"好着呢,小星不用担心我。"

两人聊了几句家长里短,又说说最近的天气和地里的庄稼情况。

兜兜转转说了好一通,卫亮开始入正题:"小星,交男朋友了吗?什么时候带回家来让舅舅看一看?"

她笑道:"还没呢。"

卫亮催道:"你大学毕业都四五年了,工作也稳定,该找男朋友了。你隔壁二伯家的丫头年龄还没你大呢,现在二胎都生了,你要多上点儿心。"

她"噗"地笑出来:"人家十八岁结的婚,我哪能比?"

沉默了片刻，卫亮叹一口气："小星，该找就找吧，女孩子青春就那么几年，耗不起的。当年的事你别怪舅舅，就算让我再重新选一次，我也不会同意你们在一起。精神病可不是闹着玩的，舅舅不能眼睁睁看着你往火坑里跳。"

卫星没说话。

"这么多年还没回来，说不定早在国外结婚生子了。人家是富家公子，有大把大把的钱，无论到哪里都不缺女人，就算他不主动要，也有很多女人赶着往他身边凑。"卫亮的声音又苦又涩，"小星，你别像你妈妈一样傻。"

卫星忙笑道："真的是没有合适的啦，跟他有什么关系。舅舅你别多想。"

"那就好，今年一定要上心了，争取年底带男朋友回家。"

"好好，全听舅舅的。"

挂断卫亮的电话，卫星想着应该没什么重要来电了，索性按了关机键，把手机扔回包中，沿着人行道慢慢地往回走。

快十年了。

高三一年、大学四年、工作四年多，时间就这么一转眼过去。没有人知道陆一宸的消息。

大学毕业时，她鼓起勇气侧面询问何钧，何钧给的答案却是："说起一宸那个臭小子，真是白疼他了。自从出国后，一个电话都没给我打过，连他爸也不知道他跑到哪里去了……"

她不知道何钧说的是真话还是假话，不过对方既然给了这样的答案，再多问下去也没有意义。曾经，她想到陆家去问，然而终未能成行。她和他在那一年就掰了，早就是不相干的两个人。她追的他，她甩的他，有什么脸面到陆家去问他的消息呢？

一朝得病，十年镇定。她等他十年，十年之后若他还没有消息，那就……

掐指算一算,过了今年九月份就十年了。

卫星捋一把长至腰间的发,笑叹着想,年底还真要带个男朋友回家。回想起过去有点刹不住,往事不断翻上脑海。C市中心医院外,她拎着三五个苹果往回走,他像影子一样跟在她身后。她停下来,低头看脚尖:"你别跟着我了,你……很影响我。"

六中学校门外,她捂着疼得炸裂的心,追着那辆黑色汽车跑,喊他的名字:"陆一宸,陆一宸……"

宿舍楼天台上,他们闹别扭。她又气又恼,使劲地推他:"你走啊,走了就别回来。"

那一走,还真就不回来了。卫星顿下脚步,单手捂上眼睛。泪从手掌下滚滚滑落,模糊了视线。

视线模糊中,旁边的车道上,一辆黑色汽车驶来。微下降的车窗间,那张轮廓分明的脸一闪而过。

卫星怔了,刹那间反应过来,踩着高跟鞋一路追过去:"陆一宸——"

(全文完)

番外

番外一
陆王子

十五岁之前,他一直在走运,被各种赞美声捧得无限高,以为人生该当如此辉煌而张扬。十五岁之后,他从天才的神坛摔下来,跌入尘埃之中,才知光明的背后还隐藏着深重的阴暗。

他不肯信命,但又不得不信,一次次拼尽力气站起来,又一次次狼狈地倒下去。很多次他想过放弃,任沉重的现实将自己打垮,但内心仅存的那一丝骄傲又迫使他继续挣扎着。

他对未来对人生已经完全丧失期待,纵使走在白昼之中,眼前也是漆黑的。他知道自己撑不下去了。他只需再跌倒一次,所有的光明与骄傲就到了尽头。

戚惠已怀孕八个月,他将有一个同父异母的手足。那位他称为父亲的男人无法同时照顾他和快要临产的娇妻,于是跟何钧通了电话,让这位舅舅暂时照看他。

转来 C 市六中的前一天,陆季泽怀着一种显而易见的内疚和他说了一通话。但他一句都没听进去,所有的人与事他已不再在乎,不论他是陆家的长子还是弃子,全都毫无意义。

舅舅何钧把他从 B 市接到 C 市,再安排入六中读书。何钧将六中和高二年级的情况跟他说了一遍,问他想去哪个班级。

他说，一班。

一班的纪律最差成绩最差，各种各样的学生都有，各科老师和班主任也懒得管。他已经丧失了对未来的信心，只想把自己像蜗牛一样蜷起来滚入尘埃里，不被任何人注意到。鱼龙混杂的一班最为合适。

入校那天，因为何钧有桩生意要谈，由陆家跟过来的司机肖叔送他到六中。他在六中附近的红绿灯路口第一次遇见她。他一眼就注意到了她，因为她那副乡下人打扮在繁华的都市中显眼而狼狈，像个叫花子。他低头看衣着光鲜的自己，忍不住想笑，他又何尝不是一个灵魂的叫花子，狼狈地在生活的泥沼中打滚？

第二次见她是在六中宿舍楼下。他没想到她竟也是六中的学生，六中学费昂贵，不是一般家庭承担得起的，一个乡下打扮的女生能来读六中，其中大概有他不知道的原因。好奇一掠而过，没有在他心中留下波澜，他对任何事情都已没有兴趣。

很巧合，他们同在高二（1）班。

她站在讲台上做自我介绍，很紧张，头也不敢抬，说话磕磕绊绊。她说她叫卫星……

她太紧张了，甚至连脚下都没细看，下讲台时一脚踩空将栽倒。他受过严格的军事训练，身手敏捷反应够快，及时从后面揽住了她。此时正是夏季，衣裳穿得不多。隔着轻薄布料，肌肤相挨，他清晰地感觉到她的身子很轻很温软，敞开的衣领处飘出极淡雅的香，像一块上好的奶糖。她太紧张了，连站都站不稳。

中午时，同学们拥挤下楼到食堂用餐。他没什么胃口，站在走廊栏杆后看这座陌生的学校，却无意间看见她。她站在烈日底下，低着头，畏畏缩缩，任来往的同学指指点点。那些将人凌迟的目光落在她的身上，仿佛也落在他身上，这一刻，他对她的狼狈与痛苦感同身受。他想起语文课上李老师讲解的白居易的一句诗——同是天涯沦落人。他知道，总有一天这些目光也会凌迟般落在他的身上。

他很可怜她，像可怜将来的自己。日头太烈，她晕倒了。他第一时间冲下楼，把人抱起来送到校医室。

守在她的床边，看那张苍白而无助的脸，他心底突然腾起一种无可抑制的强烈的感情，想把她挡在身后，一直保护她。像一个穷困潦倒的流浪者，遇见一只瘦巴巴被人欺负的流浪猫，他的人生行将结束，他希望能在仍存着骄傲与自尊的不多时间里，给她遮出一方无风无雨的天地。这或许是他生命中仅存的一点意义。

但这一切在第二天改变了。洗尽脸上的遮掩，她从一只丑小鸭变成了白天鹅。他只看了一眼，那种昨日曾出现的强烈感情便消失了。

因为他知道，她不需要了。一只白天鹅只会受到众星拱月般的追捧与赞美，不会再有人欺负她。她光彩夺目，而他依旧身在泥沼之中。他疏远了她，他是没有未来的人，不想影响到她。然而，他们的人生轨迹却在相遇的那天便缠绕在一起，分开了再靠近，靠近了再分开，接着再靠近……

她好像很喜欢管他的闲事，不许他抽烟，不许他打架，催他交作业，喊他上自习，一旦他不从，她就色厉内荏地指正他。她凭什么管他，她是他的什么人？但他却听从了，自从母亲离世之后，很久没有人这样管过他了。期中考试之后，她为了省回家的路费而留在学校。他则是无家可回，没有了最疼爱他的母亲，陆家不再是他的家。

他想约她一块吃饭，但又怕唐突，怕打扰她学习。他已经不是一个好学生，他不希望影响到她这位好学生。于是就等在校门外，自习完了她总要出来吃饭的吧。在自己还未察觉到之时，他已开始关心她，注意她，为她着想，远远地在背后看着她，安静地守着一朵缓缓绽放的美丽的花。

何钧看出两人关系不像普通同学，于是来提醒他，让他别在高考之前影响她。他知道的，就算这位舅舅不说，他也不会打扰她。他只是想看着她，守着她。如果说最初他对她是因同情而援手，现在他对她则是因一份自己也说不上来的感情而心甘情愿守护。

不知不觉间，漆黑的人生道路上有了一丝光明与亮色，未来也多了那么一点点的期待，有她在身边，他感到很平静很安心。

所以在狂躁症发作极度痛苦的那一晚，他听到门外她的声音，一颗心竟出奇地安静下来，所以他能忍着锥心般的疼，回应她说："一会儿就好，你别担心。"

不知何时，她变成了他生命中的一盏灯，让他在黑夜中也能找到回来的路。

卫星……

真是一个好名字，她是他的启明星。

然而这颗星差点陨落。当他在校外抱起浑身冰冷的她时，有那么一刻，他觉得自己也将随着渐弱的呼吸而死去。

生死之际，他突然明白自己对她的那种说不上来的感情是什么，是由心而出的喜欢！

他喜欢她，想陪着她一块走下去。

如果之前是想远远看着这朵花绽放，那么现在，他想与她并肩站在一起，长长久久地陪着她，保护她。

他喜欢的女孩，那么柔弱，易折易碎。有时他也挺生她的气，觉得她太过胆小、懦弱与不争。然而他错了，他喜欢的女孩其实比他更坚强与勇敢。她能在他倒下之时，毅然接过他肩上的担子，带领六中赢得胜利；她能在他退缩时，鼓起勇气说出告白的话，"陆一宸，我喜欢你。"

这一句话照亮了他晦暗的人生。他眼前不再是漆黑一片，他重新看到了光明的未来，属于他和她的未来。他们给予彼此承诺。他们说好，他再不交白卷；他们说好，一起读 A 大；他们说好，考上大学就在一起。或许是告白的时机不对，或许是上天还要再给这段感情以考验，所以他们不得不在喧嚣的舆论和世俗的压力下接受别离。

小星，我要走了。我会想念你，但不担心你。因为我知道，我喜欢的女孩不是一棵柔弱的温室花朵，她是坚强的玫瑰，是柔韧的松枝。

小星，我要走了。我很难过，但我不悲观。因为我知道，纵使相隔千山万水，我们的心都是在一起的，我们刻骨铭心地喜欢着彼此。

小星，我要走了。我会尽快回来履行诺言，一诺千金重，既然说了在一起，就不能再改变。

小星，我要走了。我不会等着向你说再见，因为我们终有一天会再次相见。

番外二
赵慕和白璐

赵慕虽然来到礼堂附近,但没有参加陆一宸和卫星的这场豪华婚礼。

司机把车停在礼堂对面,赵慕坐在车后排,拿下墨镜,打开手机,输了密码,点入私人直播间,从镜头中观看婚礼全过程。

宸哥和卫星有情人终成眷属,他本该高兴的,但心里却也掺杂着难言的失落。

大学毕业那年,他正准备接手家族企业,然而一场席卷全球的金融风暴摧毁了赵氏产业,接着是父死母残女友分手的家庭巨变,光鲜的赵家公子自高高的云端重重地摔下来,跌入地狱中。

在那段最难熬的岁月是卫星一直陪着他,鼓励他,把本该还给陆一宸的四十万给了他充当组建乐队的启动资金。因为卫星,他才能重新站起来,成功签约宝路传媒公司,并凭借首张专辑《等你的星光》一夜成名,坐稳宝路传媒一哥的位子。

一朝得病,十年镇定。他曾经想过,十年之内如果陆一宸回不来,他便照顾这位他喊了多年星星姐的女生。然而陆一宸在第十年回来了。

他该替他们高兴的,宸哥和卫星从高二时就喜欢彼此,如今终于能执子之手与子偕老,但他的胸口为什么像装着一块石头,压得人难以喘息。

直播镜头里,陆一宸一身深蓝西装,佩戴新郎胸花,英俊而又有气度，卫星穿的是鱼尾拖摆婚纱，美得仿佛童话中的人鱼公主。在牧师的主持下，他们宣告结婚誓言，交换婚戒，相拥亲吻。

礼堂中，掌声如雷鸣。赵慕把手机放在膝上，双手抱头，手指插入发间，眼泪无声地落下来。一辆红色的汽车从旁边停入车位，里面的年轻女司机自车窗中一眼看见他，顿时喜上眉梢，车没停稳便和车里的小姐妹一起拉开车门冲过来："哎呀，是慕少！求慕少签名。"

他一向尊重粉丝们的愿望，但他不想让旁人看到自己这一刻的软弱，于是吩咐司机道："走吧。"

车启动，把两位追着要签名的女粉丝甩开了，汽车混入车流之时，他的手机响了。

屏幕上显示：白总。

是宝路传媒的总裁，不得不接，他按下了接听键。

"慕少，陆王子和卫美女的婚礼你真的不参加了吗？高二（1）班的全体同学和老师都到了，就差你一人。"尾音有点尖，听起来带着一分戏谑的刻薄，是白璐。

高中毕业之后，白璐没有在国内读书而是转到英国留学，学成归来之后接手白氏商业大厦，宣布进军娱乐市场，一手创办了宝路传媒公司。

赵慕是公司签约的第一批艺人，也是被捧得最红的一个。白璐的性格仍是很尖刻，不易亲近，他和白璐的关系是艺人和老板，也像同学与朋友。

"不了，代我祝福他们。"他拭净脸上的泪痕，尽量让声音显得自然，"另外，麻烦白总替我向老师和同学们致歉，说我身体不舒服实在无法到场。"

电话中，白璐尖细地嘲讽："慕少，你这真是好吃不如饺子，好看不过星星姐了。"

提到卫星，他顿时不肯相让，冷道："请白总放尊重点。"

白璐欺软怕硬，松了语气："好好，你是一哥你说了算。"

八月初，宝路传媒公司和陆氏旗下的星光娱乐公司联手推出由真实经历改编而成的禁毒公益电影《迷幻国度》。

当红的影视歌三栖明星慕少出演不幸患上狂躁症的男主角，宝路传媒总裁白璐亲自上阵出演家境贫寒性情坚韧的女主角。

陆氏集团董事长陆一宸和陆氏集团A区总裁卫星一同到剧组探班。剧组工作人员见两位公司领导前来，纷纷起身致意："陆董好，卫总好。"

卫星笑着摆手，放轻声音道："继续拍，我们就是顺路来看一看。"

拍摄地点设在C市六中。

八月初学校放暑假，正好腾出场地。这场电影是由白璐创办的宝路传媒公司和卫星负责的陆氏—星光娱乐公司合作拍摄，白璐定导演、编剧和演员等，卫星则和何氏舅舅谈场地问题。她嫁了陆一宸，也改口叫何钧为舅舅。

何钧笑着称，当初只是想着挖一个尖子生到六中，谁知道是给外甥挖了个媳妇过来，真是出乎意料。早知就该每月多给一些生活补助，好讨外甥媳妇喜欢。

卫星挽着陆一宸的胳膊在对面沙发中坐着，听得笑作一团。白总裁精益求精，所以拍摄进度不快，刚到女主角洗掉脸上的遮掩变身一位美女惊艳全班。在同学们的喧嚷声中，男主角的动作和表情应该是抬头看了她一眼，接着冷淡地低下头该做什么做什么。

但这时，探班的卫星和陆一宸悄然来到班级门口，于是赵慕饰演的男主角这一眼虽然往门口看了，但没看在门口的女主角身上，反而落在后面的卫星身上。

"停！"任女主角兼总导演的白璐喊了一声，气得要拍桌子，"慕少，你眼睛朝哪里看，能不能敬业一点？看我，我是女主懂不懂？"

卫星见这一幕几乎笑翻。

陆一宸一边护着笑得厉害的爱妻，一边板着脸在后面纠正道："白导,你气势太强了。女主是一个刚从小山村走到城市的高二女生,自身与周围的环境格格不入,表情应该很忐忑与紧张,表现得懦弱一些,而不是像个蛮横的大家小姐。"

白璐转过身,双臂抱胸:"你又不是女主,怎么知道我演的不对?"

陆一宸把卫星推向前:"你可以问她。"

好容易拍完那一幕,剧组人员就近在六中食堂用餐。

食堂翻新过一次,但桌椅的布局和当年仍是一样。卫星、陆一宸、赵慕和白璐四人如高中时代般坐下来。

赵慕在外面,起身主动为大家端饭菜,先是放在卫星和陆一宸面前:"星星姐和宸哥吃饭了。"接着又端来两份,一份给自己,一份给白璐。

白总裁有点生气:"慕少,你能不能入戏一点?你这位男主角不应该第一时间照顾我这位女主角吗?"

赵慕想了想,把她面前的菜一一端开,换成一个白馒头:"白总如果要入戏,那就吃这个吧。当年女主角是怎么吃的,我想你一定记得。"

卫星伏桌,笑得眼泪都要出来。

饭后,剧组继续加班加点拍摄,卫星和陆一宸从旁围观,并给出一定的建议。时间流逝,天渐渐地黑了。晚饭之后,两人离开拍摄现场在校园里手牵着手转悠。时隔多年,故地重游,两人心中感慨万千,走过曾经练舞的体育馆,路过曾经谈心的操场,穿过在一起补课的男生宿舍,来到回忆颇多的天台之上。

在这里,他们第一次争吵又和好;在这里,他狂躁症发作痛不欲生;在这里,他第一次对她敞开心扉,却不料被有心人拍下来上传至论坛,大做文章,以致舆论指责铺天盖地,让两人分离十年之久。他们一同站在这里,如当年一样凭栏俯瞰C市高教园区。夜空深邃而广袤,漫天星光华丽璀璨。

卫星突然想起一件事,碰了碰他的胳膊:"对了陆一宸,有件事要问你。"

他含笑看着她:"你说。"

她攀上他的肩头,凑到他耳畔问:"高二那年流星划过时,你许了什么愿望,有没有实现呀?"

陆一宸没有回答她,单手插兜,反问道:"小星,你又许了什么愿望,有实现吗?"

卫星不依:"明明是我先问的,你要先回答。"

"那我们一起说出来,好不好?"

"……也好。"

陆一宸打了一个响指,笑着道:"我喊一二三,一起说。"

卫星点头:"谁耍赖谁是小狗。"

"一、二、三!"

"和卫星(陆一宸)一生一世在一起。"

两人挽着手,望着彼此,同时笑起来。夜风拂过,将他们的笑声吹往很远的地方。八月的夜温又暖。陆一宸静静地凝视她,伸手抚向她的脸,她也伸手摸了他的脸。两人对望着,一点点挨近,唇贴住彼此的唇,同时闭上了眼睛。

这一吻,他们终于等到了,跨越十年时间,她和他走在了一起。一开始尚在克制,但转瞬间他便抛开理智,将她按在栏杆上纵情亲吻,仿佛要把当年压抑的感情与迟到的告白全都倾在这一吻中。他捧着她的脸,咬着她的唇舌,在彼此急促的喘息中温柔道:"老婆,我爱你。"

番外三
陆大海的自白

我叫陆大海,我爸爸叫陆一宸,我妈妈叫卫星,爸爸说家里已经有了星辰就缺一汪海,于是给我起名叫"陆大海"。

呵,不知道别人家父母是怎样的,给孩子起名是不是也这么随意。

对于这个毫无特色的名字,我并没有太过抱怨。因为我有个双胞胎妹妹,她叫陆小海。听来做客的叔叔阿姨说,我爸爸和我妈妈都是高才生很有文化,然而我从这两个名字上完全看不出他们的文化在哪里。

我有那么一点点懂事时,问爸爸家里有两汪海就不怕发大水吗?

爸爸想了一下,告诉我说:"你是大海,妹妹是小海。你这汪大海抱着她那汪小海,不就解决事情了?"说完,他把正在满地爬的妹妹放在我怀里,摸了摸我的头,"儿子,抱好妹妹,不然家里可要洪水泛滥了。"

我想,我大概是充话费送的。

我和妹妹是双胞胎,我妈妈心脏不太好,一胎怀两个受了不少苦,最后没能等到预产期,由医生阿姨拿着手术刀,把我和妹妹从妈妈肚子里取出来。

我比妹妹早出来三分钟,是家里的哥哥。

三分钟很久吗?

当我一岁时,爸爸把我从妈妈身边抱开,说:"大海都一岁了,应该自己学着吃饭。"接着抱起妹妹坐在他膝头,又说:"小海才一岁,哪里会自己吃饭?"

妈妈也不帮我说话,捂着嘴在旁边笑。

作为家中的长子,我感觉受到了不公平的对待。

在医院,我比妹妹早生三分钟;在家里,我却像比她早出生三年。

一岁半时,爸爸把我和妹妹从大房间中移出来,放在旁边的小房间,对我说:"大海你是哥哥,要照顾好妹妹。"然后就匆匆离开,关上了门,不知道爸爸和妈妈在隔壁做些什么,反正很神秘的样子。

我是哥哥,要照顾好妹妹,所以妹妹想啃手指,我就要把自己的手指伸给她啃;她如果不肯睡觉,我就要在她耳边吹气哄她;她如果踢被子,我还得爬起来给她盖好;她如果哭闹喊着要爸爸妈妈,我就要亲亲她的脸说:"小海乖,哥哥陪你"。

我觉得自己比她大了三岁。

从前来串门的卓叔叔口中得知,我这种情况叫早熟,不太正常,会丧失应有的童真和童趣,需要及时纠正。

于是卓叔叔拿了个五彩的风筝在我面前吹呀吹,逗得妹妹格格直乐,但我一直没笑。卓叔叔很丧气:"大海怎么不笑?"

爸爸走过来,"啪"地拍我头上:"儿子,笑一下。"

我咧开嘴笑了一下。

卓叔叔立刻高兴了,手脚比画着:"看吧,这样逗一逗是不是好很多?"

我和爸爸都觉得他像个智障。

常来我家串门的还有慕叔叔和白阿姨。

在这么多的客人中,我最喜欢的就是慕叔叔,他是很多人都认识的大明星,长得和爸爸一样帅气,常在电视屏幕上出现。我喜欢听他的歌,也喜欢看他演的电影和电视剧,慕叔叔也很喜欢我,还录了一张名为《致大海》的音乐特辑送给我。

白阿姨为此不高兴,说慕叔叔都没有为她录过音乐特辑,说慕叔叔不爱她。

慕叔叔忙到一边哄她,说她怀着孩子别动气,音乐专辑想要几张有几张,风格随她挑。

白阿姨这才高兴了,然后过来跟我抢水果和点心吃。

怀了孕的女人真像个小孩子。

不过,我妈妈怀孕时可不是白阿姨这样娇里娇气,听说当时爸爸出差不在家,很多事情都是妈妈一个人扛过来的。

在这个世界上,我最不能理解的就是我爸爸,我觉得他总在坑我,只是没有能让大人们信服的证据。

在他们眼中,我爸爸是国防军事领域研究专家,是陆氏集团董事长,是为国为民的顶天立地的大男人。这种人怎么可能坑自家儿子呢?

但妈妈可能知道,因为妈妈一见我和爸爸在一起就忍不住笑。

妈妈从来不责备我,就像那天爸爸把我放在料理台上坐着,自己在旁边的水池中洗碗。"哐当"一声他第三次打破碗,在客厅照顾妹妹的妈妈听到响动看过来。

爸爸立刻把责任推到我身上:"大海,你跟着捣什么乱,看看又把碗打破了。"

啊,这事也能怪我?

妈妈却没有跟着责备我,坐回沙发中,给妹妹梳着小辫子一阵笑。

所以在这个世界上,我最爱的就是我妈妈。世上有两个最帅的男人——爸爸和慕叔叔,但只有一个最漂亮最温柔的女人——我妈妈。

妈妈特别爱笑,给妹妹梳小辫子时会笑,见我调皮捣蛋跟爸爸作对也笑,被爸爸抱起来亲的时候会红着脸笑。

说起亲亲这件事情,爸爸好像特别喜欢亲妈妈。以我两岁的智力思想,可能是妈妈嘴上有特别好吃的东西,于是我坐在妈妈怀里时,站起来也学着亲了一口,唔,有点甜。

爸爸看见了，把我从妈妈怀里拎出来，放在对面孤零零的椅子中，又把妹妹放在我怀里："大海都两岁了，该能照顾妹妹吃饭了吧。"

爸爸说什么都是对的。

于是我抱着妹妹，用勺子喂她吃饭。作为回报，妹妹小海用她那双黏糊糊油腻腻的爪子抓了我一头一脸。

那顿饭，我的心情极其糟糕。

这种事情发生许多次之后，我把自己疑似被坑骗的感受及以上事例在电话里一五一十地告诉了当校董的舅爷爷。

校董爷爷是除了妈妈之外，少有的能管一管爸爸的人。

校董爷爷原本在C市，听了我的诉说之后第二天便来到A市，把爸爸叫到大厅批评了将近半个小时。

那天我很开心，但爸爸很不开心。于是玩玩具拼图时，他不看我，我也不看他，各自鼓捣自己的那一部分。如果不小心看见对方，立刻从鼻子里哼出一声把头扭开。

我个头不够高，拼拼图不如他聪明，卡在中间一个格子怎么都找不到合适的图块，只得向他寻求帮助。

但爸爸不高兴，不愿意搭理我。

我想了好一会儿，凑上去，"啵"的一声亲在他脸上："爸爸，我爱你。"

他有点高兴了，把那个格子找到并帮我拼上，也过来亲了我一下："儿子，我也爱你。"我心里正热乎乎，这时他又说："所以，下次不要打小报告。"